le voyage de Jabel

CE LIVRE EST UN ROMAN.

Toute ressemblance avec des personnes, des noms propres, des lieux privés, des noms de firmes, des situations existant ou ayant existé, ne saurait être que le fait du hasard.

ISBN 2-84346-218-5

Angèle JACQ

le voyage de Jabel

Éditions du Palémon - Coop Breizh

Ce livre est un roman dédié à l'amour d'une mère. Toute ressemblance avec des personnages, des événements et des lieux existant ou ayant existé serait fortuite.

Bennozh Doue à tous ceux qui m'ont encouragée et aidée à la réédition de cet ouvrage.

Angèle Jacq

Chapitre I

Cassée en deux, d'une poigne ferme elle saisit la betterave près du collet, d'un tour de main ramasse l'ensemble du feuillage vert mêlé de jaune et d'ocre roux, et arrache la plante. Dans l'aube blanche et embrumée de cette fin octobre, la pluie de la veille gelée par les premiers frimas y a façonné des glaçons pointus et coupants. Ils cisaillent les mains de Jabel, aux gerçures boursouflées par le froid, sanguinolentes, crevassées par le gel. Elle se relève et, tenant le tubercule de la main gauche, tranche les feuilles de la betterave de l'autre en la jetant sur le tas où, méthodiquement, elle les empile. Le patron de la ferme viendra plus tard donner un coup de main à la journalière. Pour l'heure, aidé par sa femme, il s'affaire à la ferme. La traite puis le nettoyage de l'outillage et des crèches, les bêtes à nourrir et à mener au champ, la litière à épandre, accaparent le plus clair de sa matinée. Jabel grimace de douleur. L'onglée torture sa main gauche bleuie par la glace, celle qui maintient la racine. *Eürusamant, an hini dehou a labour gant ar gontell, neus 'n em dommet...* Heureusement, la main droite qui manie le couteau s'est réchauffée, se dit-elle.

Le geste mécanique de l'arrachage laisse courir son âme vagabonde : son esprit vogue toujours vers le fils unique un jour parti pour ce lointain pays qu'on appelle la Nouvelle-Zélande.

D'am betra mont ken pell-se? Ne oa ket mat amañ? Pep devezh tremenet 'zigor un devezh all ha nije bet bevet he vuhez barzh ar Vro e-gist ar re all. An heol 'lintr 'vit an holl, war mod dizingal, met er mod-se 'mañ an traoù! Pourquoi aller si loin? N'était-il pas bien ici? Chaque jour qui passe annonce un lendemain et il aurait vécu sa vie au pays comme les autres. Le soleil brille pour tous, de façon inégale certes, mais c'est ainsi.

Comme Jabel aurait voulu faire connaissance avec ce petit-fils qui va naître bientôt! Car bien sûr, ce sera un garçon. Elle a reçu une lettre il y a deux jours et s'est précipitée chez la voisine pour se la faire lire.

En effet, gamine, l'école n'avait pas été créée pour elle. Sept enfants à la maison dont quatre garçons. Il n'y avait pas assez d'argent dans la masure des journaliers pour chausser les quatorze pieds de sabots solides. Aussi l'été, Jabel trottait sur le vif de son propre cuir et dès la mauvaise saison, en guise de chausses, elle enfonçait ses pieds dans une touffe de foin dont elle garnissait ses sabots, au bois usé, qui prenaient eau dès la première averse. S'il neigeait, elle les entortillait dans un sac de jute ou quelque infâme chiffon. Trop pauvre pour les saboter tous de neuf, son père décréta que seuls les garçons recevraient un rudiment d'instruction. C'est pourquoi Jabel n'apprit ni à lire ni à écrire et n'aborda jamais un seul mot de français, le breton étant l'expression quotidienne et unique de ses parents. Elle ne porta donc jamais *ar vuoc'h,* la vache à son cou, punition infamante qui affligea tant de petits bretonnants pour avoir parlé leur langue à l'école. Cela lui avait évité les tourments des complexes d'infériorité et forgé une âme, fruste certes, mais sans complexe. Elle ne connaissait qu'une langue et ne possédait pas l'autre.

— *Ha goude-se? Re a Vro C'hall ne gomzont ket brezoneg 'nezhe*! Et alors? disait-elle, les Français, eux, ne parlent pas breton!

Par contre, dans sa tête les chiffres s'alignaient comme à la parade: elle savait parfaitement compter. Comment se l'expliquer? C'était ainsi. Elle avait appris à dénombrer les bêtes dans un champ, les œufs dans un nid, les crêpes tirées d'un kilo de farine, et puis voilà, un jour elle avait dompté les chiffres et poussé jusqu'à cent, jusqu'à mille voire jusqu'au million. Encore que! Ces millions ne la concernaient que de loin. Juste pour établir l'étalon des valeurs qui la séparait de la richesse.

Au fil du temps, cette lacune de ne savoir ni lire ni écrire était devenue pesante. Toutefois, elle avait jusque là traversé son existence sans trop de déboire et continuait à s'en accommoder.

☆

Elle arrache les betteraves avec la régularité d'une machine et ses pensées vagabondent au loin. Elle sourit: peut être qu'Ifig lui aurait demandé d'être la marraine? Mais il était si loin! Et elle sourit en pensant à cette heureuse idée de baptême. Bien sûr qu'il sera baptisé ce petit! Comme le veut la coutume, riches ou pauvres, *basea dre an iliz*, passent par l'église avec plus ou moins de pompe et de cérémonie selon la longueur de leurs bas de laine ou leur importance dans la commune ou la paroisse.

Re alies an eil hag egile 'ya asambles! Trop souvent les deux vont de pair! pense-t-elle tout haut.

Jabel a horreur des gens qui ne font pas comme les autres. Non qu'elle ait beaucoup de foi en Dieu. Existe-t-Il d'ailleurs? Personne n'est jamais revenu de cet Au-Delà, tant vanté par le recteur et les Missions, pour dire s'il existe un paradis.

Ah! les Missions! Elle s'en souvient et sourit: annoncées à grands renforts de prêchi-prêcha du haut de la chaire lors des messes dominicales, elles vous amenaient des zélateurs tonitruants qui vouaient les ouailles aux enfers ou, si ceux-ci écoutaient les voix du Seigneur, aux béatitudes célestes. Durant une semaine, par groupes distincts, les hommes un jour, les femmes un autre et un troisième, les jeunes mâles - qu'il ne fallait surtout pas mélanger aux jeunes filles, ces oies blanches, les pauvrettes! Elles en auraient perdu leurs plumes protectrices! Ainsi se déroulaient ces journées sensées édifier la catholicité mais qui, de fait, l'éloignait encore plus sûrement de cette église autoritaire et suffisante. Leur auditoire devenant de moins en moins crédule bien qu'ils l'eurent à l'œil, peu à peu les missionnaires ne recueillirent plus que gêne et regards entendus, quand ce ne furent des ricanements de la part des plus bravaches, peu inquiets de s'attirer les foudres des prêcheurs! Peu à peu les rangs s'éclaircirent. Et disparurent enfin les Missions et avec elles une institution qui longtemps mata la société bretonne pourtant réfractaire à tous pouvoirs.

N'ouzomp ket hag eñ zo ur baradoz! Setu gwelloc'h eo reiñ da wir ha badeziñ, ha festañ mat, forzh pege-

ment diaes eo ar vouchedenn da skoulmañ warlerc'h. Puisque l'on ne sait pas si le paradis existe, mieux vaut « assurer » et baptiser et puis, c'est l'occasion de faire la fête! Tant pis si après la mèche est trop courte pour être renouée! murmure Jabel que ces fameux prêches n'avaient vraiment jamais convaincue.

La rangée à récolter raccourcit, les tas de betteraves s'alignent et la rancœur s'épanche avec ses souvenirs.

Ar veleien ne welont ken ar re binvidik. Les curés ne voient que les riches, marmonne-t-elle entre ses dents car, malgré tout, il était encore mal porté dans la paroisse de décrier les gens d'Église. A le dire trop fort, c'eût été assez pour perdre des journées.

Or, il lui faut travailler pour deux: Fañch, ce mari qu'on lui a imposé à dix-sept ans - quelle aubaine! Une bouche de moins à nourrir à la maison! - se révèla bon à rien, fainéant et ivrogne. Douze années les séparent. Malgré sa soixante dizaine largement hypothéquée, il continue d'abuser de la bouteille. Jabel doit donc assurer le boire. Quant au manger!

Mallozh Doue! Magadurezh a walc'h zo barzh ar voutailh! Malheur de Dieu! Il y a assez de nourriture dans la bouteille! estime t-elle.

Aussi Jabel trime-t-elle dur chaque jour à la belle saison afin de mieux faire face au long hiver sans embauche, sauf à assurer quelques lessives les jours de glace, celles que les autres lavandières refusent. Elle se trouve ainsi de tous les coups de collier et, harassée de fatigue, sa deuxième journée l'attend, tard dans la nuit : les deux vaches à traire, les poules et les lapins à nourrir. A force de travail, en économisant sou par sou, elle finit par réunir un jour le pécule suffisant pour acquérir quelques ares de courtil et une prairie près du ruisseau, avec son *pennti*. La nature heureusement l'a dotée d'une robuste constitution.

Diskourret on bet gant ar vouc'hal! J'ai été taillée à la hache ! plaisante-t-elle souvent dans un grand éclat de rire car, d'une foncière bonne humeur, elle n'a pas sa pareille pour chanter et danser à la moindre occasion, quitte à la créer. La pétulance de son esprit efface l'impression rude et peu avenante de cette femme que la beauté a oublié de visiter. Elle possède mieux : la générosité et la joliesse de cœur, et cela lui convient tout à fait. Aussi, autant pour sa solide carrure que pour ses bras agiles, Jabel ne manque-t-elle jamais d'ouvrage. Dès les beaux jours son entrain naturel ajoute un grain de sel pimenté à la plus banale des journées. Elle sait raconter, dénicher le mot juste, la tournure qui fait mouche. Chaque expression ébauche dans l'espace le théâtre des aventures qu'elle déroule de son imaginaire vers l'auditoire courbé sur sa besogne. Étaler le fumier au croc, semer ou sarcler les pommes de terre, repiquer choux et betteraves, rouler les longs andains de la fenaison, relever la gerbe de la moisson et assurer le battage dans les soirs en poussière : oui, grâce à Jabel la tâche la plus ardue exhale un parfum de fête.

☆

Mais un jour, Ifig est parti et dans le cœur de Jabel une blessure fine et profonde a fait lentement le tour comme une fêlure sur un vase brisé.

Oh ! Personne ne soupçonne cette douleur. Pour rien au monde elle ne la montrerait. Ce pays est pays d'émigrants. Partir, même si cela demeure un crève-cœur pour celui qui part et pour ceux qui restent, partir relève d'une banalité navrante. C'est ainsi depuis des générations. Faute de travail au pays, chacune écoule son lot d'émigrants dans le flot des précédents, qui parfois reviennent…

Alors exulte la joie du retour si longtemps caressé, le séjour pendant lequel l'exilé visite les siens. Fêté comme un dieu, il remet ses pas dans les sentiers oubliés, retrouve les odeurs des jours évanouis. Les habitudes, au creux de la mémoire, reviennent l'assaillir, le submergent, l'enveloppent de leur étreinte, l'attirent dans le doux fils de la tentation de rester. Mais rester, ce serait déchoir, laisser entendre que l'on n'a pas trouvé mieux, manquer de caractère, étaler devant tous, sans pudeur, la frêle enveloppe du cœur qui saigne, et renouer avec la misère partagée. La réalité le rattrape. Les jours heureux fondent comme une neige molle. La date fatidique tombe sur ses épaules. Finis les jours fleuris du retour au Pays. Suit la déchirure du départ qui oblige l'âme à s'arracher une deuxième fois. L'esquisse de l'horizon aimé, l'air vif et venteux, l'écho de la langue imagée et raboteuse s'enfuient avec les souvenirs.

Cependant l'exil parfois les pousse si loin, le rêve espéré se réalise si peu que le retour… c'est jamais.

☆

Ifig, parti il y a maintenant quelques années, semble connaître la prospérité. Néanmoins, il n'est jamais revenu. De loin en loin, il expédie des photos à sa mère. Celles de son mariage, d'une maison en bois qu'il s'est faite construire.

E koad! Peseu' soñj! Un' ti savet gant maen, zo glokoc'h kement-se! Hañ! En bois! Quelle idée! Une maison en pierre, c'est tout de même plus solide! Hañ! commente Jabel en y repensant.

L'angélus de midi lance bientôt sa volée. Jabel n'a jamais possédé de montre, ce luxe de nantis. Le vent venant de ce côté lui apporte les notes par bouffées. Elles ponctuent sa journée. Aussitôt, elle dénoue le sac de jute dégoulinant de glace fondue qu'elle porte sur son sarrau de cotonnade bleue délavée et l'accroche aux ronces du talus, côté soleil. Elle lève la tête pour regarder le ciel. Le temps tiendra-t-il jusqu'à ce soir? Extirpant ses lourds sabots englués d'une gangue terreuse gorgée d'eau, elle avance à pas pesants parmi ses tas de betteraves fraîchement alignés. Elle repousse la barrière et la referme avec soin. Dans l'herbe de la garenne, elle se déchausse et tosse les deux masses informes l'une contre l'autre pour en faire tomber la boue. Puis, elle se rechausse, enlève son fichu et reprend le chemin de la ferme pour aller manger.

Elle atteint la première longère lorsque la fermière, courant à sa rencontre, la hèle de loin.

— *Deut buan! Deut buan! Ar fall ijin zo koueet war Fañch!* Viens vite! Viens vite! Il est arrivé mal à Fañch.

Dans la cour, le patron l'attend dans sa petite 2 CV tôlée, version plus solide que la précédente au toit bâché.

— *Pignet barzh 'n oto Jabel, fonnusoc'h 'yafem.* Monte Jabel, on ira plus vite.

Essoufflée, elle s'y laisse tomber. Son *pennti* ne se trouve qu'à un jet de pierre.

— *Piv zo deut da lavaret deoc'h ?* Qui vous a prévenu ?

— *Paotr al lizhiri, 'zegase deoc'h notenn an tredan a oa.* Le facteur. Il t'apportait ta facture d'électricité.

— *Ha c'hoazh ?* Et puis ?

— *Ma feiz... N'ouzon ket muioc'h. Sellet, digoueet omp. Ma gwreg 'deuo hep dale.* Ma foi... j'sais pas trop. Tiens, on arrive. Ma femme viendra sous peu.

Marie-Louise, la voisine, sort de la maison pour l'accueillir. Jabel la bouscule et pousse la porte de la chambre qui grince. Fañch est là, affalé sur la terre battue. La chemise laisse voir ses jambes maigrichonnes. Personne n'a osé toucher au cadavre. Elle lui abaisse les paupières et, l'empoignant, le jette sur le lit. Puis, elle se retourne vers Marie-Louise qui l'a suivie :

— *Mallozh Doue ! 'Benn ar fin, lonket n'eus Fañchig an toull, e gont !* Malheur de Dieu ! Le petit Fañch de la fente à monnaie du comptoir a quand même fini par boire assez ! laisse-t-elle tomber sans hypocrisie, en guise d'éloge funèbre.

Elle en a assez subi comme ça pour se le permettre. Non mais ! Il ne manquerait plus que ça ! Afficher une figure d'enterrement alors que tout le monde sait son quotidien ? Il l'avait insultée toute sa vie, l'avait obligée à travailler comme un cheval de labour. Combien de volées lui avait-il cognées comme battoir sur linge mouillé ? Combien de fois avait-elle dû le ramener fin soûl en brouette à la maison et le coucher ? Pleurer ? Il lui faudrait éplucher un quintal d'oignons pour que s'épanche une seule larme ! Elle décide de faire la toilette funèbre elle-même et renvoie les voisines accourues pour l'assister. Par contre, elle leur demande de prévenir la mairie et le presbytère.

— *Ar paperachoù, n'eo ket!* Les papiers, n'est-ce pas !

Et puis, ajoute-t-elle s'adressant à Marie-Louise, sa voisine du C'Huibou qui, à chaque fois que nécessaire lui sert de scribe et de lectrice :

— *Kerzhet betek an Ti-post ha kaset un telegramm da Ifig. Berr a berr un nebeud gerioù. Paeat 'hanoc'h goude-se 'rafen. O ne teuo ket, kei sur, met e dad eo. Greet 'm 'oa ar pezh a 'm 'oa d'ober.* Va jusqu'à la poste et envoie un télégramme à Ifig. Juste quelques mots. Je te paierai après. Oh ! Il ne viendra pas sans doute. Mais c'est quand même son père. J'aurai fait ce qu'il faut.

☆

Ifig, en effet, ne fit pas le voyage et donc n'assista pas à l'enterrement de son père.

Un interamant bihan 'vije bet mat tre. Un p'tit enterrement aurait fait l'affaire, maugréa Jabel après l'enterrement uniformisé qui remplaçait aujourd'hui les deux offices auparavant très distincts.

Car elle se rappelait les temps, pas si lointains, où la paroisse proposait les services funèbres de première et de deuxième classe. Celui de première classe, le plus riche, se chantait. L'autre, fait de répons à voix basse, se chuchotait aussi rapidement que possible et l'affaire était classée. La première catégorie s'adressait à ceux qui tenaient le haut du pavé ou qui voulaient étaler une richesse qu'ils ne possédaient pas, ou encore, qui se seraient écorchés plutôt que d'être religieusement classés parmi les démunis. Mais Jabel ne prétendait à rien et surtout n'aimait pas étaler ses pieds plus longs que la couverture. Elle exécrait ces attitudes qui lui faisaient dire crûment :

Ar re-se 'fell dezho staotañ uheloc'h 'vit o revr! Ceux-là qui veulent toujours pisser plus haut que leur cul !

Enfin... puisqu'il n'y avait plus qu'une seule catégorie d'enterrement...

☆

Après cette cérémonie, à laquelle assistèrent les nombreux paysans chez qui elle travaillait habituellement, Jabel se retrouva enfin seule avec une richesse qu'elle avait convoitée toute son existence : sa liberté. Celle d'aller et venir selon son bon vouloir, de travailler pour elle-même, de dépenser ses sous comme elle en avait envie ou plutôt selon les possibilités de son porte-monnaie. Elle aurait été tranquille et apaisée s'il n'y avait eu cette petite voix qui lui soufflait toujours les mêmes mots et l'élançait au plus profond de son âme : son fils, son fils unique, si seulement elle avait pu le revoir, ne serait-ce qu'une seule fois.

☆

Les années s'étaient écoulées depuis son départ, longues, arides, identiques. Pour elle, cela ressemblait à une lente descente vers un lointain oubli. Il écrivait bien sûr, une ou deux fois par an. Enfin! Toujours pour le premier de l'An.

Toutes ses lettres se serraient là dans le tiroir du vaisselier.

Comme tous les soirs, depuis que Fañch s'était retiré de son chemin, elle les prit pour les caresser de ses doigts râpeux. Le tracé de sa plume avait dessiné ce qui n'était pour sa mère que des hiéroglyphes, mais entre mille autres, elle les aurait reconnu. Avec le temps, le papier avait pris l'odeur du bois et du papier journal qui les enveloppaient. Une odeur un peu froide comme celle de la maison qu'un maigre feu de cheminée cherchait à réchauffer en cette fin octobre. Jabel, vaches et basse-cour contentées, s'était accordé ce répit, un luxe jusque-là inconnu. Aussi, savourait-elle aujourd'hui la chaude flambée en allongeant ses jambes fatiguées vers l'âtre.

Le vacillement de la flamme s'élevait, léchait l'énorme souche qui s'adossait au fond du foyer et qui durerait au moins la semaine. Tout à coup, il lui sembla qu'elle dessinait un visage, un rougeoiement, quelques éclats et, derrière le noir de la suie luisante comme une chevelure : le visage d'Ifig. Elle se frotta les yeux. La silhouette, fugace et persistante à la fois, dansait une sarabande. Il lui sembla qu'il la narguait. Elle eut un haut-le-corps! Quoi!

Son fils par delà les mers osait encore se rebeller, refusait d'écouter sa mère ?

Quelque part dans cet imaginaire qu'elle ne partageait qu'avec elle-même, régnait cette croyance profonde qu'un magnétisme doublé de télépathie, traversait les terres et les océans. Il la persuadait qu'à la minute même où elle fixait sa pensée sur son fils, à l'autre bout du monde, elle captait la conscience de cet être cher entre tous. Elle l'attirait dans une sorte de *Tir Na Nog*, cette terre des ancêtres qui transcende le temps, les générations et l'espace…

Pourquoi ne l'écoutait-il pas en ce moment, comme il n'avait pas voulu l'écouter lors de sa décision fatale ?

Chapitre II

Après le certificat d'études, Ifig avait trouvé à s'embaucher chez un garagiste et rentrait chaque soir à la maison, ce qui n'arrangeait pas les relations avec son père, mais, enfin, c'était ainsi.

Après, il y avait eu le service militaire en Algérie. Trois ans dans les Aurès ! Jabel crut au pire.

Tenaillé par la peur, l'unique et quotidienne compagne dans ces pics désertiques, envoûté par les tourbillons du sirocco, Ifig perdit l'habitude de lui expédier de ses nouvelles. Seule, Alice sa fiancée, en recevait de loin en loin mais Jabel n'osait pas trop lui en parler.

Aferioù ar re yaouank ne zegouezhent ket gant re ar re gozh. Les affaires des jeunes ne s'accordent pas avec celles des vieux, aimait-elle répéter.

Un jour, au cours de ses pérégrinations laborieuses, elle apprit que, lasse d'attendre, Alice épousait un autre. Alors ce fut le pot au noir absolu. Vivait-il encore ? Broyée d'anxiété, elle alla interroger le maire qui fit les démarches nécessaires. Les autorités militaires attestèrent de sa bonne santé dans une lettre bordée de tricolore et confirmèrent l'exactitude de son secteur postal. Les mois passèrent et Jabel portait un peu plus chaque jour le poids écrasant de ce silence. Elle alla voir le recteur.

— *Marv eo sur, Aotrou person, dav eo deoc'h kanañ e oferenn gañv 'vit peoc'h e ene, e-gist 'vit an holl.* Il est sûrement mort, Monsieur le recteur, il faut dire sa messe d'enterrement pour le repos de son âme, comme pour tout le monde.

Le recteur essaya de la raisonner et promit d'écrire.

☆

Une quinzaine passa et survint cette fameuse journée !

Elle allait imprimer dans les mémoires des images indélébiles !

C'était un samedi...

Sur la place du village grouillante de monde et de voitures enrubannées, il descendit du camion qui l'avait pris en stop. Au coin du café, il repéra un groupe de jeunes sur leur trente et un ! Sûr ! Il y avait une noce. Il alla vers eux.

— Eh ! Regardez les gars, qui vient là ? Ifig ! Eh ben, dis donc ! T'as choisi ta journée pour revenir au pays. C'est la noce d'Alice aujourd'hui. Dis, on t'avait porté disparu. Elle aussi sans doute.

— Alice ?

— Ben, oui quoi ! Ton Alice. Elle avait fait son deuil ! T'écrivais plus.

— ...?

— Allez, t'en fais pas, viens boire un pot. Un p'tit coup de lait d' bélier. Faut pas t'en faire. Une de perdue, dix de retrouvées.

Il accusait le coup. Le goût de l'anis lui sembla amer. Les cloches qui sonnaient les épousailles résonnaient dans sa tête comme de sourds coups de cognée sur un tronc noueux. Les copains lui claquèrent la main dans le dos :

— Allez, Viens. Laisse ta valise derrière le comptoir. Tu es de la noce. Elle ne pouvait pas prévoir que tu allais rentrer donc elle ne t'a pas invité mais ça n'a pas d'importance !

Le groupe des joyeux drilles se plaça face au porche. Les deux battants ouverts laissaient entrevoir la blancheur de la robe d'Alice qui descendait la nef au bras de son mari. Le contre-jour empêchait Ifig de distinguer leurs visages. Qui était l'heureux élu ? Il n'avait pas osé le demander aux copains. Pour se donner une contenance, il s'accrocha un sourire à la face et regarda les tréteaux installés près du mur du placître en vue de la fameuse photo de groupe qui immortaliserait la journée. Le cortège sortit. Le soleil l'inonda de lumière.

— Jean Toularastel ! dit-il d'une voix blanche.

— Eh ! ça va, Ifig ? s'inquiéta soudain Ronan. Ne me dis pas que tu ne savais pas ?

Il fit non de la tête, agrippa le bras de Ronan et lui intima :

— Ferme ta gueule. Rends-moi au moins ce service.

Ronan le regarda en silence. Les autres s'élançaient vers la mariée pour l'embrassade générale. Il ne pouvait pas ne pas en faire autant.

— Tu viens ? demanda Ronan, n'osant trop le bousculer. Ça ira ?

Il hocha la tête et s'avança. Alentour, la noce venait de le reconnaître.

— Mais c'est Ifig !

— Vous avez vu ? Ifig est rentré.

— Eh ben, dis donc, c'est Alice qui va être étonnée !

— Tu t'es arrangé pour arriver juste aujourd'hui ou quoi ?

— Alice, regarde qui vient de débarquer ? Finie l'Algérie. Il est vivant !

La noce s'était écartée pour le laisser s'approcher de la mariée. Alice, son aimée. Dieu, qu'elle est belle !

Alice, pétrifiée, blêmit. Puis, ramassant sa robe, elle courut vers lui et se jeta dans ses bras. Elle l'embrassa et se serra contre lui. Ifig ne savait plus ce qu'il devait faire. Il l'écarta doucement et découvrit son visage en larmes.

— *Ma Doue !* La mariée pleure !

La noce tournait au drame.

Le mari les avait rejoints. Ifig, gêné, lui tendit la main sans un mot et lui rendit son épousée en pleurs. Puis, il revint vers ses copains.

— Nom de Dieu ! Qu'est ce qui se passe ? Je ne comprends plus rien !

Ronan venait résumé le drame pour tout le monde.

Ils firent cercle autour d'Ifig et Ronan lui demanda :

— Pourquoi t'écrivais plus ?

— C'est vrai, je n'écrivais pas souvent. Les écritures ça n'a jamais été mon fort. Là-haut sur le piton, y' avait rien à voir, rien à dire... si... la peur... l'envie de fout' l' camp ! Ils sont chez eux là-bas... Vous avez compris ? Chez eux !

Tout à coup, il hurla son l'écœurement devant ses copains médusés.

— Ils sont chez eux là-bas ! Vous entendez ? J'ai jamais demandé à y aller ! Pourquoi on leur fait la guerre?... Une patrouille a été piégée. J'ai perdu mon meilleur copain... Je devais rentrer. Et puis j' suis tombé pile sur le morceau de rallonge qu'ils ont foutu au service... J'en voyais plus le bout... Un jour, elle n'a plus écrit... Voilà!

Les poings serrés, des sanglots dans la voix...

— Et maintenant, qu'est ce que j' fous ici?

Il se laissa tomber sur le muret. Ce n'était plus qu'un grand garçon, malheureux comme les pierres, le costume civil fatigué, les traits basanés, cuivrés de soleil sous des cheveux noirs, avec quelques ridules au coin des yeux où se noyait toute la tristesse d'une destinée impitoyable.

Plus loin, le photographe essayait, en vain, de rassembler les noceurs.

— Vous discuterez de l'histoire après. Si vous voulez avoir le groupe de noce ce soir pendant le bal, il faut que je prenne la photo sans tarder! Allons, Madame, dit-il à la mariée, venez vous mettre à votre place. Devant. Les autres suivront.

Il poussa gentiment la jeune femme vers les tréteaux. Elle ne parvenait pas à contrôler ses larmes tandis que son jeune époux, ne sachant plus comment se comporter, suivait en silence.

— Il faut qu'Ifig soit sur la photo, dit-elle entre deux sanglots.

— Enfin, Alice, c'est notre mariage. Ifig fera ce qu'il voudra. S'il veut être de la noce, d'accord... mais enfin... Arrête tes larmes... Tu vas en avoir une tête pour la postérité! C'est ridicule... je ne te comprends plus.

Elle n'eut de cesse d'aller le chercher elle-même et de le faire poser avec les autres invités. Enfin, on finit par la faire cette photo ! Avec Ifig. Figé comme une statue rapportée sur le côté. Puis elle insista pour qu'il participe au banquet.

— Mais Alice, ça n'a plus d'importance maintenant, tenta-il d'expliquer, je rentre, ma mère m'attend.

— Oh ! Une journée d'absence de plus ou de moins, au point où tu en es, ça ne se verra pas, insista-t-elle.

Les copains s'y mirent aussi. Il céda et se trouva installé non loin de la table d'honneur. Il eût préféré être au diable. Le banquet de noce allait duré au moins quatre à cinq heures de temps ! Car les conteurs, qui se voulaient drôles mais y réussissaient rarement, se succédaient sur les tréteaux. Les chanteurs s'égosillaient pour se faire entendre. Jusqu'à la nausée, ils écorchaient les rengaines dont la mode, inversement proportionnelle à leur qualité, perduraient.

Étoile des neiges, mon cœur amoureux,
S'est pris au piège de tes grands yeux,
Je pars en voyage…

A une beuglante succédait l'autre …
« Ma cabane au Canada,
Est cachée au fond des bois »…
C'était bête à pleurer et ça finissait bien.

Et la mariée se devait d'embrasser « tous les hoooommes, tous les hoooommes » qui avaient poussé la chansonnette ou la petite histoire… Prétexte à passer près d'Ifig qu'elle gratifiait au passage de quelques baisers volés! La tablée à chaque fois applaudissait à tout rompre. Le marié dans son strict costume bleu marine devenait livide. Des paris plus que douteux couraient dans les rangées à grand renfort de rasades et de rires grivois.

— Eh! A ton avis, la mariée ouvre le bal avec qui ce soir? Qu'est-ce que tu paries?

— Oh! Y'a mieux. T'es en retard d'une bordée! Dans le lit de qui va-t-elle passer sa nuit de noce? Là, faut doubler la mise!

Avant le dessert, les parents du marié avaient fui, n'en pouvant supporter davantage. Alice n'avait jamais connu ni père ni mère et le cousinage éloigné, présent à la noce, ne cherchait pas à se mêler à cette affaire pour le moins incongrue et délicate.

Enfin, s'annonça l'heure tant attendue de l'entrée de bal.

Ifig disparut au moment opportun et le temps que les parieurs le rattrapent, la mariée au bras de son époux avait respecté ses obligations. Lorsqu'il revint dans la salle, l'orchestre attaquait la cadence de la première valse aux flons-flons de l'accordéon qui se voulait racoleur. Alice le chercha des yeux, le repéra: il n'y couperait pas!

La jeunesse inconsciente ou insouciante les bouscula dans un jeu dramatique et forma une ronde autour du couple tragique. Alice, éperdue, n'avait d'yeux que pour son bel amour revenu. Sa tête, les murs de la salle, cette sarabande de jeunes, les trilles accrocheuses de l'accordéon écorchaient son cœur à vif: tout tournait autour d'elle.

Que s'était-il passé aujourd'hui? Que ne pouvait-elle revenir à hier! Pourquoi avait-elle dit « Oui » ce matin? Oh! Que ne pouvait-elle tourner dans les bras d'Ifig toute la vie... Que cette valse n'en finisse plus jamais... Plus jamais... Plus jamais...

☆

Oui, Ifig, c'était hier, c'était au printemps. Il y avait trois ans maintenant, le deuxième contingent de l'année partit avant l'été, sans préparation militaire, la réalité « du théâtre des opérations leur servira de tremplin. » Ainsi en avait-on décidé dans les hautes sphères de l'État. Yfig en fit partie. Son service militaire se ferait en Algérie.

Les appelés y débarquaient à plein cargos poussifs pêle-mêle avec les reliquats déglingués de la guerre d'Indochine. Dans cet outre-Méditerranée affublé du nom de département français, - la France, une et indivisible de Dunkerque à Tamanrasset - il fallait, paraît-il, rétablir l'ordre. Les Fellaghas s'étaient soulevés dans les Aurès et, depuis, l'insurrection faisait tache d'huile. Mais cette remise au pas cachait encore son vrai nom et le cacherait encore longtemps: la guerre! Les lettres, à demi-mot, ne rapportaient que ce que la censure tolérait qu'il y fût relaté.

Et, dernière subtilité des découvertes techniques appliquées: transistorisées, télévisuelles et bien contrôlées, la guerre psychologique façonnait les « informations. » Les jeunes appelés partaient se livrer à une « opération de service d'ordre » distillaient les ondes, alors qu'il y avait belle lurette que la vraie guerre était déclarée, sans l'être!

Toutefois, entre les non-dits des interlignes et le nombre de cercueils revenant au Pays, les yeux des gens se dessillaient peu à peu. Après l'armée de métier et le sombre printemps de Dien Bien Phu, on sacrifiait la jeunesse du contingent.

Mais pas n'importe laquelle !

Seulement celle dont l'infortune des parents ne lui permettait pas de s'inscrire dans les universités ou dans les Grandes Écoles. Ce n'était pas favoritisme ? Non ! Que non ! L'élite bourgeoise d'un pays, ça ne s'immole pas ! Ça se préserve ! L'impôt du sang ne peut être scrupuleusement égalitaire.

S'il l'était, qui succéderait à ceux qui gouvernent aujourd'hui ? Qui tiendrait demain les rênes de cette généreuse république ? L'Etat partirait à vau-l'eau ! Que deviendrait la France et son rêve de grandeur dans le monde ?

La grandiloquence du discours officiel servait de justificatif à tous les égoïsmes des hautes sphères gouvernementales.

Alors, loin de cette prose d'intellectuels calculateurs, dans les têtes de ces jeunes déjà au travail, se bousculaient les images, l'une chassant l'autre : l'attrait de l'exotisme, l'angoisse devant l'inconnu et puis, aussi, la peur d'y laisser sa peau…

« Patates-fayots ! Patates-fayots ! Patates-fayots ! » pousserait, ahanante, la motrice en partance. « Pommes-frites ! Pommes-frites ! Pommes-frites ! » chanterait la locomotive du retour.

Et ils laissaient la houe plantée au milieu de la parcelle. Ils quittaient le sarclage des petits pois ou le buttage des pommes de terre dont ils ne verraient pas la récolte, pour sauter dans le train.

A défaut de se révolter contre cette république, ils se donnaient du courage comme ils le pouvaient, le cœur en écharpe et le vin triste.

Kenavo le Pays! Attends-moi ma promise... si seulement je reviens...

Ifig, sentimental en diable, aurait bien célébré les noces sans attendre mais sa lucidité l'empêchait de lier son destin précaire d'appelé à celui d'Alice. Il allait partir pour dix-huit mois, ou peut-être plus. On parlait de prolongations. Alors quand reviendrait-il? Vivant ou les pieds devant, entre quatre planches!

Le printemps s'était écoulé, magnifique, d'une douceur complice. A la rosée, les soirs de prétentaine parfumés de menthe sauvage et d'ajonc, ils avaient cheminé dans la garenne sous les jeunes pousses des frênes et des lauriers palme. Les peupliers en fleurs laissaient choir leur blanche cotonnade dans la pénombre de la sente. Leurs pas foulaient l'onctueuse douceur de ce tapis de soie. Comment résister à l'invite suave? Alice, espiègle et belle, glissait sa peau de lys sous les caresses de ses doigts. Ses fragrances de brune affolaient les sens du jeune homme. Ils se roulaient dans cet angora blanc qui se piquait dans leurs cheveux, semis de plumetis, colifichets de passion, parures de leurs ébats. L'amour les réunissait qui enfin apaisait les flammes des désirs inavoués. Puis ils écoutaient rire la chouette à l'heure des serments éternels et des promesses futiles, légères comme la jeunesse de leurs vies. Les cœurs à l'unisson laissaient courir les rêves sous la voûte frissonnante du feuillage vert tendre. Dans le ciel gris et bleu où se coulait la nuit, disparaissait l'étoile filante, fugitive passagère. Leurs vœux accompagnaient son éclat fugace. La paix de l'ombre confortait l'espoir et la confiance d'un retour. L'obscurité complice accompagnait leur marche silencieuse, à la sauvette, vers la ferme où Alice était gagée.

*

Ce soir, ces effluves lointains remontaient du fond de la mémoire d'Ifig. L'odeur musquée de sa peau bronzée assaillait ses sens mais Alice, désormais, appartenait à un autre. Comment avait-elle pu ? Elle l'attirait et le révoltait à la fois, et il la tenait dans ses bras. Les vertiges de naguère revenaient, l'envahissaient. Il n'osait pas la regarder, noyer ses yeux dans les siens, poser sa joue contre la sienne, se laisser chatouiller le visage par ses mèches volages. Hélas ! Rien ne serait plus comme dans ce passé encore brûlant. Pourtant, à voix basse, elle lui disait de nouveau des mots d'amour. Des mots qu'il ne pouvait, qu'il ne devait, qu'il ne voulait plus entendre…

L'accordéon gloussa une dernière note. Pour ne pas se laisser aller à l'irréparable, il s'arracha à l'étreinte…

La mélodie achevée, le beau cavalier d'Alice s'enfuit, happé par la foule des danseurs.

Bientôt commença la danse du tapis.

Ifig se glissa dehors par l'arrière-salle. Sa valise ? Il la récupérerait plus tard.

☆

Une heure plus tard, il poussa la porte de la maison qu'on ne fermait jamais à clé.

Sa mère avait entendu ses pas. Elle s'était levée. Silencieuse, intriguée, elle avança sur la pointe des pieds, entrebâilla la porte de la cuisine. Médusée, elle s'accrocha à la poignée.

— *Ma Doue! Ifig, c'hwi! Bev oc'h? O! Krede m'oa oac'h marv! ...An Ankou n'eus ket bet 'emm deus hoc'h, ma faotr?* Mon Dieu! Ifig, toi! Tu es vivant? Je te croyais mort... L'Ankou n'a pas voulu de toi, mon fils?

Elle éclata en sanglots. L'émotion était trop forte. En chancelant elle vint l'embrasser. Et puis, sans ambages, elle explosa:

— *D'am' betra peus laosket 'hanon barzh an dourmant? Ma nije bet selaouet 'hanon, ar person nije bet kanet ho interamant!* Pourquoi m'as-tu laissée dans le souci si longtemps? Si le recteur m'avait écouté, il aurait chanté ta messe d'enterrement!

- *O! Mamm, n'oc'h ket gouest da gompren. 'Barzh du-se, oa ar brezel. Ne oa netra da welet. Den ebet. Netra da zisplegañ.* Tu ne peux pas comprendre. Là-bas, c'était la guerre! Il n' y avait rien à voir, personne. Je n'avais rien à raconter.

Elle ne put en tirer davantage sur le moment, ni les jours suivants.

☆

Ce n'est que bien plus tard, au détour d'une conversation, lorsque quelqu'un s'esclaffa sur le cocasse tragique de cette noce peu banale qu'elle comprit… Le groupe, à grands renforts de diversions, s'évertua en vain à faire taire le bavard. Mais Jabel, effondrée sans le laisser paraître, reçut l'inénarrable comme un coup de poing dans l'estomac.

C'est ainsi qu'elle découvrit « l'histoire de la noce. »

Elle essaya bien d'en parler à Ifig mais ne réussit qu'à le buter.

Chaque jour il s'enfonçait davantage dans son mutisme. Il ne pouvait chasser de ses songes la petite fiancée malheureuse envolée dans les bras d'un autre.

Chapitre III

Son patron reprit Ifig au garage et la vie roula à nouveau…

… Presque comme avant.

Taciturne, renfermé, il sortait peu. Par nécessité — et comme par habitude un sou étant un sou — il ne dépensait guère. Il eut bientôt quelques économies grâce auxquelles il réussit à s'acheter une voiture. Il dénicha une Monaquatre Renault de 1935 qui avait déjà bien servi - douze chevaux, freins à câbles -. Elle avait bénéficié jusque là des soins attentifs de son propriétaire qui avait décidé d'en changer pour s'offrir une 203 Peugeot.

Neuzhe 'grog an dichañs. An traoù 'yaje 'n eil penn dreist egile! Alors, se rappelait Jabel, s'accrocha la malchance. Les choses culbutèrent les unes par-dessus la tête des autres.

— *Mekaniker on hag ar motor 'dalv an taol. just ar starderez eo dav din taol' mat ar sell warni.* Je suis mécano et le moteur en vaut la peine. Il y a juste les freins qu'il faudra surveiller de près, expliqua-t-il à sa mère, pas peu fière de voir son fils au volant de « sa » voiture.

— *Un oto deuz a-raok ar brezel!* Une voiture d'avant-guerre!

Elle n'osait y croire et Ifig sortait de sa mélancolie.

La carrosserie noire agrémentée de portes beiges portait fièrement ses chromes intacts et des pare-chocs à toute épreuve. Un élégant découpage de tôle peinte assortie aux portes constituait le toit. Avec sa roue de secours à l'arrière et son capot qui s'ouvrait en accordéon sur le côté, cette voiture prenait aux yeux de son jeune propriétaire l'allure d'un carrosse qu'il astiquait chaque semaine comme un bijou. Elle n'avait qu'un seul défaut à ses yeux, celui d'être gourmande. Au prix de l'essence s'ajoutait le coût de l'assurance et surtout celui de la vignette récemment instaurée, en principe pour aider les vieux. Ceux-ci, en verraient-ils jamais la couleur tant les guerres coloniales engouffraient de deniers publics ?

« Mensonges et racket d'Etat ! » marmonnait Ifig écœuré.

Mais pour sa voiture, il était prêt à tous les sacrifices. Elle constituait le fruit de dix longues années d'économies et l'installait dans une hiérarchie sociale supérieure. Celle où, il y avait peu, ne parvenaient que certains patrons de ferme, les mieux nantis. Et tout cela le rachetait des longues années besogneuses de sa mère taillable et corvéable à merci, d'une ferme à l'autre. Cette voiture réalisait à la fois sa revanche et sa félicité…

Il fit faire à Jabel la tournée des voisins pour présenter son acquisition. Celle-ci n'avait jamais emprunté le marchepied d'une voiture si ce n'était, de loin en loin, celui du car qui la menait à Kemper. Gauche, empruntée, son « installation » sur le siège valait son pesant de rires ! Elle n'en avait cure. Le voisinage lui adressait force compliments, mais comment devait-elle les prendre ? Comme argent comptant ou civilités jalouses ? Pour sa part, elle n'avait jamais su dissimuler. Alors, tous ces éloges lui glissaient sur le visage comme la pluie sur le plumage de ses poules.

Eux les patrons, évidemment en s'endettant, modernisation oblige, avaient dû trancher entre le tracteur neuf, vingt ou trente chevaux, et la voiture encore considérée comme un luxe superflu. En se saignant les quatre veines, la ferme devenue exploitation, ces chevaux-vapeur remplaçaient peu à peu les chevaux-crottin qui jusque-là faisaient la fierté de la ferme et de leur maître. La voiture, ma foi, toute jalousie ravalée, ils crevaient d'envie de se la payer mais devraient encore attendre que le prix des petits cochons augmentent.

☆

Et l'hiver s'installa. Le froid établit ses quartiers.

Sans crier gare, une fin de nuit à cinq heures du matin, le klaxon strident de sa voiture jeta Ifig hors du lit en jurant.

— Nom de Dieu de nom de Dieu de nom de Dieu !!!

La précipitation l'empêchait de trouver deux jambes à son pantalon. Bon Dieu ! Les pompiers allaient être alertés, les voisins allaient débouler, paniqués par cette sirène !

Il renonça à enfiler son « futal » aussi têtu que le mugissement de sa guimbarde, chercha désespérément une pile électrique ! Mais où donc l'avait-on rangée ? Cette recherche à tâtons, alors que dehors rugissait l'entêtée, tournait à la panique. Il décrocha un tiroir. Étala son contenu dans un vacarme de bric à brac. Les nerfs à fleur de peau, il se jeta dans les ténèbres du couloir. Heurta sa mère. Catastrophée comme lui, elle lui apportait la lumière salvatrice :

— *Petra zo c'hoarveet, ma faotr ?* Qu'est-il arrivé, mon fils ?

— *Petra ? Petra 'zo ?* Qu'est-ce ? Qu'y a-t-il ?

Comme si c'était le moment ! S'il avait pu le dire, il n'en aurait pas été là.

Enfin, muni du falot salvateur, il dénicha la clef adéquate et courut dehors sur le sol caillouteux et gelé. Il sacrait : et ouille ! et aïe ! *Mallozh Doue !* malheur de Dieu ! Le cul nu et nu-pieds, la chemise flottant sur les fesses, les cheveux en bataille, rageur, il souleva le capot à l'arraché et fit enfin taire la fantaisiste.

Il répara. Perplexe.

Qu'est-ce qui avait pu créer ce court-circuit ?

☆

Et puis, il y eut ce dimanche après-midi où il se rendit à la kermesse de l'école communale. Celle qu'il avait fréquentée, enfant. Cela crée des obligations. Avril offrait sa première belle journée agrémentée d'une brise légère. Le moteur ronronnait sa chanson et Ifig sifflotait à l'unisson, enfin réconcilié avec l'existence. Pour parvenir au bourg, il devait traverser la commune dont le territoire s'étirait sur une dizaine de kilomètres. Tout au long du chemin, les gens prenaient le premier soleil et tous, sans exception, levaient le bras pour le saluer. Il se rengorgea : décidément, il devenait quelqu'un que l'on salue ! Et devant tant d'hommages, *ma Doue*, il se mit à en faire autant et retourna tout bonnement les salutations.

Sans qu'il en prenne la mesure, cela frisait l'allure d'un conseiller général en campagne électorale et il aborda le village en fête comme un baron républicain visitant ses terres d'élection, acclamé par le menu peuple.

C'est alors que le klaxon, comme une sirène, se déclencha à nouveau de lui-même !

Ifig eut beau se démener : Il ne réussit pas à le faire taire. Les pompiers, au plus fort de leur course, n'auraient pas mieux ameuté la population qui, à longueur de rue, lui fit un accueil triomphal au diapason d'une hilarité générale. Du coup, il se rangea là où il put, coupa le contact et, enfin, arrêta le claironnement intempestif.

Lorsqu'il posa le pied hors de son coupé, il comprit toute l'ampleur de sa méprise.

Et le pourquoi de tant d'effusions sur son passage que le ronronnement du moteur avait couvert : la tôle du toit s'était dessoudée et le vent l'avait soulevée. La laine calfeutrant le plafond s'était échappée en flocons moutonneux, emportée dans le vent, envolée dans son sillage ! Il n'en restait plus ! Seuls les ressorts, qui maintenaient le tout, tire-bouchonnaient sous la tôle relevée, ridicules : son carrosse perdait son étoupe et filait quenouille en hurlant de toute la puissance de ses cornets !

Il eut droit aux acclamations réservées aux chars de la cavalcade. La foule écroulée de rires lui fit un triomphe et lui décerna le prix d'excellence pour avoir réalisé le clou du défilé.

Ifig, ulcéré d'avoir joué les clowns malgré lui, ne concourait pour aucun prix. Et sûrement pas pour celui-là !

Les copains, secrètement jaloux, se rattrapaient en riant dans son dos, s'esclaffaient à gorge déployée, se tapaient sur les cuisses.

Ah ! tout de même, la pendule se remettait à l'heure !

Ce rien du tout qui avait réussi à s'acheter une voiture ! Pour quoi faire ? Je te le demande. Pour les épater, sûrement. Eux, les *paotred tiegezh*, les fils de grandes fermes n'en possédaient pas. Pourquoi lui ? Et voilà que la voiture elle-même se révoltait entre les mains de ce fils de *devezhourezh ar pennti*, journalière de la petite maison ! Ah, elle était bonne cette farce-là ! Et en plus il s'était fait avoir. Ah, ce taxi de luxe ! Un véritable gag ambulant !

Ifig repéra son patron qui, comme tous les autres, se payait sa tête. Prenant son courage à deux mains, il lui demanda la permission d'aller au garage pour réparer.

- Vas-y, mais, doucement, lui cria le garagiste plié en deux tant l'arrivée d'Ifig avait été désopilante, sinon, elle s'envolera en pièces détachées !

Alors qu'il retournait vers sa fantaisiste, le klaxon se déclencha à nouveau, sans à-coup, comme une corne de brume annonçant son naufrage dans un déferlement de cris et de quolibets.

Il courut, prêt à faire le coup de poing contre le malotru qui s'était permis de toucher à sa voiture. Mais non ! Pas du tout ! Le contact coupé, la voiture klaxonnait toute seule comme si un lutin maléfique, décidé à le perdre, insistait sur le bouton ! Et tous les badauds, ameutés par l'arrivée tonitruante et burlesque de sa voiture échevelée, s'alignaient en une haie d'honneur qui se gondolait de rires, et applaudissaient à tout rompre.

Il remit le moteur en marche sous les lazzis, se dirigea vers le garage, suivi de la ribambelle joyeuse des gamins du bourg. Il en pleurait de rage, serrant les dents. Il n'avait jamais été fier-à-bras et voilà qu'il se donnait en spectacle à cause de « sa » voiture, son objet de fierté. Il chassa la marmaille, fit rouler la porte sur ses rails avant de tomber la veste, avança son char mugissant à l'intérieur, d'un tour de main déplia l'accordéon du capot et dévissa la bougie.

Ouf! Comme par enchantement, la voiture se tut. Il respira profondément et envoya un coup de pied rageur dans les pneus.

Comment cette tôle avait-elle pu se dessouder toute seule ? Et ce faux contact ?

Bon Dieu ! Il pensait pourtant avoir trouvé la parade lorsque la garce lui avait joué son premier sonnet, l'autre matin, il lui semblait avoir guéri à coup sûr son caprice. A moins qu'une main étrangère ?... Comment le savoir ? Blessé dans son amour-propre, il se serait bien arraché les cheveux de rage.

La réparation lui prit toute l'après-midi du dimanche. A son grand soulagement, il termina avant que son patron ne revienne.

Son dimanche gâché, il ne lui restait qu'à rentrer en ravalant son dépit. Le chemin du retour ne chantait pas l'allégresse de l'aller. Dans sa tête, il repassait le film de son éventuelle erreur lors de l'achat. Dopé par la tentation de posséder cette petite merveille, avait-il examiné toutes les pannes possibles? Il lui semblait que oui.

Il approchait de la maison et commençait à dévaler le dernier tronçon pentu qui le mènerait à la garenne. Il appuya sur la pédale des freins…

Rien! Pas de réponse!

Il enfonça le pied jusqu'au plancher: peine perdue. Ils ne répondirent pas. Nom de Dieu! Les câbles de freins s'étaient-ils rompus? Avec sang-froid, il pratiqua un double débrayage. Loupa le passage en seconde. Paniqué, il tenta de nouveau la manœuvre. Les dents des pignons grincèrent, en vain. Le bolide fonçait à tombeau ouvert. De chaque côté les talus défilaient à une vitesse vertigineuse.

« Oh! Le tournant en bas… pourvu que le poids de la voiture me colle à la route, » se dit-il, lucide.

Les roues mordirent l'herbe. Il redressa. La voiture fit une embardée à gauche. Traversa la route d'un jet. Heurta le talus. L'espace d'une seconde, elle se dressa droit comme un pieu. Retomba. Choc terrible. Tout devint trouble.

☆

Ifig revint à lui à l'hôpital, la tête et une jambe emmaillotées de Velpeau. Il ne se rappelait plus ce qui s'était passé après le tournant. Sa mère était là. Morte d'inquiétude.

— Traumatisme crânien et fracture ouverte de la

jambe droite, avait laissé tomber avec morgue le chirurgien de service.

Marie-Louise, toujours là dans les coups durs, avait bretonné entre haut et bas :

— *E benn, hag e gar!* C'est la tête et puis sa jambe.

Et ce fut la longue solitude dans la fourmilière de l'hôpital. Les copains, ceux-là qui s'étaient si bien payé sa tête le jour de la kermesse, se fendirent d'une visite groupée.

Il leur fit la gueule.

Ronan vint seul, plusieurs fois. Lui ne le laissait pas tomber. Maintenant qu'il allait mieux, aidé de ses béquilles, il s'installait dans le hall entre deux plantes vertes, recoin où il se réfugiait dans un semblant d'intimité.

Et puis vint celle qu'il n'attendait plus : Alice, avec ses yeux bruns de biche égarée, sa peau diaphane, ses cheveux serrés dans un chignon qui accentuait son insouciance perdue. Elle l'embrassa, voulut garder sa main. Il la retira, laissant errer son regard dans le jardin.

— Ifig, dis quelque chose.

Elle avait approché une chaise et quêtait une réponse.

— Tu sais très bien, Alice, qu'il n'y a plus rien à dire. Tu es partie de ton côté et je vais du mien.

Elle éclata en sanglots. Il se tut et la laissa pleurer.

Enfin, Alice se moucha, sa crise de larmes dominée et, à mots hachés, commença la litanie de sa vie gâchée. Sa solitude. Le travail qui n'en finissait jamais. Debout aux aurores, elle s'écroulait dans son lit, la nuit déjà bien avancée. Le poulailler moderne en construction, qu'il faudrait amortir. Un gros tracteur avait remplacé les chevaux. Il fallait le rentabiliser avant d'installer l'eau courante. Alors, elle, la petite bonne dure à la tâche qu'elle avait été, et qui avait épousé un fils de grande ferme, traînait ses seaux vers l'étable comme à la porcherie. Elle devait aussi traire les vaches à la main, toute seule matin et soir. Jamais de répit.

— C'est bien pour ça que les filles ne veulent plus rester à la ferme et épousent le postier du coin plutôt que le fils du riche paysan ! J'ai pas su voir venir les choses ! s'accusa-t-elle.

... Elle parla des cœurs et des corps qui ne s'accordaient pas... Elle évoqua la dureté de son mari qui ne lui pardonnerait jamais l'humiliation du jour des noces et la délaissait dès qu'il pouvait pour faire la tournée des grands ducs et courir le guilledou.

« Elle l'a bien cherché », accusaient les beaux-parents, relayés par l'opinion bien pensante.

— Il lui fallait quelqu'un pour travailler, tu comprends, une femme qu'il ne paye pas afin d'équiper sa ferme à bon compte. Si je n'étais pas là, il ne pourrait pas investir. Mais il ne modernise que son travail. Le mien, c'est pas nécessaire.

— Qu'est ce que tu veux que je te dise ? Eh ! Divorce !

- Divorcer ? Tu sais bien que ça ne se fait pas chez nous ! Mais partir oui ! Et si on partait ensemble, loin d'ici ?

— Non, Alice, tu as fait ton choix. Ton mari a du bien. Tu es installée. Tu es la patronne de

Keleneg. Tu as voulu assurer ta vie. C'est fait. Maintenant, tu te débrouilles toute seule. Nous… ça aurait pu être formidable, mais tu en as décidé autrement. Qu'est-ce que j'y pouvais, moi, le fils de la journalière du *pennti* de Poull Logodenn ? Je ne faisais pas le poids ! Alors maintenant pars… Heu ! Merci d'être venue… Mais regarde comme nous nous faisons du mal… Sois gentille, laisse-moi.

Elle voulut protester. Gauchement, il posa un doigt sur ses lèvres, essuya ses dernières larmes et la repoussa doucement.

— Tu ne bois pas, dit-elle… Tu ne fumes pas. Je t'ai acheté un livre.

Elle le lui déposa sur les genoux et s'enfuit en courant.

La gorge nouée, brisé une fois de plus, il la vit s'éloigner. Il la suivit du regard lorqu'elle traversa le jardin. La reverrait-il ? La vie était trop bête ! Si seulement il était rentré d'Algérie au bout de deux ans ! Mais il en avait fait trois. Fatalité ? Il n'y avait pas de fatalité ! Où étaient-ils donc, aujourd'hui, ceux-là qui, hier, avaient décidé pour eux de cette tragédie ?

☆

Cela Jabel l'apprit peu à peu, par bribes, d'une visite à l'autre. Bien plus que la tête et la jambe blessées, son cœur endolori faisait pitié et elle se sentait démunie devant tant de détresse.

Mais la solidité d'Ifig prit le dessus et vint à bout des suites de cet accident. Il fut d'aplomb plus vite que prévu et reprit sa place au garage. Dès lors il fut exclu d'évoquer devant lui l'accident et son corollaire : la vente de l'épave à un collectionneur. La vie sembla renouer avec le rythme d'avant, ou presque… Car peu à peu le patron lui fit sentir qu'il serait mieux ailleurs. Il ergotait sur les moindres détails. Les remontrances tombaient toujours sur Ifig, les corvées aussi. Ses horaires, qui s'étiraient au-delà du tolérable, ne lui laissaient guère le temps de rechercher une autre place. Un jour, excédé, il demanda son compte et alla frapper à la porte de l'usine d'abattage de volailles qui venait d'ouvrir dans la ville d'à côté.

Chapitre IV

Ifig connut alors les cadences des trois-huit, le bruit infernal de la chaîne dans l'atmosphère humide et tiédasse, les aboiements des contremaîtres, le fiel des foies qui gicle et brûle les yeux, les retours de bâton dès le moindre murmure, les échines courbées de ceux qui auraient volontiers mangé dans la main du maître pour conserver leur travail. Il vit les autochtones, les hommes du moins, quitter l'usine et s'en aller à la recherche d'un l'ouvrage plus humain. Il vit débarquer les premiers émigrés turcs, fret de retour suite aux ventes juteuses de volailles vers les pays du Moyen-Orient.

Et puis les odeurs pestilentielles envahirent la ville, régulièrement, poussées par les vents dominants. Elles s'étalaient dans la campagne verdoyante et l'empoisonnaient.

☆

Ce dimanche-là, pour redonner un peu de saveur à la vie, il partit pêcher de bon matin. La brise doucement fouettait son visage dans la pétarade du vélomoteur. Près de la rivière, il appuya sa mobylette au tronc d'un aulne et l'entrava. Il prit sa canne à pêche, longea la sinuosité du courant ponctué çà et là sous la ramée de l'éclat du levant et se dirigea vers l'endroit qui lui avait été propice lors de sa dernière sortie. On était en août, l'usine avait fermé pour trois semaines. Quelle chance ! Il allait se refaire une santé, avaler goulûment tout son soûl de soleil et d'air pur, oublier la grisaille du boulot et la tristesse qui lui collait toujours à la peau de l'âme.

Sous les frondaisons matinales, iI renifla une odeur bizarre, inhabituelle. Il descendit encore le courant, un peu inquiet. Ce n'était pas comme une odeur de fumier bien rassis qui amende les sols à l'automne, fermente ses entrailles l'hiver et fait germer le printemps. Non… Cette odeur ne pouvait être que le résultat d'une putréfaction avancée. Cette pestilescence, il lui semblait la connaître… Ces odeurs… ce ne pouvait être tout de même…

Hier au soir, les derniers nettoiements…

Le contremaître avait cassé les ultimes velléités de sa conscience. Avec les autres ouvriers, il avait balayé dans le ruisseau voisin, véritable égout à ciel ouvert, pêle-mêle, les eaux épaisses du lavage et les restes peu ragoûtants des derniers abattages qui n'avaient pu être traités. Ce ruisseau aboutissait à la rivière. Depuis longtemps ces pratiques ne cessaient de l'inquiéter. A force d'y refouler tant de pourriture, tôt ou tard, l'eau asphyxiée serait nocive aux poissons…

Il se mit un mouchoir sur le nez et continua de descendre la rivière. Au fil de sa marche le long de ce cloaque nauséabond sa partie de pêche s'effilochait dans la puanteur.

Car cette odeur fétide venait bien de la rivière.

Des croassements de corneilles l'intriguèrent : une véritable colonie battait l'air de ses grandes ailes noires au-dessus du cours d'eau. Tout à coup, comme une escadrille d'avions en piqué, les oiseaux noirs se laissaient choir dans des éclaboussements d'eau que l'on brasse. Lourdement ils remontaient se poser sur le faîte des arbres alentours, un poisson dans le bec. Là, ils avalaient leur proie à grands renforts de battements d'ailes bruyants en ondulant le cou vers l'avant pour réussir enfin à déglutir.

C'est au détour d'un coude de la rivière, dans la clarté blanche mouchetée d'ombrages d'un soleil éclatant, qu'Ifig découvrit l'insoutenable : sur des centaines de mètres, le ventre vif argent des truites, des saumons, des anguilles et que d'autres ! Des centaines de milliers de poissons recouvraient la rivière. Le bas étiage des eaux de cet été caniculaire ne laissait plus courir assez d'eau sous la charmille. La faiblesse du courant n'avait pu diluer la masse des rejets putrides de la veille.

La faune aquatique asphyxiée exhalait la protestation croupissante de sa vie sacrifiée par l'inconséquence des hommes.

L'incandescence du ciel d'été embrasait l'éclat lumineux des myriades d'écailles. La fermentation œuvrait pleinement et évacuait ses spasmes qui crevaient çà et là à gros bouillons. La pourriture traînait ses intolérables miasmes au-dessus du ruban scintillant et tragique. Incrédule, Ifig avançait, accélérant le pas. Les corneilles ne fuirent même pas à son approche. Leurs lourds jabots les retenaient sur la branche comme une meute carnassière repue. Repue de cadavres…

L'épouvantable odeur d'œufs pourris le prit à la gorge, lui souleva l'estomac. Les tripes révulsées, il vomit sous un chêne, les mains agrippées au tronc, le front enfoncé dans l'écorce. Seuls ses hoquets troublèrent la nature endeuillée. Pas un cri de bête, pas un crissement d'insecte, pas un pépiement d'oiseau, seul l'ineffable bruissement des feuilles de saules et de peupliers troublait ce silence funèbre. L'odeur de mort avait fait fuir la faune des berges.

Comment avait-il pu participer à cet ignoble ouvrage? Comment n'avait-il pas eu le courage de s'y opposer? Ce monde, déjà impitoyable pour les humains, et qui se révélait mortel pour la faune, ce monde-là n'était pas le sien.

Il courut à travers prés afin de reprendre son vélomoteur et, toutes affaires cessantes, alla se confier au comptable. En congé comme lui-même. Aux yeux d'Ifig la situation était d'une urgence qui ne pouvait attendre.

Le cadre de l'entreprise, incrédule, le regarda comme un extra-terrestre.

- Protéger ta rivière? On fout six cents ouvriers à la porte? T'es devenu fou ou quoi? Prends ton bâton de pèlerin, t'as du chemin à faire: t'auras pas un seul qui te suivra!

Ifig ravala sa requête sans oser insister, et plus écœuré que jamais, à la reprise, retourna sur la chaîne. Que pouvait-il faire d'autre?

☆

Il s'apitoyait sur son sort et celui de la rivière, et pourtant, Dieu sait si le sort des femmes autour de lui était bien pire! Véritables immigrées dans leur propre pays, à la botte des hommes, l'irrespect à leur égard servait de règle quotidienne, de même que les représailles, si elles osaient se rebeller…

Jeanne était de la veine de celles qui ne parlent pas à tort et à travers. Elle assurait son travail, tenait ses distances, se taisait mais n'en pensait pas moins, disait ce qu'il y avait à dire et remettait en place le mufle qui outrepassait les limites qu'elle imposait à son égard. Elle s'était bâti un rempart moral dont l'épaisseur tenait à une vivacité rare du verbe, doublée d'une glaciale réserve. Une sorte de rempart invisible mais réel, dont se gaussaient parfois ses compagnes et qui décourageait même l'insanité bravache des petits chefs. Quelle âge avait-elle ? Nul ne le savait car elle n'annonçait jamais ses anniversaires. Son visage lisse et fatigué ne laissait rien transparaître et les années passaient, accrochant çà et là quelques fils d'argent dans sa chevelure brune.

*

Cette journée-là s'étira plus longuement que prévue. Les arrivages furent plus fournis que d'habitude. Il fallut quand même tout abattre. Les volailles encagées, fragiles et périssables, ne supportaient pas d'attendre. Aussi, la nuit était tombée depuis longtemps lorsque Jeanne enfourcha enfin son vélo pour rentrer. Elle s'aperçut aussitôt qu'elle roulait à plat mais elle laissa filer les autres sans rien dire et décida de rentrer à pied. Elle réparerait à la maison. Elle se mit en marche pas à pas. Le maigre pinceau lumineux de son éclairage suffisait à peine pour y voir et, de plus, freinait son avance. Mais elle ne voulait pas risquer l'accident ou donner prétexte à une contravention.

Elle progressait dans une semi obscurité depuis un bon moment lorsqu'une voiture s'arrêta à sa hauteur.

- T'as un problème, Jeanne?

- Ben, oui - elle haussa les épaules - sans cela je ne marcherais pas près de mon vélo. La roue arrière est crevée, dit-elle, étonnée de la mansuétude subite d'un de ses petits chefs.

Il descendit sans arrêter le moteur.

— Monte à l'avant, lui dit-il, je vais mettre ton vélo dans le coffre. Je te rentre. Sans cela, ma pauvre fille, t'es pas rendue à la maison.

Ses mains se crispèrent sur le guidon:

— Laisse-moi. Je mettrai le temps qu'il faudra mais je rentrerai.

— Allons! Sois pas idiote! Je vais pas te manger. T'es ridicule. Je t'avance ma voiture et tu préfères rentrer à pied! Qu'est-ce que t'as dans la caboche? Tu peux jamais rien faire comme les autres. Quelle têtue! Allez, laisse-moi faire et grimpe devant.

Elle hésita. Cette insistance précautionneuse ne lui disait rien qui vaille. A l'usine, il s'exprimait sur un autre ton! Elle s'en méfiait. C'était viscéral. Néanmoins, la fatigue eut raison de son entêtement. Elle lui poussa le vélo dans les mains et s'installa sur le siège avant.

Le début du voyage commença sous les meilleurs augures. Il semblait ravi de sa compagnie et, disert, n'arrêtait pas de plaisanter. Il y avait longtemps qu'elle n'avait souri. Elle se surprit à rire. Tout allait pour le mieux lorsqu'elle s'aperçut tout à coup qu'il s'engageait sur la grand route.

— Mais tu te trompes! C'est pas par là chez moi!

— Ah bon ? Je croyais.

Sa réponse sonnait faux. Il continua son chemin en accélérant sans vergogne.

- On peut visiter un peu l' pays non ?

— Fais demi-tour ! Mais enfin où tu vas ?

Elle se renfrogna, calée dans le coin de la banquette. Les kilomètres défilaient lorsqu'il tourna brusquement dans un sentier broussailleux et arrêta le moteur.

Elle chercha aussitôt la poignée de la portière mais ne réussit pas à la pousser du premier coup. Trop tard pour fuir.

Il l'empoigna d'une main. De l'autre il fouillait son corsage, retroussait ses jupes, ses lèvres couraient sur son visage. Arc-boutée sur la porte, elle criait, se débattait, griffait, lui tirait les cheveux pour fuir cette langue qui cherchait sa bouche, courait sur sa peau, visqueuse, gourmande, odieuse.

Il y eut un déclic, celui qu'elle désespérait d'entendre ! La portière s'entrouvrit. Inquiet, l'homme, lâcha prise. Elle repoussa la portière du pied et d'un bond s'arracha à l'étreinte.

Ses genoux flageolaient mais elle s'enfuit à toutes jambes vers la grande route, titubant sur la rocaille. Ce long tracé grisâtre dans la nuit représentait sa planche de salut. Disparaître, se fondre dans l'obscurité et la lande. La suivait-il ? Ce n'était guère le moment d'écouter derrière soi.

Il l'appela plusieurs fois, jura. Ses appels, heureusement, ne se rapprochaient pas.

Une portière claqua, puis une deuxième. Elle entendit le moteur se remettre en marche et la voiture revenir sur l'asphalte. Aussitôt elle sauta par-dessus le talus et se glissa sous les ronces. Son cœur cognait sourdement et les tempes lui faisaient mal. Il lui semblait que la peau de son visage allait se déchirer tant la peur l'avait électrisée.

Le véhicule passa lentement sur la route. Elle imagina le regard scrutant les fossés de part et d'autre.

Allait-il s'arrêter ? Fouiller les abords ? La découvrir ? L'arracher à son roncier ? Alors c'en serait fini d'elle. Glacée d'horreur, paralysée, il lui semblait que sa respiration devenait vacarme. Elle la retint longuement... Peu à peu, le bruit du moteur s'éloigna puis s'éteignit dans le lointain et ce fut le silence froid des ténèbres. Au bout d'un long moment, toujours sur le qui-vive, elle s'aventura à nouveau sur la grande route...

☆

Ifig roulait allégrement sur sa mobylette dans l'aube blanche de ce dimanche vers sa journée de pêche.

Lorsqu'il la dépassa, Jeanne appuya son regard sur le sol pour ne pas être reconnue. Il freina et regarda derrière lui. Ces cheveux bruns, cet imperméable beige fatigué... mais c'était Jeanne !

— Jeanne ! A cette heure-ci, qu'est-ce que tu fais là ?

Elle aurait voulu fuir. Mais à quoi bon ? D'ailleurs elle n'en pouvait plus. Elle se laissa tomber dans la rosée, sans un mot, trop épuisée pour pleurer et puis trop fière aussi pour se donner en spectacle. Il descendit de sa machine, cala la béquille et vint s'accroupir près d'elle.

— Dis, qu'est-ce qui t'arrive ?

— Je rentre, dit-elle sans le regarder.

— A pied ? T'as encore un bon bout de chemin à faire ! Et puis t'es pas sur ta route ! Pourquoi t'as pas pris ton vélo ?

— J'ai crevé ! dit-elle et quand elle l'eut dit, réalisa tout à coup que l'autre avait emporté sa bicyclette, ou l'avait abandonnée. La retrouverait-elle ? N'en pouvant plus, elle éclata en sanglots.

Puis, par bribes, elle lui raconta l'agression, la peur panique, le chemin perdu dans la nuit…

— Monte sur le tansad, je vais te rentrer.

Il ne souffla mot à personne de la mésaventure de Jeanne et pourtant dès le lundi matin toute l'usine était au courant…

De l'autre version…

Depuis la reprise d'ailleurs, il se doutait bien de quelque chose. Les regards en coulisse des femmes glissaient sur lui avec mépris. On lui tournait ostensiblement le dos et c'est à peine si les collègues lui répondaient, si ce n'était par monosyllabes, juste le strict nécessaire

Ifig ne sut le fin mot de l'histoire que le surlendemain, lorsque Jeanne, elle-même mise à l'index, surprit une conversation en catimini entre les ouvrières : le contremaître, imbu de son autorité, collait la tentative de viol sur le dos de celui qui, au petit matin, l'avait ramenée à la maison.

Le sang d'Ifig ne fit qu'un tour. Les poings enfoncés au plus profond de ses poches pour ne pas être tenté de cogner, il lui intima de le suivre au vestiaire.

— Je ne reçois pas d'ordre de la part de minus de ton espèce ! lui répliqua le contre-maître en se dirigeant à l'opposé.

Ifig le rattrapa et le prit au col.

— Tu me suivras. J'ai deux mots à te dire. Je pense que tu dois bien te douter de quoi il s'agit.

— Tu veux sans doute qu'on te foute à la porte ?

— Non pas précisément. Je voulais simplement remettre les pendules à l'heure. Celles de la nuit de samedi à dimanche ! hurla t-il pour dominer le vacarme de la chaîne et pour que tout le monde entende. Veux-tu nous raconter comment le vélo de Jeanne est revenu dans la remise de l'usine hier matin, comme par miracle. Et pourquoi elle a dû venir au boulot à pied ? Bizarre, non ?

— Tu me lâches, oui ou non ?

Le contre-maître n'en menait pas large tout à coup. Ifig tenait bon, accroché à son col, le regard assassin. D'un geste sec l'homme réussit à se dégager.

— Ton compte est bon, fit-il.

— Tu pourrais peut être nous raconter la bonne version : celle de Jeanne dont le vélo avait crevé... Jeanne que tu as embarquée dans ta voiture accueillante et que tu as perdue dans la nuit pour mieux l'emballer. Comment a-t-elle réussi à t'échapper ?

Le bruyant tournis de la volaille sur la chaîne aux multiples cames grinçantes ne s'était pas arrêté mais l'ensemble du personnel ne perdait pas un mot de l'altercation. La tension atteignait à l'extrême. Jusqu'où iraient-ils ?

Tout à coup, Jeanne quitta son poste en courant

vers les vestiaires. En rejaillit précipitamment. Elle s'était changée et prenait la direction de la sortie. Ifig, tétanisé, ne savait plus que faire.

— Jeanne, si tu passes la porte, lui aboya le contremaître, tu es dehors pour de bon!

Elle ne se retourna même pas.

Sur la chaîne, les ouvrières firent celles qui n'avaient rien vu, rien entendu. Les hommes de même. Le monde fermé de l'usine avait rejeté un greffon qui ne prenait pas.

Les gestes se précipitèrent, la cadence aussi…

Chapitre V

Jabel se leva pour aller fermer la porte qui ouvrait sur le couloir de l'entrée. Deux cloisons de bois peintes en bleu coupaient la maison en deux et donnaient l'illusion d'un peu plus de chaleur dans la cuisine pourvue d'une cheminée, ***korn al ludu***, ce coin des cendres qu'elle affectionnait tant. Le reste des murs était chaulé, à même les moellons. Rien n'avait changé depuis le départ de son fils. Le lit d'Ifig coincé derrière la porte entre la cloison et le banc le long de la table à manger, Jabel y avait transporté ses pénates après son départ. Cela lui avait permis, à l'époque, de prendre quelque latitude avec la tyrannie de Fañch.

Elle jeta trois ou quatre bûches dans le feu et se déshabilla afin de se coucher dans ce lit, celui hors duquel Ifig se jetait en hurlant presque chaque nuit à son retour d'Algérie.

☆

Les premiers temps, affolée, elle se levait, morte d'inquiétude. Elle le découvrait assis au bord du lit dans le fouillis de ses couvertures et de ses draps brassés, moites de sueur ; les pieds nus sur la terre battue, le regard hagard, il était en nage, suffoquait, angoissé.

— *Petra zo c'hoarveet ganeoc'h ? Petra zo 'dreuz ?* Qu'est-ce qui t'arrive ? Qu' est-ce qui va de travers ?

Il répondait par des grognements inintelligibles et enfonçait son visage dans l'oreiller. Jabel se retirait sur la pointe des pieds, plus tourmentée d'une fois sur l'autre. Enfin, une nuit où ses hurlements avaient été plus effrayants que d'habitude, il accepta de s'en expliquer.

✯

— *Du-se, vezen barzh ur c'homando. E-pad tost da eizh miz, na m'eus ket tennet morse ma boutoù 'vit mont da gousket… Ma fistolenn kuzhet didan torchenn ma fenn ha ma mindrailherez ledet 'hed ar gwele.* Là-bas, j'ai fait partie d'un commando. Pendant près de huit mois, je n'ai jamais enlevé mes godillots pour dormir… Mon pistolet nichait sous l'oreiller et ma mitraillette couchait le long de ma paillasse.

La voix rauque, il hachura ses mots, débita ses hallucinations en français, expliqua en breton.

Jabel, silencieuse, enfin dépositaire de ses angoisses, longuement écouta.

✯

Dès que l'alarme sonnait, il fallait s'arracher à sa paillasse… rejoindre l'hélico prêt à décoller dans la cour… On s'y jetait pêle-mêle avec les armes, les lance-roquettes et les lance-flammes… Au radar… les yeux dans l' cirage, après, t'en fais pas, l'approche du combat nous réveillait bien vite…

L'Alouette nous déposait sur la rocaille quelque part dans la montagne. On n' savait jamais trop où… C'était la trouille en sautant dans le noir! Après il s'élevait au-dessus de nous; jetait des fusées éclairantes sur le paysage. Ça devenait lunaire… dardait son phare gigantesque sur les flancs escarpés… Chaque rocher pouvait être un piège… Il fallait deviner dans quelle caverne se terraient les Fells… Les dénicher… *Gisti*! A chaque fois j'étais pris de coliques; Je vidais mes tripes sur les cailloux. Après j 'pouvais avancer!

Son regard s'était allumé face à un vide terrifiant qu'il était seul à connaître. Le souffle court, il revivait l'instant, la gorge sèche, la sueur de son front ruisselait sur sa joue. Jabel, médusée, découvrait un autre fils, celui que l'enclume de ces trois années de feu et de sang lui avaient forgé et rendu.

— *Aon, mamm, n'oc'h ket gouest da gompren pegement aon 'm'eus bet. Goude-se, oa pe int pe ni. Kig bosser evit ar vombezenn oamp nemetken!… Met int oa 'tifenn o douar, o bro!* La peur, mère, la peur! Tu ne peux pas comprendre combien j'ai eu peur! Après… c'était eux ou nous!… Nous n'étions rien d'autre que de la chair à canon! Mais eux défendaient leur terre, leur Pays!

— Lorsque le feu d'artifice commençait… ça tirait de tous les côtés… Le choc de la terreur nous collait dans la rocaille… Les officiers nous engueulaient:

« Bande de cons! Faut avancer! Si vous n' bougez pas on va s'faire tirer comme à l'exercice! N'écoutez pas vot' trouillomètre, c'est le pire conseiller! Allez! On y descend tout schuss les gars! » …

Et Ifig avait continué :

— Les premiers copains tombaient en appelant leur mère ! Les cailloux roulaient... Amis ? Ennemis ?... En rampant, les mains crispées sur nos outils de mort, fallait approcher sans se faire repérer... au jugé, les griller au lance-flammes comme des lapins dans leur terrier ! Le feu ! *Mamm !* Le feu ! On s'enfuyait pour ne pas être carbonisés... La caverne devenait un enfer d'où sortaient des torches vivantes... Ça hurlait... en titubant, les Fells cherchaient leur salut au dehors... On leur tirait dessus pour faire taire leurs rugissements inhumains... ils s'écroulaient dans leurs braises!!! Oh ! L'odeur de chairs brûlées. Après on courait vers l'hélico en traînant les blessés ; les morts, c'était quand on pouvait... quand on les trouvait... pour que le lendemain, ils n' nous les jettent pas près d'la mechta avec leurs couilles dans la bouche ! L'matériel était pourri, usé... On pouvait partir en vrille n'importe quand... et griller à not' tour en quelques minutes dans l'oued asséché. Même quand l'appareil décollait sans histoire, j' claquais des dents tout du long jusqu'au retour au poste... Et le lendemain fallait recommencer ! ... Un jour, au cours d'une attaque, les Fells ont réussi le coup au but !... L'hélico qui venait de nous déposer, est parti en fumée dans un geyser de flammes...

Dans l'ombre noire de ses souvenirs le feu brûlait toujours. Yfig s'était tu un instant, puis avait repris :

— Du coup, on s'est retrouvé seuls, perdus dans les Aurès avec les Fells à l'affût dans les rochers et les grottes… La nuit nous est tombée dessus et la radio en panne! A s'demander ce qu'ils foutaient à l'état-major… planqués dans leurs bureaux, eux, ils s'en tapaient… Tu sais, *mamm,* pas question de fermer l'œil! … On a bandé les nerfs en attendant le soleil… Si j'avais pu entrer dans la terre, j'y aurais disparu… Le lendemain les Fells nous ont harcelés toute la journée. A midi, il faisait bien quarante degrés. Plus d'eau! Les gourdes étaient vides… L'hélico n'est venu nous chercher que le soir… Une panne comme d'habitude. Quand on s'est comptés pour rentrer, la moitié du commando manquait à l'appel… Pour embarquer il fallait traverser un espace à découvert… Sur le piton en face, une mitrailleuse nous prenait dans sa mire et nous abattait comme du gibier… Trois sont tombés, comme ça, en courant vers l'Alouette! C'est là-bas qu'il est resté mon copain. Il a fallu abandonner son corps… On nous a fait faire des choses épouvantables!…. J' pourrai jamais oublier!

Il s'était pris la tête dans les mains, se griffait les cheveux, se cognait le front sur le banc accolé à son lit, sanglotant comme un gamin.

— Qu'est ce qu'on foutait là-bas, nom de Dieu? Ils sont chez eux! Qu'est-ce qu'on foutait là-bas? … Chaque nuit, les hurlements des hommes brûlés vifs me poursuivent! J'entends leurs suppliques, leurs râles… J' n' peux pas effacer… J' peux pas chasser ça de ma tête… Chaque nuit… Chaque nuit, tu entends? Ils reviennent me tourmenter… Je n' voulais pas faire cette sale guerre…

Jabel, démunie, assise près de lui, lui avait longuement caressé les cheveux en silence. Que pouvait-elle faire pour calmer cette détresse? Il avait enfin pu lui parler. Avoir le cœur un peu moins lourd l'aiderait peut-être à chasser ses tourments. Hélas! Ses obsessions d'épouvante durèrent, même si elles s'espacèrent avec le temps. On ne chasse pas ainsi la camarde quand on l'a côtoyée si longtemps, écrasé par la guerre et la folie des hommes.

☆

En se couchant dans le lit de son fils, Jabel allait à la rencontre de ces confidences passées qui la hantaient à son tour. Et, comme en surimpression, remontait le souvenir d'Ifig partant à pied, ses bagages à la main dans la montée qui avait été fatale à sa belle voiture. Il avait laissé le meilleur de lui-même dans ce chemin: toute sa jeunesse, un peu de passion retrouvée et d'espoir dans la vie.

☆

Un soir, il était revenu avec une valise et il lui avait montré ses billets de transport. Il avait tenté de lui faire comprendre qu'il n'avait plus sa place au Pays. Il ne s'y sentait pas bien. On continuait à le regarder de travers depuis le mariage d'Alice, son accident de voiture et l'histoire de Jeanne, si droite, accusée de putasserie... Il était sûr que ces regards continueraient à lui porter la poisse. Il ne supportait plus les cadences de l'usine, les ordres cassants des contremaîtres et le bétail humain dont il faisait partie mais auquel il n'arrivait pas à s'intégrer vraiment. Car il ne se coulerait jamais dans ce moule:

les odeurs méphitiques et surtout la suprême infamie dont il se sentait partiellement coupable. N'avait-il pas donné le dernier coup de balai, ouvert la dernière vanne au soir des vacances? Le spectacle affligeant de la rivière aux poissons crevés ne le quittait plus.

La nuit, son sommeil se peuplait d'images terrifiantes: les mâchoires muettes et menaçantes des poissons qui dévoraient les torches humaines d'Algérie... Les cauchemars se bousculaient dans sa tête, se superposaient, mêlant passé et présent, brassant son sommeil d'épouvante. Désormais, les écoulements fétides de l'usine, quotidiens, inexorables, coupaient tout espoir de revoir sauter les truites dans le petit matin frissonnant. Même ce bonheur si simple était anéanti. Fatigué jusqu'à l'écœurement, il partait donc vers d'autres horizons, loin, le plus loin possible...

Reviendrait-il un jour si la fortune lui souriait, leur montrer à tous ces gens-là qu'il ne supportait plus, que lui, Ifig, valait mieux que leurs sourires entendus, leur hypocrisie servile, leurs ignorances coupables, la bêtise de leurs commérages, leur mépris pour la rivière? Rester croupir dans ce marais asphyxiant dans l'espoir d'une hypothétique lueur de solidarité ouvrière? Jamais! Car se lèverait-il seulement ce jour faste où un jet de lumière brûlerait leur soumission à l'ordre établi pour leur permettre d'exister pour eux-mêmes?

... Et il avait dit: la « Nouvelle-Zélande » comme d'autres un jour avaient dit « l'Amérique ».

☆

Le jour de son départ, Jabel n'alla pas travailler. Elle se leva de bonne heure et, avec tout son amour de mère, lui avait doré trois douzaines de crêpes et un gâteau dont elle fit un paquet. Elle y glissa aussi le reste de lard mijoté la veille dans les légumes de la soupe. Ainsi emporterait-il en guise de viatique un peu du goût de ce pays : ce fut le sujet de leur ultime dispute. Leurs derniers bleus à l'âme. Ifig ne voulait pas s'encombrer de ce paquet. Sa valise lui suffisait. Elle s'entêta. Il dut céder.

Avant de sortir de la maison, il poussa la porte de la chambre. Fañch cuvait sa dernière bouteille. Il referma rageusement. Celui-là, c'était sans regret, mais sa mère, c'était un crève-cœur ! Jabel, le désespoir au bord des cils, l'accompagna en silence jusqu'au bout de la garenne, là où elle abordait la vicinale. Il l'embrassa. Les effusions n'entraient pas dans leurs habitudes mais en cet instant, toute pudeur bannie, il prit sa mère dans ses bras. Elle le supplia une dernière fois de rester.

En vain. La messe était dite.

Il s'arracha à son étreinte et s'en alla d'un pas rapide sans se retourner. Elle demeura au bord de la route jusqu'à ce que le tournant le ravisse à ses yeux. Alors, mais alors seulement, elle se permit de pleurer amèrement, effondrée sur le bord du talus. Ses larmes se mêlèrent à la fougère jaunie. On allait vers la morte saison. Qu'avait-elle fait ou n'avait pas su faire pour mériter ainsi de voir fuir son fils unique ? Éternel reproche de toutes les mères du monde plongées dans le drame d'un exil.

☆

Les années s'étaient écoulées. Cette obsession, chaque soir, telle une écharde, lui torturait le cœur. Aucun baume ne l'apaiserait.

Mais elle était enfin libre d'essayer d'y apporter remède.

Chapitre VI

Une concession au cimetière, quelques pierres et une croix de granit bâtirent une tombe autour du monticule de terre où reposait Fañch.

— *Un devez 'teuo ha vefen gourweet aze ivez. Met n'eus ket pres ennon, ha mat-tre eo, e giz-se.* Un jour, on m'allongera là aussi mais je ne suis pas pressée et c'est très bien ainsi, confia Jabel à Marie-Louise.

Auparavant, elle se proposait de réaliser bien des choses. La mort de Fañch avait représenté pour elle une grande dépense, mais quelle délivrance ! Sans aucun remords, en toute franchise, la perspective des économies qu'elle réaliserait désormais la rasséréna : plus de lambig ou de rhum à acheter ! Quelle chance !

☆

Aussi sa petite idée avait continué son bonhomme de chemin. Mais pour la réaliser, elle avait dû mettre Marie-Louise dans la confidence et lui faire promettre de n'en parler à quiconque.

— *Setu, fin an Doue, bremañ, peogwir eo marv Fañch meus lakaet ba' 'ma soñj mont da welet ma faotr dan Nouvel' Zeland'.* Voilà, lui avait-elle expliqué, maintenant qu'enfin Fañch est mort, j'ai l'intention d'aller voir mon fils en Nouvel' Zéland'.

L'accent tonique de son parler breton, posé sur la première syllabe, escamotait les voyelles de la chute et donnait à ce pays un raccourci qui semblait le rapprocher de Jabel. Si bien que le voisinage, à force de l'entendre s'en était familiarisé et l'avait adopté.

Familiarisé avec ce nom peut-être, mais de là à l'entendre annoncer une décision pareille, il y avait de la marge. Marie-Louise leva les bras au ciel! Les jambes coupées, elle se laissa choir sur une chaise, heureusement rapprochée. Elle connaissait l'entêtement de Jabel. Il fallait s'attendre à ce qu'elle mette son idée en œuvre!

Et, en effet, avant qu'elle ne soit revenue de sa surprise et n'aie pu formuler une objection, celle-ci lui asséna sa requête:

— *Ma komzan deoc'h deus an dra-se, eo dam' 'm' eus 'emm da gaout ganeoc'h un tamm paper skrivet war e gor', anv an ti ispisial hag e chomlec'h e Kemper, vit mont da brenañ ma bilhed.* Si je t'en parle, c'est pour que tu m'écrives sur un bout de papier le nom de la maison où acheter mon billet et son adresse à Kemper.

Apparemment, sa décision semblait arrêtée. Elle passait à l'application pratique. Etait-ce dans ses possibilités pécuniaires? Combien cela allait-il lui coûter? Elle verrait bien.

Fataliste, Marie-Louise poussa jusqu'à la poste du bourg consulter l'annuaire. Après, oui, on verrait bien.

☆

Le samedi suivant, Jabel prit le car qui chaque samedi assurait le transport vers Kemper, munie du bout de papier sur lequel sa voisine avait écrit le nom et l'adresse d'une agence de voyages. Un car où chacun connaissait chacun et qui devenait, l'espace d'une bonne demi-heure, le carrefour de toutes les nouvelles, véritable Radio-Lavoir ambulante. Jabel, le verbe truculent et haut perché comme à son habitude, mena les échanges avec brio. Mais à l'arrivée, pour rien au monde, elle ne se serait fait aider par l'un des voyageurs de sa coterie. Elle s'arrangea pour descendre la dernière et l'ultime connaissance noyée dans le flot de la ville, elle aborda la première passante qui lui sembla pouvoir la comprendre. Elle la repéra à son certain âge et à son chignon de *Borledenn*.

En effet, elle parlait breton.

Avec beaucoup d'affabilité, la dame lui dessina, sur le dos d'une enveloppe usagée, l'esquisse d'un plan de rues que Jabel devait suivre pour parvenir à l'agence de voyages. La cathédrale, l'Odet, la rue Kereon, les halles : tous les points de connaissance balisés, Jabel partit sur le chemin de la découverte.

Son voyage commençait déjà dans sa tête.

De sa démarche chaloupée, qui arpentait plus souvent la boue que le pavé, en quelques minutes elle parvint de la place de Brest à la cathédrale. La cathédrale où trônait *Santig Du*. Ce saint de toutes les dévotions et de toutes les sollicitudes était l'un des jardins secrets de Jabel. Lorsqu'elle pénétra dans l'édifice, le silence et la majesté des lieux, l'odeur de l'encens et des bougies qui se consumaient, la douce obscurité, la chatoyance du soleil matinal sur le kaléidoscope des vitraux, tout lui semblait familier. Cela faisait partie du voyage à Kemper : à chaque fois elle passait par la cathédrale. Elle y prit le temps de déambuler, d'admirer les images des vitraux comme l'on feuillette un livre d'art en le savourant à pleines pages. Ce samedi était faste. On célébrait un grand mariage. Tout à coup, la marche nuptiale déferla, couvrant le bruissement des toilettes et les murmures frivoles. Mais il sembla à Jabel que les grandes orgues ne jouaient que pour elle. Dans l'ombre de *Santig Du*, elle s'accorda une pause et dénicha quelques piécettes jaunes au fond de son porte-monnaie. En les laissant tomber dans le tronc, elle lui murmura quelques « commandes » précises pour qu'en ce bas monde, il lui accordât sa pincée de bonnes choses, maintenant que Fañch avait enfin disparu.

- *Trugarez da Zoue ha Doue d'e bardoniñ !* Merci à Dieu et que Dieu lui pardonne ! balbutia-t-elle.

A la sortie de la cathédrale, la foule du marché la happa. Près des halles les marchands de chrysanthèmes la ramenèrent à la réalité de la Toussaint prochaine. Elle ne pourrait éviter le devoir d'en acheter. Ah, décidément ! Quand en aurait-elle fini avec ce boulet ? Elle traversa le Steïr et tourna à gauche, compta les boutiques au fur et à mesure sur ses doigts et découvrit celle qui alléchait le chaland avec, dans la vitrine, de grandes photos de paysages « qui n'étaient pas d'ici » comme le lui avait précisé l'aimable passante.

Une jeune femme l'accueillit. Jabel savait d'avance que personne ne la comprendrait, aussi déposa-t-elle le « mot de billet » de Marie-Louise sur le bureau. Intriguée, la jeune femme la fit asseoir, lut puis releva la tête.

Jabel laissa tomber ses quelques mots, l'un de ses seuls viatiques dans la langue de Molière :

— Je parle pas le français.

Elle accumulait, très péremptoire, affirmation et négation à la fois comme pour mieux insister sur son handicap.

— Je parle pas le français, répéta-t-elle.

— Oui. Je vois, répondit la jeune femme en désignant la feuille. Et elle ne peut pas vous accompagner ?

— … ?

— Ah ! Évidemment.

— *Pegement ?* Combien ?

Jabel lui fit signe de lui écrire les chiffres.

La jeune femme soupira, prit un catalogue et se mit à y inscrire diverses possibilités. Puis, relevant les yeux, elle chercha encore à expliquer :

— Mais il vous faudra verser des arrhes.

— Des ares ?

Ça, Jabel connaissait. Les superficies agraires et leurs divisions n'avaient aucun secret pour elle. Des ares ? Non mais cette petite *droch* - idiote - voulait l'obliger à lui apporter sa terre à pleine poche ? Elle la prenait donc pour une imbécile ! *Gast a gurun ruz !* Putain de tonnerre rouge ! Elle se leva d'indignation. Payer un voyage de cette façon ? *Mallozh Doue !* Malédiction de Dieu ! Ses poches n'y suffiraient pas, il faudrait plusieurs tombereaux ! Et après, elle ferait quoi avec ?

Anv doue ! Nom de Dieu ! Et par tous les diables de l'enfer, sur quelle planète tournait-on ?

Oubliant toute retenue, elle se lança dans une diatribe contre ces citadins qui prennent les gens des campagnes pour des demeurés pour peu qu'ils n'utilisent pas la même langue ! Debout, le sac à la main, dans son ample manteau qui avait été noir mais que le temps avait verdi, un cache-nez de laine blanche autour du cou, elle déclamait, solennelle, avec dans la voix et le geste, un rien qui rappelait le réquisitoire structuré d'une avocate.

La jeune femme, médusée, ne savait que faire. Elle ne pouvait placer un mot. Qu'avait-elle dit de travers pour provoquer une colère pareille ? Elle recevait une volée de bois vert telle qu'elle n'en avait encore jamais reçu et elle n'y comprenait goutte !

« Les arrhes ? Enfin, c'est tout de même normal ! D'où sort-elle celle-là ? »

Un collègue ameuté par ce discours sortit du bureau attenant comme le diable de sa boîte et coupa l'envolée de Jabel. La jeune femme chercha à expliquer mais, prise d'un fou rire irrésistible, s'engouffra dans la pièce d'à côté. Jabel, vexée, tourna les talons. Elle s'apprêtait à battre en retraite lorsque l'homme la rappela dans sa langue. Interloquée, elle fit demi-tour :

— *Ke memes, un' bennak 'gomprenn 'hanon !* Enfin ! Quelqu'un qui me comprend !

L'homme, *un Aotrou*, - un Monsieur - l'invita à se rasseoir.

— *Ul lodenn moniez vo goulet ganeoc'h.* Une avance vous sera demandée.

— *Evel just, n'eo ket douar ? N'oe ket ares ?* Ce n'est pas de la terre ? Ce n'est pas des ares ?

— *Nann ! Evel just !* Non, évidemment !

Jabel respira. Elle ne s'exprimait qu'en breton mais, tout de même, oser la traiter comme une idiote ! Son argent valait bien celui d'un autre et on n'allait quand même pas lui faire croire qu'un voyage se payait avec des ares!

Il la laissa évacuer toute son indignation.

Quand elle s'arrêta, à bout d'arguments, il lui expliqua longuement que le mot « arrhes » était un mot français un peu barbare que l'on utilisait pour désigner une avance et qui se prononçait de la même manière que celui qui désigne les superficies agraires mais s'écrivait différemment.

Ah! tout s'éclaircissait et Jabel s'excusa de n'avoir pas été à l'école autrefois parce ses parents, trop pauvres, n'avaient pu faire face à la dépense. Mais aujourd'hui, Fañch son mari ivrogne étant mort, elle désirait se rendre en Nouvel' Zéland' voir son fils et son petit fils qui allait naître et sa bru qu'elle ne connaissait pas encore. Mais était-ce dans ses moyens? C'est ce qu'elle voulait savoir.

L'*Aotrou* reprit la feuille où la jeune femme avait déjà commencé à écrire, consulta un catalogue, écrivit, additionna.

— *Netra, nemet priz ar veaj peogwir du-se 'chomfen barzh ti ma faotr.* Juste le prix du voyage puisque là-bas j'habiterai la maison de mon fils, précisa bien Jabel.

Enfin, il lui énonça le détail des chiffres de manière intelligible.

— *Kement-se?* Tant que cela?

Jabel s'attendait à une grosse somme mais tout de même… Cela faisait beaucoup, vraiment beaucoup d'argent.

Eüruzamant on azezet rak kouezhet vijen bet! Heureusement que je suis assise sans cela j'en serai tombée! se dit-elle.

Elle accusait le coup mais y voyait plus clair.

Un ange passa. L'*Aotrou* la laissa réfléchir…

— *Dastum ar gont-se vo ken diaes ha tennañ amann euz gou'g ur c'hi met ma eo ar priz-se mont da welet Ifig, ha feiz! A pezh vo d'ober vo graet. War an taol, 'vel just, n'eus ket argant 'walc'h barzh ma chakod, nag a dost, met dont a rin 'benn da zastum an toullad moniez vo dav.* Réunir cette somme sera sans doute aussi difficile que de tirer du beurre de la gorge d'un chien mais voilà : si tel est le prix pour revoir Ifig, eh bien, je ferai le nécessaire. Je ne dispose pas sur l'heure de la somme totale, loin s'en faut, mais j'y parviendrai, lui assura-t-elle.

Il n'avait pas à s'inquiéter.

— *Gouest 'vin da vont kuit a-raok gouel Nedeleg?* Pourrai-je partir avant Noël ?

— *O! Sur-tre, met poent eo feurmiñ ho plas. Gouest oc'h da ledañ ul lodenn arc'hant 'vit an dra-se hiriv?* Ah ! Certainement mais il est déjà temps de retenir sa place. Pouvez-vous verser une avance aujourd'hui ?

Jabel avait sur elle la somme demandée et fouilla son sac pour y prendre son porte-monnaie. L'*Aotrou* lui objecta encore, avant qu'elle ne fasse son versement, que ce pays étant un pays lointain, elle aurait quelques démarches à faire pour obtenir des « papiers de circulation ». Pour cela elle s'adresserait à la mairie et puis aussi, et c'était très important, il lui faudrait faire des vaccinations. Tout en parlant, il écrivait, expliquait, insistait sur des détails qui, pour cette femme, risquaient de devenir des obstacles insurmontables. Enfin, il lui remit une grosse enveloppe et surtout une feuille jaune, celle qu'elle devrait donner à son médecin pour attester des vaccinations administrées.

— *Ma medisin ?* Mon médecin ?

Jabel n'avait jamais été malade. Quant à son fils, elle l'avait mis au monde toute seule ! Mais qu'à cela ne tienne, elle s'en trouverait un de médecin !

Que n'aurait-elle fait maintenant qu'elle savait que cette dépense, énorme pour sa bourse, était tout de même à sa portée ? Et cet homme qui possédait un cœur d'or lui ouvrait toutes les portes de la félicité future les unes après les autres. Il fallait qu'elle lui donnât quelque chose. Elle saisit un billet et, d'autorité, le lui mit dans la main. Il protesta, expliqua qu'il était payé pour aider les gens qui voulaient voyager et s'adressaient à lui.

Jabel ne voulait rien entendre.

— *Nac'h archant ar chañs n'eo ket un divinour mat !* Refuser l'argent de la chance n'est pas de bon augure.

Cet argent, c'est celui que l'on échange lorsque l'on passe un marché honnête entre gens du terroir qui savent se comprendre. Or, celui-ci se doublait d'un bonheur dont l'*Aotrou* ne pourrait jamais mesurer l'amplitude.

Il dut s'incliner pour ne pas déclencher un autre esclandre !

Enfin, ils se mirent d'accord pour une date limite de confirmation et de paiement du solde. Et Jabel, après des remerciements qui prirent des allures d'effusions tant sa reconnaissance atteignait des cimes, reprit le trajet du retour. En passant près de la cathédrale, elle fit un petit détour.

Gast ar gagn! Putain de charogne! *Dont a rafen 'benn.* J'en viendrai à bout!

Il lui fallait donc, toutes affaires cessantes, remercier *Santig Du.* Le mettre au courant. Son efficacité étant évidente, il bénéficia de quelques pièces blanches, de bien plus grande valeur! Car Jabel avait la reconnaissance matérielle et morale naturellement graduée.

Ma Doue! Dav vo deoc'h taol ur sell warnon penn-da-benn ma zroiadenn, 'vidin nompas koll ma hent ha degou't mat. Netra ken, nemet mont, vo pouezus. Muioc'h 'vit daou zevezh beaj neus displeget din an aotrou. Distroiñ? Gwelet vo goude-se! Da gentañ, skarzhañ ma yalac'h ha ledañ ar moneiz pizh" Il faut me protéger le long de mon périple pour que je ne me perde pas et que j'arrive à bon port. Rien que d'y aller est une affaire. Plus de deux jours de voyage m'a expliqué l'*Aotrou.* Revenir? Je verrai ça après! Mais il me faut d'abord vider mon escarcelle et étaler la monnaie!

☆

Songez donc! Autour de la boule sur le bureau, l'*Aotrou* lui avait indiqué de la pointe de son crayon le trajet à parcourir. Elle l'avait suivi, retenant son souffle pour constater qu'elle ferait presque le tour du monde!

Elle, Jabel qui n'avait jamais été à l'école et ne parlait pas le français, allait prendre le train jusqu'à Paris et après s'envoler pour la Nouvel' Zéland'!

Les mots « train, Paris, avion, » tressaient autour de Nouvel' Zéland' une ronde et y invitaient Jabel avec des noms de villes qu'elle avait vite apprivoisés tant elle avait dévoré des yeux le descriptif donné : Barhein, Colombo, Singapour, Sydney, Auckland. Ces noms de villes devenus familiers formaient une ronde et chantaient dans sa tête. En deux tours de cadran, sautant d'une chiure de puces à l'autre sur les entrelacs du globe, cette ronde jolie la mèneraient enfin jusqu'à Ifig.

Chapitre VII

Jabel fit un crochet par le C'huibou en rentrant de Kemper. Elle ne sentait pas la fatigue bien qu'elle n'eût pas pris le temps de manger si ce n'était une brioche achetée à la sauvette. Elle avait repris le car à midi. Deux heures sonnaient quand elle aborda allégrement la cour de la ferme. Marie-Louise, qui ne s'attendait pas à tant d'enthousiasme, eut droit à la primeur des détails.

Jabel étala tous ses papiers sur la table. L'*Aotrou* de l'agence de voyages prenait des allures de magicien, son affabilité dépassait celle du commun des mortels.

— *D'ar baradoz 'yay sur, ma zo unan!* Sûr qu'il ira au paradis, s'il y en a un! décréta Jabel.

Ce fabuleux voyage se présentait sous les meilleurs auspices.

— *Ar paperach 'vit beajiñ zo an'vezet « passeport » gant an Aotrou. Ha vo dav goulenn 'neañ barzh an Ti-kêr.* Les papiers pour circuler, *l'Aotrou* appelle ça « passeport ». Il faudra les demander à la mairie.

— *'Vit lavar gwir… Dav vo deoc'h mont hounanig!* Ben… C'est-à-dire… Il faudra que tu y ailles toute seule, lui dit enfin Marie-Louise, très embarrassée.

Elle semblait tout à coup vouloir verrouiller ses velléités voyageuses. Visiblement, elle ne croyait pas en la capacité de Jabel à mener à bien ce périple. L'ayant dit, elle retint son souffle. Il y eut un long silence, puis Jabel, prise de court, s'étonna :

— *Ha dam' betra ?* Pourquoi ?

— *Dam' vo dav deoc'h sinañ ho paperach ho-unañ !* Parce que tu devras toi-même signer tes papiers.

— *Goût a ret mat-tre n'ouzon ket lenn !* Mais tu sais très bien que je ne sais pas lire ! sursauta-t-elle, prise de panique à l'idée de cette démarche.

— *Ma fokêzh Jabel ! Ma fell deoc'h mont betek an Nouvel' Zeland', kenkoulz eo deoc'h lakaat barzh ho soñj 'rafec'h ho hent ho-unañ. Ne yafen ket d'ho heul betek eno. Setu, kenkoulz deoc'h kemer an tu d'ober ho paperachoù ho-unanig. Ma ne teuet ket a-benn amañ, peseu' mod' rafec'h 'vit mont ken pell-se da gant lev ! Kant lev ? Petra 'lavaran ? Mil lev ha kalez muioc'h c'hoazh ! E-lec'h, den ebet tro-war-dro, ne gompreno 'noc'h* Ma pôv' Jabel, si tu veux partir pour la Nouvel' Zéland', il faut te dire tout de suite qu'il faudra bien que tu te débrouilles toute seule. Je n'irai pas avec toi jusqu'à là-bas. Il vaut mieux que tu essayes de faire tes papiers toi-même. Si déjà tu n'y arrives pas ici, comment feras-tu pour aller à cent lieues ! Cent lieues ? Que dis-je ? Mille lieues et bien plus encore ! Là où personne alentour ne te comprendra !

Jabel en resta sans voix. Jamais encore Marie-Louise ne lui avait parlé sur ce ton. Habituellement, dès sa requête formulée, elle cherchait à lui rendre le service demandé aussi prestement que possible. Elle n'avait jamais eu à s'en plaindre. En retour, la journalière lui rendait son dévouement au centuple, sans compter.

Jabel se leva. Cette douche froide l'avait raidie, outrée, blessée. Ainsi ses voisins la tenaient pour une incapable majeure, l'idiote du village tombée de la dernière averse! Jamais encore elle n'avait imaginé qu'on puisse penser un seul instant que le fait de ne savoir ni lire ni écrire puissent la ravaler au rang d'une incapable!

— *Mat-tre. Peogwir 'mañ an traoù e-giz-se, da virviken 'ziskoulmefen ma-unanig ma aferoù ha ziskouefen deoc'h n'on ket bet an hini ziwezhañ ba' marc'had ar sperejoù hir.* C'est bien. Puisqu'il en est ainsi, désormais je me débrouillerai toute seule et je vous prouverai que je n'ai pas été dernière servie à la foire de la longue intelligence, laissa-t-elle tomber devant Marie-Louise, qui en resta coite.

Sur ce, elle fit demi-tour sur les fers de ses sabots et se dirigea vers la porte.

— *'Rabat deoc'h kemer an dra-se war an ton uhel, Jabel!* Il ne faut pas le prendre avec cette hauteur, Jabel! glapit une Marie-Louise revenue de sa surprise.

Elle essayait de se rattraper. En vain.

Jabel avait repris le chemin de son *pennti* et laissait sa voisine sur sa déconvenue. Elle était désormais solitaire. Solitaire elle demeurerait. Personne ne croyait en elle mais elle allait leur montrer à tous de quel bois elle se chauffait!

☆

Elle attaqua ses démarches par ce qu'elle détestait le plus: se faire tirer le portrait. Le photographe possédait l'âme d'un philosophe et n'aimait pas la conversation. A bien des égards, il passait même pour un misanthrope, ce dont il se moquait éperdument. Aussi leurs échanges allèrent à l'essentiel. Quelques jours plus tard, Jabel récupéra ses précieuses images sur lesquelles son regard sévère et rébarbatif résumait bien l'instant de sa contrariété.

Puis elle entreprit le plus difficile : la mairie, domaine des hiéroglyphes savants auparavant réservé à Marie-Louise. Pour sûr, le secrétaire l'accueillerait dans sa langue mais il lui faudrait confier son projet. Celui-ci ne manquerait pas de provoquer sourires, sous-entendus, objections voire les obstructions du fonctionnaire qui, fort de son savoir encyclopédique, se croirait obligé de la mettre en garde contre les montagnes de difficultés qu'elle aurait à affronter !

Cela se passa effectivement tel que Jabel l'avait pressenti, mais elle demeura de marbre.

— *Goût a ret an dra-se ? Goût a rafec'h ober kement-se ? Hag evit ar paseporzh eo dav deoc'h degas div luc'hskeudenn deusoc'h ! Setu... ho poltred !* Savez-vous ceci ? Saurez-vous faire cela ? Et puis pour le passeport, vous devrez m'apporter deux photos d'identité... votre portrait, quoi !

Elle lui jeta ses photos d'identité sur le bureau.

A la énième remarque, elle sortit de ses gonds !

— *Mallozh Doue ! Dam' da betra ne yafen ket da veajiñ ? Ha c'hwi zo paeet 'vit duañ paperach pa n'oc'h ket ?* Malheur de Dieu ! Pourquoi n'irai-je pas en voyage ? Et vous, vous êtes payé pour noircir la paperasse oui ou non ?

Hola ! ça sentait le roussi ! Il la regarda, surpris.

Elle ne semblait pas vouloir plaisanter. Il opina du chef et sans un mot remplit un imprimé. Du doigt, il lui désigna l'endroit où signer au bas de la page.

— *Goût a ret mat-tre ne ouzon ket skrivañ!* Vous savez très bien que je ne sais pas écrire! tonna -t-elle encore.

Elle le faisait exprès, bien décidée à lui rendre la monnaie de sa pièce.

Mal à l'aise, le secrétaire se racla la gorge et lui proposa de la guider. Dieu merci, Marie-Louise avait réussi à lui inculquer la calligraphie de son nom. Elle le toisa d'un regard assassin, saisit rageusement le stylo et signa d'un coup de griffe. Puis elle lui tourna ostensiblement le dos tandis que le secrétaire cherchait à lui expliquer rapidement que « le bon papier reviendrait dans quelques jours à la mairie, seule la préfecture était habilitée à le délivrer. Elle devrait donc repasser… »

… Ce qu'elle savait déjà car son ange gardien de l'agence de voyages le lui avait fort bien expliqué. Aussi, se précipita-t-elle dehors sans attendre, tandis que le fonctionnaire appuyait sur la voix pour se faire entendre de cette citoyenne peu ordinaire.

Ouf! Une bonne chose de faite.

Elle allait maintenant aborder la docte science d'un autre genre d'*Aotrou*. Elle jeta son dévolu sur le vieux médecin installé depuis des décennies au bourg. Elle l'avait aperçu ici et là, d'une ferme à l'autre. Il devait la connaître, au moins de vue. Ceci aiderait cela. Lorsqu'elle poussa la porte de la salle d'attente, elle faillit repartir sur le champ. Sept à huit personnes attendaient leur tour. Attendre! Elle détestait. C'était lambiner, perdre son temps. Mais enfin! Comme elle avait prévu de consacrer sa journée à toutes ses démarches, elle décida de prendre son mal en patience et s'assit.

Pour Ifig, que n'aurait-elle enduré?

☆

Ce matin, levée de bonne heure, une tartine beurrée et un bol de café avalés debout au pied de la table, elle avait ensuite pris la route, à pied, son seul mode de transport. La nuit traînait encore son noir manteau ourlé de brume. A cette époque, aube et crépuscule se confondent dans la même grisaille que le jour n'arrive pas à dissiper.

Mais foin du ciel triste que nervurent les arbres dénudés! Le temps se drape des images que le regard veut bien enluminer.

L'attente passa plus vite qu'elle ne l'avait escompté. La conversation roula sur les dernières nouvelles du pays et Dieu sait si Jabel maîtrisait son sujet! Son verbe, une fois de plus, fit merveille. Captivé, les patients oublièrent leurs maux et leurs angoisses. A sa grande satisfaction, partants et arrivants renouvelèrent son auditoire.

Et ce fut son tour. Elle quitta presque à regret son public déridé pour entrer dans le cabinet médical.

☆

En souriant, le médecin l'invita à s'asseoir et à s'exprimer comme à son habitude, en breton. Elle ne se fit pas prier et termina son histoire, une fois de plus, par sa superbe chute : *Nouvel' Zeland* ! Quand elle eut fini, secouant la tête d'incrédulité, il saisit un gros livre sur une étagère, en tourna les pages et s'arrêta sur l'une d'elles. Les formes colorées des pays s'y étalaient comme sur la boule à l'agence de voyages. Du doigt, il suivit un tracé, nomma des villes que Jabel connaissait déjà et dont elle répéta le nom après lui. Barhein, Colombo, Singapour, Sydney, Auckland... Allait-il douter de sa raison, la prendre pour une folle, refuser de lui faire la piqûre exigée ?

— *A ! Jabel, ho unanig ? Ken pell-se ?* Ah ! Jabel, toute seule ? Si loin ?

— *Ya ! Du-se zo heol evel amañ, ha ma zo heol evit ul lodenn 'dud, zo 'vidin, ivez.* Là-bas, il y a du soleil comme ici. Et s'il y a du soleil pour un certain nombre de personnes, il y en a pour moi aussi.

— *Heol ! Heol !* Du soleil ! Du soleil ! ... *An heol zo brav walc'h ! 'Ranker rafer degou't betek an heol-se !* C'est bien beau le soleil ! Encore faut-il arriver jusqu'à ce soleil-là !

— *Met, Aotrou midisin ! Un teod 'meus... N'anveet ket 'hanon ?* Mais, Monsieur le docteur ... J'ai une langue. Vous ne me connaissez pas ?

— *N'anvean ket 'noc'h ? Gwelloc'h evit ma soñjet !* Je ne vous connais pas ? Mieux que vous ne le pensez !

— *!!! Dre vras... Pe mat ... Pe fall ?* De loin, alors... En bien ou... en mal ?

— *Goût a ran 'peus un teod luget mat. Ha ma vijec'h bet aet d'ar skol, 'vijet ket bet un' all gist deoc'h 'vit krouiñ, skrivañ ha kontañ istoriou.* Je sais que vous avez une langue bien pendue. Et que si vous étiez allée à l'école, vous n'auriez pas votre pareille pour imaginer, écrire et raconter des histoires.

— *O! Ar skol!* Oh! L'école!

L'école où elle n'avait pas pu aller. L'école, cette chimère qui la poursuivait et la poursuivrait jusqu'à la fin de ses jours. Dans une autre vie, elle accéderait au savoir. Peut être cette autre vie a-t-elle déjà existé? Et la nuit des temps la lui a effacée de la mémoire? Mais elle n'a pas biffé sa capacité d'apprendre… C'est encore et toujours possible, elle le sent, elle le sait. Mais pour l'heure, elle va partir pour la Nouvel' Zéland', alors, Monsieur le docteur il faut me vacciner et signer la feuille jaune.

Elle allait au fait. L'heure n'était plus aux atermoiements.

Le praticien ne s'en offusqua pas. Il hocha la tête en riant, prit une feuille de papier et y inscrivit quelques arabesques.

Jabel fouilla son sac pour en extirper le sésame. Couleur bouton d'or, il était parsemé du galimatias aux tracés noirs et savants qui allaient lui ouvrir l'immense vasque bleue du ciel et les nuées lumineuses du voyage. Elle le sortit avec précaution de l'enveloppe, comme un objet sacré, et des deux mains le lui remit.

— *Ya! Met a-raok eo dav din-me gwel' mag oc'h yec'h!* Oui! mais auparavant il faut que je vérifie si vous êtes en bonne santé!

— *Met, n'on ket klañv!* Mais, je ne suis pas malade!

— *Tennet ho mantell, mar plij!* Enlevez votre manteau, s'il vous plaît!

Elle s'exécuta en silence, impressionnée. Il l'ausculta avec soin. Pour la première fois de sa vie, cela en valait la peine. Cet examen terminé, il ota le stéthoscope.

— *Mat-tre. Yec'h-pesk oc'h. Ha bremañ, c'hwi 'yay da di an apotiker evit goulenn ur bikadenn.* Très bien. Vous êtes saine comme un poisson. Et maintenant vous irez chez le pharmacien pour demander une piqûre.

— *Mat! Mat-tre! Trugarez vras, Aotrou medisin.* Bien! Très bien! Grand merci, monsieur le docteur.

Les choses reprenaient une bonne tournure. Elle voulut le payer mais il refusa.

— *C'hwi 'baeo 'nomp 'benn ar wech all.* Vous me paierez la prochaine fois.

En le quittant, elle lui serra la main avec effusion et s'en fut.

Ne oa netra d'adlavar. An Aotrou medisin-se 'gompren ar vuhez. Il n'y avait rien à redire, cet *Aotrou* médecin comprenait la vie.

Mat! ha bremañ eo dao kresket kof ar yalac'h vit paeañ an dro en tu all deus ar bed. Bon! Maintenant, il faut grossir le ventre de la bourse pour payer le périple vers l'autre côté du monde.

*

Elle se dirigea vers la boucherie. Elle n'avait jamais été une très bonne cliente, loin s'en fallut. La viande achetée ne s'inscrivait à son menu que de manière exceptionnelle. La volaille courant dans la prairie avec ses deux vaches, et les lapins du clapier perpétuaient dans son *pennti* la bonne habitude de l'autarcie fermière. Elle trouvait même le moyen d'en vendre pour arrondir son quotidien. Le commerçant lui achetait les deux veaux annuels et la boucle se bouclait ainsi d'une année sur l'autre.

Ainsi allaient les saisons et courait la vie... s'il n'y avait eu la dive bouteille à laquelle sacrifiait Fañch, véritable tonneau des Danaïdes!

Aussi aujourd'hui devait-elle réaliser une bonne part de son bien pour faire face à cet investissement d'une nécessité morale absolue: revoir Ifig.

Elle proposerait donc ses deux laitières au boucher, sans trop en chipoter le marché car elle sollicitait leur achat, mauvaise posture pour en obtenir un bon prix. Le notaire enregistrerait sa demande de vente du champ et de la prairie. Elle garderait juste quelques ares autour de la maison. De quoi, au retour de Nouvel' Zéland', jardiner ses légumes, quelques choux et des betteraves pour ses lapins et bien sûr conserver un accès à la rivière afin, sans réserve, d'y battre son linge.

Midi avait carillonné depuis longtemps lorsque Jabel poussa la porte tintinnabulante de la boucherie. Pour la circonstance, elle commanda un morceau de pot-au-feu, peu coûteux et, se raclant la gorge trois bonnes fois, entreprit le boucher au sujet de ses vaches. Seule dans la boutique et assurée d'en être l'ultime cliente à cette heure stratégique, elle pouvait exposer en long et en large les raisons de sa décision. Emile, médusé, respira profondément et avala longuement sa salive avant de répondre. Ce n'était pas la vente qui le sidérait, car même sans ce voyage il l'aurait comprise, mais imaginer cette femme entreprenant, seule, cette expédition, dépassait son entendement.

— *O! Gwir eo! 'Benn eo kuitaet ar vugale ken pell-se deus an ti, n'eus ken ur soñj! O gwelet 'nezhe ur wech c'hoazh da nebeutañ. Un' deus ma breudeur zo aet d'an Norzh-Amerika. D'an devez hiriv, morse n'eo deut en-dro…* Oh! C'est vrai! Quand les enfants sont partis si loin, on n'a qu'une envie, c'est de les revoir au moins une fois… J'ai un de mes frères aussi… un jour il est parti aux Etats-Unis. Au jour d'aujourd'hui, il n'est encore jamais revenu…

— …

Jabel se taisait. Elle n'était pas là pour écouter les histoires des autres émigrants.

Le boucher se racla la gorge pour pouvoir continuer:

— *Setu, gwel' a rafen ho saout. N'ouzon ket eñ 'dalvefen un dra 'bouez bennaket evit ho peaj… Erfin… Peogwir… 'vit sikour 'noc'h da gavet moneiz walc'h da baeañ ho pilhed… An Nouvel' Zeland' zo pell… Ker-ruz 'glefe beañ mont betek eno… Ho puoc'hed, zo loened kozh ha karn… Pe oad neus…* Enfin, je veux bien voir tes bêtes. Je ne sais pas si elles vaudront vraiment quelque chose pour ton voyage… enfin, je veux dire… pour t'aider à trouver assez de sous pour payer ton billet… La Nouvel' Zéland' ! C'est loin… et ça doit coûter très cher d'y aller… et tes vaches, c'est de la vieille « corne ». Elles ont quel âge…

Il ne put en dire plus. Jabel le coupa.

— *Bez' po 'nezhe pedam' n'ho po ket? Ma 'peus ket 'emm deuzouto, lavaret diouzhtu!* T'en veux ou t'en veux pas? Si t'en veux pas, tu le dis tout de suite!

Elle était furieuse! Les radoteurs l'horripilaient! Elle n'aimait pas écouter et de surcroît, elle se trouvait pourvue d'un morceau de viande dont elle se serait bien passé. Que cet Emile aille au diable !

— *Pegement 'rankan deoc'h ?* Je te dois combien ?

— *E ! Na gemeret ket an traoù e-giz-se ! Mont a rin da wel' ho loened... Met ne daveont ket kales evit ar c'hig... setu, pemp ha hanter kant lur pounner, eo an taol-mañ...* Eh ! Faut pas le prendre comme ça ! J'irai les voir tes bêtes... mais elles ne ne valent pas grand-chose pour la boucherie... voilà, pour ce coup-ci, ça te fera cinquante-cinq nouveaux francs...

Jabel régla, jeta un *kenavo* plutôt sec, fit sonnailler la porte en la claquant derrière elle et s'en fut frapper ailleurs.

☆

A l'étude du notaire, Dieu merci, la salle d'attente se trouvait vide. Le maître des lieux était sans doute attablé à cette heure. Mais comme dans la journée la porte n'était jamais fermée, elle s'y installa. C'était là bien des années plus tôt qu'elle avait acheté son *pennti* adossé de courtils. Elle se remémora la senteur légère de cire mêlée à celle persistante de papier et d'encre qui imprégnaient ce lieu à l'époque et qui l'accueillirent à nouveau dès le premier pas dans l'entrée. Elle huma en fermant les yeux ces odeurs entêtantes. Elles ramenèrent à la surface de sa mémoire des souvenirs qui l'assaillirent.

Comme le temps avait fui ! Elle était jeune à l'époque et travaillait comme une bête. Ce passé enfin s'éloignait d'elle. Elle ne traînait plus le poids de Fañch comme un boulet de forçat au pied...

Dans cette antichambre, le temps qui passe avait-il le même débit que le temps qui, au jour le jour, de rides en sillons, lui creusait de l'âge sur le visage? Ici, il lui semblait qu'il se sustentait d'effluves légères déposées au gré des heures, dorées sur tranches comme les livres rangés dans la bibliothèque. Ici, un autre temps, le temps notarial, immuable, précis et droit, s'égrenait dès le seuil, se nourrissant de richesses terrestres, d'affaires fabuleuses dont les gagne-petits ne grappillaient que les miettes. Elle était de ceux-là. La fatalité, foi de Jabel, faisait qu'il en était et en serait ainsi. Aussi, pour elle, depuis ces temps-là, les jours s'étaient écoulés, inexorables, comme l'eau que l'on ne peut retenir entre les doigts. Toutefois, elle avait à cette époque, lui semblait-il, mené son négoce de main de maîtresse femme, signé et paraphé les actes en lieux et temps voulus.

Mais voilà, Fañch, comme d'habitude, avait posé problème. Toujours entre deux vins, comment lui faire signer l'achat qui resterait caduque sans son paraphe?

Toute honte bue et sans jeu de mots, c'était le moins, elle avait expliqué la situation au notaire qui en avait entendu d'autres.

C'est ainsi qu'il vint un matin dans l'unique pièce qui leur servait à vivre afin de recueillir la précieuse signature. Dire que Fañch avait jaugé l'exacte mesure du document qu'il paraphait aurait été lui attribuer plus d'intelligence que ne pouvait contenir son cerveau embrumé par ses rasades permanentes. L'homme de loi l'avait impressionné et il avait griffonné nom et prénom avec application en lieux et pages désignés de la pointe du stylo à plume d'or. La suite n'avait été que simple routine que Jabel avait réglé comme d'habitude à son gré…

☆

… Elle sursauta lorsque le notaire poussa sa double porte capitonnée. Elle se retrouvait en pays connu. Point de terme emberlificoté pour envelopper sa démarche. Elle raconta sans détour.

Le prix de l'hectare? Ça, oui, c'était une chose qu'elle connaissait d'autant mieux que la demande faisant pression, le sujet revenait très souvent dans les conversations. La courbe lui semblait favorable!

— *Daou vilions, an' daou zevezh-arat, dam' d'al lodenn prajenn?* Deux millions les deux journaux de terre? suggéra le notaire - connaissant la pérennité tenace des anciens francs - car il y a une part de prairie.

— *Un dra sur, daou vilion ha pemp, da nebeutañ!* Sûrement pas moins de deux millions cinq! martela Jabel.

— *Heu! Hervez an amatourien! 'Peus ket klasket adgwelet deus tu hoc'h amezien?* Affaire de client! insista le notaire. Vous n'avez pas essayé de voir avec vos voisins?

— *Matreze!* Peut-être, répliqua Jabel, peu prolixe en affaire.

Elle quitta l'étude. Un petit vent aigrelet lutinait une bruine glaciale. Le ciel drapait le paysage d'une couverture moutonneuse et froissée d'un bout à l'autre de l'horizon bouché. La nuit, trotte-menu en pelisse grise, courait vers l'obscure à petits pas comptés. Elle la happa bientôt dans sa noirceur insaisissable. Jabel alluma sa lampe de poche.

Le pinceau lumineux auréola sa longue marche solitaire vers sa maison.

Chapitre VIII

Le boucher vint quelques jours plus tard. Il jeta un coup d'œil rapide dans son étable, rien a voir avec ses méthodes inquisitrices. Quand il en sortit, à la stupéfaction de Jabel, il asséna un chiffre. Prise de court, elle essaya de tergiverser, argua du coût de son voyage en sachant très bien que les deux affaires ne relevaient pas du principe des vases communicants.

La mort dans l'âme, elle dut s'incliner.

Sans attendre, il abaissa le plateau arrière de sa bétaillère, détacha la première vache et se mit en devoir de l'y faire monter.

Kargañ 'nezhe diouzhtu 'ra! Il les charge tout de suite? se dit-elle interloquée. *Ouzhpenn, ar boser ne fell ket memes taol e zell warno araok kargañ 'nez'?* De plus, le boucher ne veut même pas leur jeter un regard avant de les charger? se dit-elle de plus en plus éberluée.

Cc n'était pas du tout dans ses habitudes. La surprisc la rendait muette. Il se précipitait trop pour quelqu'un qui faisait fine bouche il y avait si peu.

Cela lui sembla louche.

— *Kalez pres zo warnoc'h, evit unan, a oa dav pedet ennañ gant ur pladad amann evit dont betek kêr!* Tu es bien pressé pour quelqu'un qu'il fallait supplier avec une platée de beurre pour qu'il daigne venir jusqu'à la ferme! fit-elle d'un ton aigre.

— *Han! Met chañs 'peus. An institut Mérieux deus Lyon zo adklask loened yec'h, peus founnus, 'vit ober serum.* Ah! Mais tu as de la chance. L'Institut Mérieux de Lyon recherche, le plus rapidement possible, du bétail sain pour la fabrication de sérum.

- *Hola! Petra 'maoc'h 'lavar? Ne gomprenan ket 'hanoc'h!* Holà! Qu'est-ce que tu dis là? Je ne te comprends pas!

— *Al loened-mañ, e tre Penn-Ar-Bed, zo yec'h-pesk, hep kaout 'emm deus pikadenn ebet e-gist barzh ar Vro-C'hall a-bezh. Ar laboratoar 'adpren 'vit ober louzeier. Setu oc'h degoueet mat-tre, hep an taol mat-se ne mije ket kemeret 'nezhe ken founnus!* Le cheptel ici, en Finistère, est en très bonne santé sans avoir besoin de vaccinations comme dans le reste de la France. Alors, le laboratoire en achète pour fabriquer des vaccins et du sérum. Voilà, tu es bien tombée. Sans cela, je ne te les aurais pas prises si vite.

Ah, oui... Le vaccin! C'est important...

Jabel comprenait... mais cet empressement tout de même. Elle voulut encore discuter. Il lui rappela les termes conclus.

— *Nac'hat ho gwir ker a ret?* Tu reviens sur ta parole?

— *Petra 'moc'h 'klask 'laosket da glev'?* Qu'est-ce que tu cherches à insinuer?

Jabel s'en tint à cette simple protestation, le cœur serré. Emile referma sa bétaillère avec un claquement sec, sans appel.

Il sortit un portefeuille replet d'où s'échappaient

quelques coupures froissées, l'ouvrit avec précaution, se mouilla le pouce d'un coup de langue rapide et se mit à compter les billets dans la main que Jabel avança.

— *Un, daou, tri*... un, deux, trois... énonça-t-il à haute voix jusqu'au dernier *lur* — la livre, équivalente au franc, lequel à travers les siècles, n'a jamais réussi à trouver place dans le comptage des bretons! — Puis il referma rapidement la bourse de cuir fatigué. Jabel, sans lâcher sa petite fortune, fouilla son porte-monnaie, y puisa une piécette:

— *Setu arc'hant ar chañs!* Voilà l'argent de la chance! lui dit-elle en la lui remettant.

La coutume était respectée. Il grimpa sans attendre dans la bétaillère en lançant un retentissant:

— *Kenavo! Ha ma ne welfen ket 'noc'h a-raok mont kuit: beaj vat Jabel.* Au revoir, et si je ne te revois pas d'ici à ton départ: bon voyage Jabel.

— *Trugarez.* Merci.

Setu un dra vat kloset! Voilà, une bonne chose de faite, se dit-elle, sans toutefois se défaire d'une petite inquiétude: ses bêtes étaient parties, elles les aimaient. Seraient-elles bien traitées? Elle chassa cette pensée.

Dav eo din mont da welet Ifig, setu arc'hant eo dav din kavet! Il faut que je parte voir Ifig donc il me faut de l'argent! Elle haussa les épaules et se gourmanda en se jetant quelques qualificatifs peu amènes.

Mat! Bremañ eo dav dont 'benn da werzhañ an douar da briz- uhel... Mont a ran da wel' Marie-Louise, 'vit adstagañ an-dro. An trouz 'ya gant an avel! Bon ! Maintenant, il faut réussir la vente des terres à bon prix… Je vais aller voir Marie-Louise, histoire de se raccommoder. La brouille s'en va dans le vent ! se raisonna-t-elle en prenant le chemin du C'huibou.

☆

— *Gwerzhet meus ma saout!* J'ai vendu mes vaches ! lança -t-elle sans autre préambule en poussant la porte de la maison.

Marie-Louise arrosait le marc de la cafetière. Elle se retourna et bouche bée, la regarda. Sa louche resta en suspens. L'eau bouillait furieusement dans la casserole sur la gazinière. Elle oublia de baisser la flamme. Et Jabel de raconter sur sa lancée son odyssée chez le boucher, le médecin, le notaire, la visite d'Emile aujourd'hui et le pourquoi et le comment de la vente éclair de ses bêtes.

— *Gwerzhet!* Vendu ! finit par dire Marie-Louise, soufflée par tant d'énergie, *Gwerzhet ho touar a ret ivez? met pas ho ti kemen-se?* Et tu vends ta terre aussi ? Pas ta maison tout de même ?

O! lamm' a ra ar pesk gant an higenn! Oh ! se dit Jabel le poisson mordrait-il à l'hameçon ?

Elle s'assit sans façon. Les mots jetés l'autre jour s'étaient évaporés. C'était l'heure du goûter. Marie-Louise ajouta un bol pour Jabel qui, façon de ménager ses effets, remercia d'un coup du menton et d'un haussement d'épaules. Le café servi, la fermière s'installa avec avidité devant sa visiteuse.

— *Setu 'yafec'h d'an Nouvel' Zeland' !* Donc, tu vas partir en Nouvel' Zéland' !

… *Kas ra a-gleiz, komzoù an douar. Sur 'mañ war an tu mat da bremañ.* Elle met la question de la terre à gauche, nota mentalement Jabel, c'est donc qu'elle est du bon côté pour l'acheter.

— *Lavaret mo deoc'h. Ma buoc'hed evit lodenn gentañ ar beaj. An douar 'skloumo ar rest. Met, evel-just 'maañ barzh ma soñj dont en-dro. Setu 'zac'hfen ma zi, al liorzh hag ul lodenn eus ar foenneg evit diskenn betek ar stêr de wec'henn ar c'houez.* Je te l'avais dit. Les vaches, c'est le début de mon voyage. La terre bouclera le reste. Mais, bien sûr, j'ai l'intention de revenir, donc je garde ma maison, le jardin et un bout de prairie pour descendre laver à la rivière.

— *Ah! C'hwi neuze! me 'bai, 'meus ket gwelet neoken 'gist deoc'h. 'Benn peus lakaet un dra barzh ho penn, 'yaet betek beg an diskloum! Kemeret un tammig bara.* Ah! Toi alors, je n'ai jamais rencontré aucune autre comme toi. Quand tu t'es mis quelque chose dans la tête, tu vas jusqu'au bout! Prends un morceau de pain.

… *Ay-ay-ay! Fogeoù bremañ, diwal da nompast 'n em laosket da bennfollet…* Les compliments maintenant, attention à ne pas te laisser emballer…

— *Er mod-se 'mañ an traoù!* C'est comme ça, laissa-t-elle tomber laconique.

Marie-Louise se leva et alla prendre dans l'armoire la traditionnelle boîte de fer blanc aux personnages caractéristiques du pays C'hlazik dans laquelle, en ménagère économe, elle gardait les restes croquants d'un gâteau doré.

O, droed mo da dañva un tamm gwastell vras! Je vais avoir droit au Grand Gâteau! se dit Jabel,

— *Na glasket ket kement-se 'vidin-me!* N'en cherche pas tant pour moi! protesta-t-elle sans trop de conviction mais avec assez de convenance pour que coutume soit respectée.

— *Un tammig gwastell ne ray ket droug deomp!* Un peu de gâteau ne nous fera pas de mal! assura Marie-Louise, faisant assaut d'amabilité.

D'autorité elle lui servit un morceau coupé dans le « coin », celui dont elle savait Jabel particulièrement friande. Elle referma sa boîte et la remit dans l'armoire. Elles dégustèrent le gâteau en lampant le café chaud.

Jabel se leva la première sous le prétexte qu'elle avait fort à faire en vue de son voyage, laissant tout le non-dit s'accumuler entre elles.

— *D'ar c'hentañ!* A bientôt!

Elle allait passer la porte lorsque Marie-Louise la rattrapa:

— *N'ouzon ket petra vo soñjoù ma gwas met krediñ 'ra din lar an douar 'dalvefe deomp. Em neuzomp da vrazaat ... met evel-just gant ma ne vo ket re ger. 'Vidomp, martreze, rafec'h ur briz kalonig? Sell! krediñ 'ra din klev' e drakteur, gotoit un tammig bihan! Pegement 'c'houlet 'vit an devezh-arat?* Je ne sais pas ce qu'en pensera mon homme mais je crois que ta terre nous intéresse. On a besoin de s'agrandir mais... à condition que ça ne soit pas trop cher. Pour nous, tu nous feras peut-être un prix d'amis? Tiens, j'entends le tracteur, attends un peu! Combien tu demandes pour un journal?

— *Da welet, da welet. Ma gred deoc'h 'mañ a-du, deut betek ma zi. Eno n' em zisplego aesoc'h an afer. Met, diwallet, nompas gotoz re bell!* A voir, à voir, éluda Jabel, si ça vous intéresse venez jusqu'à la maison. On discutera plus facilement… mais, attention, n'attendez pas trop longtemps!

Et sur ce, elle reprit le chemin de son *pennti* comme elle était venue, abandonnant Marie-Louise sur le pas de sa porte, perplexe et embarrassée.

Obliger Marie-louise et Jean son mari à venir jusqu'à chez elle, c'était déjà les placer en quémandeurs. Le calcul se révéla plus juteux qu'elle ne l'imaginait. Elle demanda quinze mille francs du journal, soit trente mille francs de l'hectare. Tint bon. Laissa entendre que d'autres acheteurs se trouvaient sur les rangs et emporta l'affaire de haute volée. Elle exultait intérieurement mais réussit à le dissimuler.

☆

Histoire de ne pas perdre de temps, la promesse de vente se signa chez le notaire dès le lendemain. Ce dernier, vu l'urgence du départ, s'engagea à faire les papiers aussi vite que possible. Sur-le-champ, Jabel reçut un acompte en grosses coupures. Elle n'en avait jamais tant vu. Le prix de la terre s'était largement bonifié depuis l'époque où elle s'était saignée aux quatre veines pour l'acheter. Elle touchait là le fruit d'un labeur acharné et se dit qu'enfin une once de justice lui tombait dans l'escarcelle. Elle n'avait jamais été aussi riche de sa pauvre vie!

Ceci fait, elle laissa ses acheteurs rentrer seuls dans leur 2 CV et se rendit chez le pharmacien.

L'apothicaire se pencha sur l'ordonnance et, intrigué, regarda Jabel. Il ne la connaissait pas celle-là ! Jabel lui donna un billet au hasard. C'était trop peu ! Elle en rajouta deux : c'était trop ! Il lui en rendit un et déposa la monnaie dessus en marmonnant quelques mots que bien sûr Jabel ne put comprendre. Elle n'en avait cure et alla chez le médecin, vaccination oblige. La matinée tirait sur sa fin et les patients étaient moins nombreux. Elle n'eut guère à attendre.

— *Setu, Jabel, 'maoc'h kuit war an tremar ?* Ainsi donc Jabel vous voilà sur le grand départ ?

Le médecin l'accueillit avec le sourire amusé de celui qui n'y croit guère.

— *Peseu' oad peuz ?* Quel âge avez- vous ?

— *Pemp bloaz ha tri ugent !* Cinq années et trois fois vingts ans ! répondit-elle sans ambages dans le mode de comptage du terroir.

— *Ha gwir ha kalet peus lakaet barzh ho soñj mont da veajiñ tram' ar broioù pell, c'hwi na peus morse kuitaet ho korn-bro betek an devezh hiriv ?* Et vous êtes décidée à entreprendre ce long voyage alors que vous n'avez jamais quitté votre coin de terre jusqu'à ce jour ?

— *Gwir ! Peogwir 'vit ur wech, Fañch neus bet ur soñj vad hag eñ aet, 'benn ar fin, kuit deus ziwar ma hent !* Sûr ! Puisque pour une fois Fañch a eu une bonne idée : il s'est enfin retiré de mon chemin.

Pourquoi pleurnicher ? C'était vrai : elle exprimait sa satisfaction d'être enfin seule. Toute une vie de souffrance, aujourd'hui lui débridait l'âme et elle ajouta :

— *Ya ! Fañch zo aet betek penn e sec'hed, penn e « yec'hed mat » ! Met ur wech ken eo bet mezv, barzh e vuhez.* Fañch est allé jusqu'au bout de sa soif, de sa « bonne santé » ! Mais, il n'a jamais pris qu'une seule cuite dans sa vie, assura-t-elle avec aplomb.

Le médecin, amusé, riait en préparant sa seringue.

— *Teut ! Teut ! Teut ! Aze 'maoch trutal gevier din ! Savet ur mañch, pa gwelloc'h tennet ho mantel peogwir eo dav din ober deoc'h ar bikurenn dreist ! Kai sur, eo an hini gentañ deus ho puhez ?* Allons ! dit-il, vous me racontez des histoires !.... Relevez une manche ou tombez plutôt votre manteau puisqu'il faut que je vous la fasse cette fameuse piqûre. C'est sans doute la première de votre vie ?

— *Evel just, Aotrou medisiñ. Dam' betra lakaat mizoù gant an dud yec'h ?* Bien sûr, Monsieur le docteur. Pourquoi engager des dépenses pour soigner des gens en bonne santé ?

Jabel laissa courir le suspense de son histoire avec un petit sourire en coin, les yeux plissés de malice. Avec l'art consommé de la comédienne, elle le faisait languir, sûre de capter sa curiosité, voire de l'entendre solliciter la chute et enfin, de cueillir l'hilarité débridée du médecin avec le dernier trait.

— *Ya ! Dav eo deoc'h displeget din an dra-se. Ur ribotadenn, un' hag unañig barzh e vuhez ?* Oui ! Il faut m'expliquer ça. Une seule et unique cuite dans sa vie ? dit-il en désinfectant la peau, histoire de la distraire.

Fell' a ra dezhañ anavet ar, peseu' mod, peogwir 'anve dija an, dam betra. Il tient à connaître le comment, se dit Jabel, puisqu'il connaît déjà le pourquoi.

— *Gwir, Aotrou medisin, deus e holl vuhez strouilh, n'eo bet mezv ken ur wech ken !* Vrai,

Monsieur le docteur… de toute sa vie en lambeaux, il n'a été soûl qu'une seule fois !

— *O ! Aze, ne gredan ket ennoc'h ! Poahzet gant droug ar sklankerien ha ne oa bet mezv ken ur wech en e vuhez ?* Ah ! Alors là, je ne vous crois pas. Mort d'alcoolisme et il ne fut soûl qu'une seule fois dans sa vie ?

Il piqua avec dextérité. Jabel regardait ailleurs, tout à sa fable. Elle insista :

— *Gwir eo kouskoude ! An devezh oamp dimezet oa mezv-dall, ha betek devezh diwezhañ e vuhez oa kemend-dall ! Setu … an devez-se oa… mezv-mik ! Peogwir ne oa ket bet divezviet morse setu neus leuniet nemet ken ur poazhadur-korf, unañ hag unañig, 'hed e vuhez !* C'est pourtant vrai. Le jour de notre mariage, il était fin soûl et il le resta jusqu'au dernier jour de sa vie, ben… ce jour-là, il était ivre-mort ! déclara-t-elle avec le plus grand sérieux. Il n'a jamais dessoûlé donc… c'était la seule et même cuite !

La seringue s'était vidée. Le médecin ôta l'aiguille en riant, lui replia le bras sur le coton hydrophile et s'écroula sur une chaise, les larmes aux yeux. Les mimiques de Jabel transformaient la tragédie de toute une vie en une énormee farce.

— *Deut eo 'benn d'ober deoc'h ur paotrig kement-se !* Il vous a quand même fait un fils ! dit-il lorsqu'il put enfin s'arrêter de rire et s'essuyer les yeux.

— *Ya ! barzh un taol hikat !* Oui, dit-elle avec un haussement d'épaule, dans un hoquet !

C'était trop ! Le médecin, qui pourtant en avait entendu d'autres dans sa longue carrière, était mort de rire. Pouffant encore, il se mit en devoir de remplir la fameuse feuille jaune tandis que Jabel se rajustait. Il la lui tendit. Elle le régla. Il riait encore en lui rendant la monnaie.

— *Krediñ 'ra din, lar, ar veajourienn 'yay tram' Aukland ne gavfent ket hir o amzer. Met, 'benn teufec'h en-dro, klasket ur pennadig devezh da zont da gontañ din hor troiad!* Je crois que les passagers pour Auckland ne vont pas s'ennuyer, dit-il en lui ouvrant la porte. Quand vous reviendrez, tâchez de venir me raconter votre expédition !

— *Trugarez, Aotrou medisin. Soñjal e rafen. Sur 'teuiñ!* Merci Monsieur le docteur. J'y penserai. Promis !

Chapitre IX

Sous un soleil blanc et triste, l'asphalte mouillé de la route jetait vers le car ses reflets métalliques, éblouissant la poignée de passagers. De jour en jour la voiture remplaçait un peu plus le transport en commun et le car ne se remplissait plus comme autrefois. Seuls les samedis de grandes foires le voyaient encore assailli par les vieilles gens, mais les affaires du transporteur périclitaient.

Jabel n'avait guère beaucoup dormi depuis quelques jours et Marie-Louise avait insisté pour la conduire jusqu'au car.

— *Na zijoñjet ket 'lavar da Ifig skrivañ deomp kerken eñ vefec'h digoueet. Dam, mag vefec'h kollet, vo dav lakaat klask war ho lerc'h!* N'oublie pas de dire à Ifig de nous écrire dès que tu seras arrivée, lui lança sa voisine, mi-inquiète, mi-moqueuse. Pour peu que tu te perdes, il faudra lancer des recherches!

Jabel fit oui de la tête, la gorge nouée. Un autre jour, elle l'aurait vertement envoyée promener! Marie-Louise n'était pas sans le deviner et en abusait. Jabel la quitta un peu précipitamment pour grimper dans le car. L'émotion la gagnait mais, ni pour de l'or ni pour de l'argent, elle ne l'aurait laissée paraître.

Tout le village savait que Jabel s'en allait en Nouvel' Zéland'. Aussi chaque passager, en avançant dans l'espace central, apostrophait-il la voyageuse à peu près dans les mêmes termes :

— *Degoueet an devezh bras, Jabel.* Le grand jour est arrivé, Jabel ?

— *Ya !* Oui ! répondait-elle à chacun, plus que laconique.

Elle n'avait nulle envie de plaisanter aujourd'hui et encore moins de se lancer, comme d'habitude, dans ses grandes envolées oratoires. Elle s'était tassée près de la vitre, la valise posée sur le siège contigu, manière la plus efficace de décourager tout voisin potentiel. Sa petite sacoche sur les genoux et un carton solidement enveloppé de papier complétaient son équipement. L'*Aotrou* de l'agence de voyages avait beaucoup insisté pour qu'elle ne s'encombre pas de trop de bagages et surtout qu'elle respecte le poids accepté dans l'avion. Aussi gardait-elle à portée de main le *gwastell vras* - le grand gâteau - sans lequel aucun baptême digne de ce nom ne peut être célébré.

— *Diwall da zijoñjal 'nezhan !* Attention de ne pas l'oublier ! avait-il conseillé le jour où elle avait retiré ses billets en lui expliquant ses préparatifs par le menu.

— *Disoñjal ?* Oublier ? *Morse !* Jamais !

☆

Ah ! Ce *gwastell vras*, ce grand gâteau. Quelques jours auparavant, elle avait apporté chez le boulanger la dernière motte de beurre de ses vaches, les œufs de ses poules, et lui avait commandé un énorme gâteau qui régalerait famille et amis. Cela allait de soi car Ifig ne manquerait pas d'inviter le cercle de ses nouveaux amis. Avec le reste de ses œufs, elle avait confectionné quelques douzaines de crêpes. Marie-Louise lui avait donné du lait afin de délayer sa pâte et Jabel, vidant clapiers et poulailler, lui avait cédé poules et lapins en y mettant une condition : au retour, celle-ci lui redonnerait lapereaux et poulettes afin de reconstituer son élevage.

Rien ne fut laissé au hasard : jusqu'à la couturière du coin qui lui tailla un autre manteau et deux jupes neuves.

☆

Enfin ce décembre gris, rapide et léger, trottinait joliment vers Noël sur ses chaussons d'argent. Il n'avait encore jamais tant scintillé pour elle de toute son existence. Les heures s'écoulaient lentes et vives à la fois. Lentes car, ce départ, Jabel le désirait depuis si longtemps qu'il lui tardait d'être partie et déjà arrivée. Vives car les heures se dévidaient comme pelote sur un rouet. Jabel, rattrapée par le sablier du temps, s'inquiétait de tout ce qu'elle devait réaliser avant de boucler ses bagages. Y parviendrait-elle ? Et puis, à l'ultime moment du départ n'y aurait-il pas un empêchement majeure ?

Alors s'était installé en elle une petite boule au creux de l'estomac qui, comme un philtre, lui avait distillé de l'angoisse.

Mais il n'y avait eu aucun accroc.

☆

Le car s'ébranla et, tandis que les paysages familiers de la route de Kemper défilaient devant ses yeux, défilaient dans sa tête, à la queue leu leu, les sempiternels *kentelioù mat* - les bons conseils - de tous ceux qui n'avaient jamais, *troet kein pelloc'h 'vit tour kloñc'h ar barrez*, tourné le dos au-delà du clocher de la paroisse. Eux, sous prétexte qu'ils savaient lire et écrire se prenaient pour d'intrépides voyageurs en puissance. Pire, ils n'hésitaient pas à s'attribuer des capacités à courir le monde dont ils repoussaient toujours la mise en œuvre à plus tard.

Evel just, da chilou 'nez', ar re-se 'rafe tro ar bed gant o zeod! Evidemment, ces gens-là, à les entendre, feraient le tour du monde avec leur langue! se confortait-elle.

Et voilà! Elle allait s'envoler... Elle déroula une fois de plus la longue liste qu'elle s'était gravée dans la mémoire. N'avait-elle rien oublier d'essentiel. Tout était rangé. Gâteau et crêpes dans le grand carton, les papiers dans le bagage à main et le reste dans la valise... Pour se forger une contenance, roide, sans un regard derrière elle, Jabel extirpa pour la énième fois du fond de sa poche les billets de différentes couleurs. Elle devait les utiliser comme autant de petits cailloux à la manière de *Meudig*, le petit poucet breton. Ils jalonneraient sa route et la guideraient. La couleur du billet de train tirait sur un bistre rébarbatif et peu engageant. Il y avait celui de l'aller dans une enveloppe et celui du retour dans une autre, que Marie-Louise avait barrée d'un trait rouge. Elle avait aussi puisé dans son papier à lettres bleu pour préparer le « mot de billet » que Jabel, à Paris, remettrait au chauffeur de taxi qui la conduirait à l'aéroport. Les billets de l'envol portaient des ailes d'avion. Jabel y avait fait ses marques personnelles afin de reconnaître ceux de l'aller et ceux du retour. Elle ouvrit son passeport: elle n'aimait pas sa photo d'identité. Elle s'y trouvait vieille et renfrognée.

Gwir eo matreze. Ha nann! N'on ket c'hoazh kozh-Noe forzh n'on ket ken fresk hag ur mandog! C'est peut-être vrai. Et puis non! Je ne suis pas vieille comme Noé même si je n'ai plus la fraîcheur du gardon!

Tous ces préparatifs l'avaient fatiguée et malgré un rapide coup de ciseau chez la coiffeuse, le photographe lui avait tiré un portrait, ressemblant certes, mais où l'anxiété lui dessinait un visage sévère et triste. Elle préféra cette explication et rangea tous ses papiers. Tout était allé si vite. Elle s'étonnait soudain d'avoir réussi ce tour de force dans un laps de temps aussi court...

... Et dire qu'au bout de deux journées et quelques heures, elle serait chez Ifig. Elle l'en avait averti par télégramme quelques jours auparavant. Il avait dû en faire une tête quand il l'avait reçu! Déjà celle de la postière qui l'avait rédigé en disait long!

Marie-Louise en lui conseillant de se débrouiller toute seule, l'avait piquée au vif et tout compte fait, elle n'avait pas eu tort. *Ma Doue!* Même dans l'administration, il y avait toujours quelqu'un qui parlait breton. C'était simple, celui qui ne la comprenait pas allait à la recherche du collègue bilingue. Elle s'en voulait de ne pas l'avoir compris plus tôt!

☆

A Kemper, avant de se rendre sur le quai de départ, elle tendit son billet à l'employé en uniforme, qui le composta. Encore une recommandation de l'*Aotrou* de l'agence de voyages que Jabel avait mémorisé.

— *Tren Pariz, mar plij?* Le train de Paris, s'il vous plaît?

Sur le quai commençait la difficulté. Tenant le bon billet dans la main, elle s'adressa au premier venu qui lui fit signe de le suivre.

Elle descendit les escaliers du souterrain aussi vite qu'elle le put, derrière l'obligeant voyageur.

Car il ne fallait pas rater le train!

☆

Ce n'était pas comme le car du village qui tolérait d'attendre les retardataires et dont le chauffeur, qui connaissait son monde, avant de démarrer jetait toujours un retentissant:

— Tout le monde est là?

Et bilinguisme oblige:

— *Ne vank den ebet?* Il ne manque personne?

Les gens regardaient autour d'eux et signalaient les manquants.

☆

En remontant l'escalier, Jabel sentit une sueur froide lui courir dans le dos.

Daoust 'teufen 'benn da vont betek fin ma soñj

burzhudus? Saurais-je aller jusqu'au bout de mon idée folle?

Mais elle se secoua!

Bremañ, war an taol, ma vefe dav din treuzañ ar stêr gant dour betek gwenn ma daoulagat, vefe dav din heuliañ ma flanedenn! Maintenant, même si je devais traverser la rivière avec de l'eau jusqu'au blanc des yeux, il me faudrait poursuivre ma destinée!

Sur le quai, elle découvrit la longue chenille. Elle ressemblait, mais en plus grand, à la chenille des fêtes foraines. Collée aux semelles de son cornac, Jabel y grimpa et s'installa sans façon sur une banquette avec ses bagages. Elle regarda autour d'elle pour découvrir ce lieu mythique: le train. Eh bien! tout compte fait, maintenant qu'elle y était installée, cela ressemblait à des cars qu'on aurait attachés les uns aux autres et qui roulaient sur des rails au lieu du long ruban de la route. Jabel, pour se rassurer, trouva qu'on en faisait vraiment tout un plat quand on parlait du train de Paris!

Un signal retentit. Une voix impersonnelle parla dans un micro. La stridence d'un coup de sifflet vrilla l'air à l'autre bout du quai. Le monstre s'ébranla.

Le voyage de Jabel commença à cette minute.

☆

Premier arrêt:

- Rosspording! Rosspording!....La voix sur le quai avait un drôle d'accent.

Hennezh n'eo ket deus drez amañ, 'n hini-se.

Celui-là ne doit pas être d'ici, se dit Jabel.

Les premières gares défilèrent...

— Kemperle...

— Lorient...

Des voyageurs montèrent, d'autres descendirent moins nombreux.

— Auray...

Han! Santez-Anna an Alre. Bremañ, dre ma divezhioù frank, dav vo din' dont da bardoniañ" Ah! Ste Anne d'Auray, se dit-elle. Maintenant que mes jours sont libres, il faudra que je vienne au pardon.

Elle sourit intérieurement et regarda par la vitre, dans l'espoir d'apercevoir la basilique, mais les murs gris et enfumés de la gare bouchaient toute perspective. Dommage!

Après Vannes, les noms ne lui parlèrent plus. Le train se remplissait peu à peu mais elle n'en avait cure. Sous ses yeux, le paysage défilait plus large, plus plat jusqu'à l'immense plaine dont la verdure à l'infini scintillait sous le gel.

Gwinizh - Du froment - se dit Jabel... *Peget mat hon glazet ha savet ingal, an eost a vo flour ha stank.* Comme il a bien germé, le semis régulier donnera une belle et bonne récolte.

L'année culturale collée à la peau, la paysanne supputait le rapport colossal de ces étendues dont l'avancée du train repoussait indéfiniment les limites.

Pas de talus...

Peseu' mod 'reont 'vit pazañ ur farkeier? Comment font-ils pour mesurer leurs champs? *Amañ ar bilerienn kleuzioù neus distrujet muioc'h c'hoazh evit du-mañ.* Ici le remembrement a fait encore plus de dégâts que chez nous!

Pas de prairies, pas de bêtes, pas de bocages, mais des espaces démesurés avec de temps en temps un bouquet d'arbres. Un contrôleur passa. L'*Aotrou* de l'agence de voyages l'avait également prévenue de ce contrôle. Elle imita les autres voyageurs et tendit son billet.

Puis, elle s'assoupit gagnée par la fatigue d'une longue tension, bercée par le roulement monotone.

☆

Par tous ses sifflets, la locomotive lança une salve ! Jabel se réveilla en sursaut. La panique d'être allée plus loin que prévu lui traversa l'esprit. Mais elle se souvint des patientes explications de l'*Aotrou* :

An tren na ay ket pelloc'h 'vit Pariz. Eno 'harpo ! Hag an holl dud 'ziskeno ! Le train n'ira pas plus loin que Paris. Là-bas, il s'arrêtera et tout le monde descendra !

Elle regarda autour d'elle. Rassurée, elle reprit ses aises sur la banquette.

Bientôt, au loin, se dessinèrent de grandes tours.

An dra-se, tier ? Ça, des maisons ?

On les lui avait décrites hautes mais cet empilement d'étages dépassait son imagination. Elles s'élevaient, estima-t-elle, plus haut que la cathédrale de Kemper… Mais là s'arrêtait la comparaison car en matière de laideur elle n'avait de références ! À vrai dire, à regarder ces tours, de près comme de loin, elle aurait préféré vivre dans la cage de ses lapins. Et puis tous ces fils noirs qui couraient dans tous les sens comme des toiles d'araignées dont on ne ferait jamais le ménage! Comment s'y retrouvaient-ils dans cet inextricable désordre?

Le train entra en gare dans un bruit d'enfer.

— Paris! Paris! annonça une voix dans le haut-parleur. Les autres mots se perdirent dans le crissement des freins. Elle frissonna. L'angoisse lui serra le cœur. Elle allait devoir faire face à une autre étape.

Ma Doue! soupira-t-elle, *Amañ 'grog an douaroù enep ha dianavet.* Ici commence vraiment l'hostilité des terres inconnues.

Toutefois, avec satisfaction, elle constata que le premier tronçon lui avait paru court.

Aidée par un homme serviable, elle rassembla ses bagages et se laissa emporter par le flot des voyageurs. Sur le quai, elle posa sa valise pour regarder autour d'elle. On la bouscula sans ménagement. Tout le monde courait. Cela l'inquiéta.

Dam' betra 'maint 'c'haloupet er mod-se? Un dra bennaket zo 'dreuz? Un' tan-gwall? Michañs 'lavarfent din ma vefe peget! Pourquoi courent-ils ainsi? Quelque chose va-t-il de travers? Un incendie? J'espère quand même qu'ils me préviendraient!

Elle leva la tête. Le hangar de ferraille poussait ses fermes rouillées et noires très loin, très haut au-dessus des machines et des rails. Quelques trouées laissaient tomber un peu de jour, avec parcimonie. Le vacarme de la ville grouillante l'assaillit. Les haut-parleurs crachotaient des mots et des mots, comme curé en chaire, mais ce sermon-la était pour les autres!

Tout à coup, elle fut seule.

Toute sa vie jusqu'à ce jour s'était déroulée au

rythme immuable des saisons. Le regard prenait le temps de s'attarder sur les choses et les êtres, de les soupeser, de les jauger, de supputer leur devenir. Le temps de la découverte ne lui avait jamais été compté. Ici, dans la gare, à peine avait-elle posé le pied sur le quai, jeté un œil neuf et ébahi autour d'elle, cherché à apprivoiser quelques repères, qu'elle se trouvait déjà plongée non seulement dans un tournis de vitesse et de bruits mais aussi dans un océan d'indifférence précipitée. Le moule du temps ne devait sûrement pas être le même ici et chez elle! Vers quelles urgentes nécessités couraient-ils tous ainsi?

Et puis, maintenant, de quel côté devait-elle se diriger? Marchant le long du quai, elle avisa un homme en uniforme, comme celui qui à Kemper avait troué son billet. Elle lui tendit le petit mot de Marie-Louise écrit pour le chauffeur de taxi.

— Je parle pas le français.

L'homme lui sourit.

— *Met, kai sur, 'gomzit brezhoneg?* Mais sans doute parlez-vous le breton?

Le visage de Jabel s'éclaira d'un grand sourire.

Et le cheminot de poursuivre:

— *Amañ, Montparnasse, zo ul lodenn deus Breizh!* Ici, Montparnasse, c'est un morceau de Bretagne.

Oh! Même à Paris quelqu'un la comprenait. Elle le remercia avec effusion et se mit en devoir de lui raconter les tenants et les aboutissants de l'expédition qu'elle entreprenait.

— *Tre, betek an Nouvel' Zeland' ? C'hwi, Borledenn ar vro C'hlazik?* Jusqu'en Nouvelle Zélande, vous, la femme du Pays C'hlazik?

Son accent l'avait située. Le cheminot qui s'était chargé de sa valise et la guidait le long des quais écoutait, incrédule et amusé. Jabel allongeait la jambe avec peine à ses côtés et s'essoufflait à discourir en le suivant.

Il héla un collègue au passage.

— Antoine! Eh! Antoine! Tu peux me remplacer un p'tit moment. Je guide une payse, j' te dis pas, rien que bretonnante. C'est pas piqué des vers! J' te l' revaudrai et j' te raconterai après, dit-il en riant.

Ils traversèrent l'immense salle des pas perdus, descendirent des escaliers. De temps en temps, gentiment, son guide marquait le pas pour permettre à Jabel de souffler. Enfin, ils abordèrent la rue et la foule. Jabel n'en avait jamais tant vu.

Si, peut-être au pardon de *santez Anna Ar Palud*. Elle y allait une fois le temps lorsque Fañch ne lui cherchait pas trop d'histoires ou quand elle réussissait à lui faire avaler une salade de derrière ses fagots. Le transporteur organisait cette sortie chaque année. Le nombre impressionnant de pardonneurs et de touristes, autochtones et étrangers, l'étonnait toujours. Foule bruyante et bigarrée à laquelle cette foule parisienne ne ressemblait pas du tout. Ici, les visages inaccessibles fixaient des préoccupations intérieures. Impossible de croiser un regard à droite ou à gauche. Et le flot vrombissant des voitures dans la rue si large… Comment ne se heurtaient-elles pas?

Son guide improvisé s'arrêta près d'une voiture munie d'un écriteau sur le toit. En désignant Jabel du menton, penché vers le conducteur au volant, il expliquait sa requête. La situation semblait beaucoup les amuser car ils riaient tous les deux. Jabel s'en fichait bien de leurs railleries !

C'hoarzhet ! C'hoarzhet ! Kement evit peus c'hoant ! Ar goaperezh 'ya gant an amzer ! Na c'houlan ken, un dra : heñchañ 'hanon betek ar c'harr-nijal ! Riez ! Riez ! tant que vous voulez ! La moquerie s'en va avec le temps, se dit-elle, tout ce je demande c'est qu'on me conduise jusqu'à l'avion !

Enfin le cheminot bretonnant se retourna vers elle :

— *Setu, maouez, ar gwaz-mañ 'gaso 'hoc'h betek ar c'harr-nijal.* Voilà, femme, cet homme va vous conduire jusqu'à l'avion.

Et il lui expliqua aussi qu'elle pouvait lui parler car il comprenait le breton mais ne le pratiquait pas.

— *O ! Mat eo, mag oar ober hanter-redek war hent ar yezh !* Oh ! C'est bien, s'il sait faire la moitié du parcours sur le chemin de la langue. *Trugarez.* Merci, ajouta-t-elle en s'adressant au chauffeur de taxi.

— *Kenavo ha Beaj vat.* Au revoir et bon voyage.

Déjà son guide se sauvait. Elle le héla, cherchant à lui offrir au moins un pourboire mais d'un geste de la main il fit non et se perdit dans la foule. Le chauffeur avait prestement chargé ses bagages. Il fit exception et l'invita à monter près de lui. En s'installant, contrariée par ce qui lui avait semblé être une pirouette pour se débarrasser d'elle, elle grommela quelques réflexions de son cru sur cette façon de disparaître qui ne respecte pas les coutumes.

— Ah ! Grand-mère, il est au travail ! dit le

chauffeur de taxi - et devant son œil interrogateur — *labour! Labour, mamm-Gozh.* Travail! Travail, grand-mère!

Il lui restait en mémoire quelques bribes de breton. Quelle chance! Ainsi Jabel comprit la précipitation de son premier guide et du même coup, que son nouveau compagnon était vraiment du pays. Celui-ci, la quarantaine bien sonnée, habillé d'un pantalon de velours brun, d'un pull de laine écrue et d'une veste en tweed gris, la casquette de Titi vissée sur ses yeux bleus, lui inspira confiance.

Alentour, l'inextricable circulation roulait vers ses folies. Jabel peu rassurée commença à s'inquiéter. Dans ce bouillonnement pétaradant, son chauffeur réussirait-il à déjouer tous les pièges et à garder le bon chemin?

— *Pegeit hent neuzomp c'hoazh betek park ar c'harr-nijal?* Combien de temps de route avons-nous encore jusqu'à l'aéroport?

Du doigt, il dessina un demi-tour de cadran sur l'horloge du tableau de bord en lui jetant un œil pour savoir si elle l'avait compris. Jabel hocha affirmativement la tête. Mais autre chose la turlupinait: l'après-midi s'avançait et elle n'avait pas oser déballer dans le train ses deux tartines beurrées, garnies de jambon. Pour les avaler, elle aurait bien bu un café. Elle s'en ouvrit au chauffeur.

— Ah! Bien sûr, grand-mère! C'est pas parce que l'on va en Nouvel' Zéland' qu'il ne faut pas se sustenter! Oui, j'ai un pote dans le coin qui tient une turne.

—?

Il bifurqua dans une rue adjacente.

— *Ya! Met 'rabat deomp ruzat! Ha chom war-*

lerc'h ma c'harr-nijal! Oui! Mais il ne faudra pas rester traîner et que je loupe l'avion.

Il trouva à stationner en double file. Elle tenait son billet à la main. Il y vérifia l'heure de départ.

— C'est bon, Grand-mère, il y a une heure de battement. Venez vous caler l'estomac.

— ...?

Il vint lui ouvrir la portière. Elle le suivit.

Dans le bistrot, c'était l'heure creuse de l'après-midi. Seuls quelques habitués sirotaient un verre mais, pour Jabel, ce petit carré d'hommes équivalait à une foule. Arrêtée sur le pas de la porte, elle n'osait pas entrer. Son ange gardien la prit par le bras et à la cantonnade commanda son café et une bière pour lui. Puis, tandis que Jabel se restaurait, il raconta le comment et le pourquoi de son passage.

— ...En Nouvelle Zélande!.... Pour revoir son fils! Et tenez-vous bien, elle ne parle que le breton et ne sait ni lire ni écrire! Elle a du caractère, ma payse!

— Tu crois que c'est raisonnable?

— Elle ne s'en sortira jamais.

— Elle va se perdre.

— Comment sa famille la laisse faire une folie pareille?

— Justement. Elle n'a plus qu'un fils. Elle veut le revoir... Voilà! Je vais donc la guider jusqu'à l'embarquement après... Basta! *Kenavo* Jabel!

Ces derniers mots, électrisèrent Jabel. Elle crut que le chauffeur de taxi allait l'abandonner sans autre formalité. Elle faillit s'étrangler avec sa dernière bouchée, se leva d'un bond et vint vers lui.

— *Kenavo! Petra? 'Maoc'h kuit hep lavaret din.*

Au revoir ! Qu'est cela signifie ? Vous partez sans me prévenir ?

Sa voix tremblait. Elle le foudroyait du regard.

— *Aon peus ne vec'h ket paet ?* Vous avez peur de n'être pas payé ? ajouta-t-elle, insidieuse.

Surpris de sa réaction, l'homme chercha à lui expliquer mais comment se faire comprendre ? Un des clients tapota le dos du chauffeur pour qu'il s'écarte et s'adressant à Jabel :

— *N'eo ket dav deoc'h kaout aon. Kas a ray 'noc'h betek aerborzh Orly. O Kontañ deomp ho beaj a oa. Deus aze 'n 'a teua ar skloum !* N'ayez crainte. Il vous conduira jusqu'à l'aéroport d'Orly. Il nous racontait votre voyage. C'est de là que vient la méprise.

Bouche bée, Jabel n'en revenait pas ! Encore un autre Breton ! Un sourire l'illumina. Elle saisit la première chaise à sa portée et s'assit, les jambes coupées, puis aussitôt, se releva. Elle avait eu si peur ! Alors d'une traite, et avec force gestes et exclamations, elle se mit à raconter ce que serait son aventure. L'auditoire, captivé, découvrait le verbe de Jabel et s'y laissait prendre. Le charme une fois de plus opérait. Ses mimique traduisaient l'histoire au bout de ses doigts, soulignaient l'incompréhensible langage et le rendaient accessible à ceux qui ne comprenaient pas…

Hélas ! le temps fuyait.

Son mentor de chauffeur la ramena à la réalité de l'heure et lui coupa ses effets. *Ô ma Doue !* Il avait raison. Où était donc sa tête ? Elle insista pour payer les deux consommations de ces messieurs avec la sienne. Lorsque la somme lui fut énoncée, mentalement, elle jugea que ça faisait un peu cher la goutte de café et qu'avec cette somme-là, elle aurait largement vécu une semaine en Bretagne!

Met, dre santez Trifin! Rivinañ ur waouez paour eo diaes! Setu gant ma jomo arc'hant walc'h c'hoazh barzh ma yalac'h, vo mat an traoù! Mais par sainte Trifin! Ruiner une femme pauvre est difficile! Aussi, tant qu'il restera encore assez d'argent dans ma bourse, les choses iront bien, se raisonna-t-elle en son for intérieur.

☆

Ils arrivèrent à l'aéroport sans trop d'encombre et prirent leur tour dans la sarabande des taxis, des navettes et des cars qui amenaient les voyageurs en partance et leurs monceaux de bagages.

Pour la première fois, Jabel approchait des avions à terre, grandeur nature. Fascinée, elle contempla les vaisseaux qui volent. Les mains sur les hanches, elle se remplissait les yeux de ces grands oiseaux blancs. Des humains, comme une couvée de poussins, s'activaient à charger les soutes. Ils pénétraient dans les ventres béants et en ressortaient. Les montes-charges, comme des scarabées noirs, fourmillaient sur le terre-plein dans tous les sens. Le ciel, au-dessus, ronronnait sans arrêt. Tout à coup, au bout de l'horizon, un point noir minuscule comme une mouche sortit des nuages et devint très vite un gros bourdon. L'avion descendit dans l'angle d'une ligne droite, sortit ses roues. Quelques grincements de freins, des crissements de pneus et, avec élégance, il roula en grossissant à vue d'œil sur fond d'herbe verte. A l'opposé, un énorme cargo d'acier, gauche et emprunté, avançait sur le champ. Il s'aligna face à un long trait gris. Ses moteurs hurlèrent. Il s'élança alors dans une course de plus en plus rapide et s'arracha au sol. Jabel retint sa respiration. *Ma Doue*! Allait-il s'envoler vraiment? Le mastodonte rapetissa très vite, devint minuscule. Il se détachait maintenant de plus en plus haut sur le ciel. Les nuages le happèrent. Seule l'onde bruyante de ses moteurs frappait encore les tympans de Jabel. Elle allait bientôt entrer dans les flancs de l'un d'entre eux. Mais lequel? Comment saurait-elle trouver celui qui partait vers la Nouvel' Zéland' ?

Elle n'avait jamais imaginé qu'il y en aurait tant!

O, Ma Doue! Peseu' mod ober an dibab? Ô mon Dieu! Comment faire le tri? se dit-elle, paniquée.

Une boule, aussi dure que le granit de sa maison, lui bloqua la gorge. Elle se retourna vers son accompagnateur qui patiemment l'attendait. Avec un sourire entendu, il lui fit signe en tapotant sa montre qu'il était grand temps de le suivre. Portant la valise, il la précéda vers les bureaux. Jabel lui emboîta le pas vers ce monde piégé d'écriteaux qui lui étaient fermés, sa sacoche d'une main, le carton du *gwastell vras* sous l'autre bras.

L'inscription des bagages se passa sans histoire; le chauffeur de taxi obligeant remplit son office de convoyeur jusqu'au bout.

Mais à l'abord de la douane, s'arrêtait son escorte.

Il l'expliqua à Jabel comme il le put. Elle comprit.

— *Pegement rentañ deoc'h? Lavaret din gant ho*

pizied. Combien vous dois-je? Dites-le moi sur vos doigts, expliqua-t-elle en mimant le geste.

Les comptes se réglèrent sans problème et Jabel, reconnaissante, y ajouta « la pièce ». Il lui mit la main sur l'épaule et lui prit l'autre en une poignée de main ferme et cordiale:

— *Kenavo*, Jabel. Je ne sais pas comment on dit « bon voyage » en breton mais croyez bien que le cœur y est: *Kenavo* et surtout bonne chance! On ne se reverra jamais plus, sans doute. C'est bien dommage. J'aurai bien voulu avoir une maman comme vous.

— *Trugarez! Trugarez vras!* Merci! Grand merci! dit Jabel qui aurait bien voulu comprendre et être plus prolixe mais que l'angoisse paralysait.

Il lui sourit, un peu crispé, tandis que, bagages à la main, elle se dirigeait vers le couloir qu'il lui avait indiqué.

« Non! se dit l'homme, c'est pas vrai! »

L'émotion le prenait à la gorge. Il lui fallait maintenant se séparer de cette femme qui lui semblait si proche. Il aurait voulu prolonger son aide, devancer tous les handicaps qui allaient immanquablement surgir sur son chemin. Pour la première fois de sa longue vie, cette femme allait à la découverte du monde, sans détour, avec une telle droiture, un tel élan, une telle vitalité. Au-delà de son apparente solidité, il décelait chez elle une part de fragilité derrière ce front têtu.

« Grand dieux! qu'allait-elle devenir? »

Elle disparut un instant à son regard.

A la douane, il vit qu'on lui demanda de laisser ses bagages à main pour le contrôle, de présenter son passeport et son billet.

Visiblement, elle comprit. Ensuite, elle accéda à la salle d'embarquement, sans histoire, pourvue de ses bagages.

Il n'arrivait pas à la quitter des yeux, bien décidé à rester là tant qu'il l'apercevrait.

Visiblement inquiète, elle s'adressa à une hôtesse qui la fit asseoir. Quelques interminables minutes s'écoulèrent puis retentit l'appel des « voyageurs pour Barhein, Colombo, Singapour »…

L'hôtesse vint chercher Jabel.

Elle s'engouffra dans le tunnel d'embarquement, immergée dans la vague des partants…

Chapitre X

A bord, perdue dans ce vase clos où se pressait la foule des habitués, Jabel jeta son dévolu sur la première place qui s'offrit à elle. Hélas! A peine avait-elle effleuré d'un bout de fesse le velours accueillant du fauteuil que l'hôtesse l'interpella:

— Le numéro cent trente-sept, madame, c'est plus loin.

—?

Jabel, décontenancée, revint dans le couloir, créant un embouteillage. L'hôtesse vint à son secours. Ouf! Quelques travées plus loin, elle lui désigna sa place. D'office, un steward saisit sa valise et la déposa dans le rangement. Puis saisissant le précieux carton, il s'apprêta à en faire autant. Jabel réagit au quart de tour:

— *Ma doue! Pelec'h 'maoc'h 'hont da voutañ 'neañ? Goustadig mar plij!* Mon Dieu! Où allez-vous le caser? Doucement, s'il vous plaît!

Le paquet resta en suspens.

— Pardon?

— *Diwallet!* Faites attention!

— ...?

L'hôtesse intervint.

— Attention, ça semble fragile!

— Quelle langue parle-t-elle?

— Je ne sais pas. Jamais entendue!

Avec précaution le colis fut encastré entre la valise et le plafond. Le steward fit jouer la glissière de fermeture en lui coulant un regard de côté. Jabel respira.

— *Trugarez!* Merci!

Il la salua d'un hochement de tête et disparut derrière un rideau.

Installée dans un fauteuil près d'un hublot derrière l'aile, Jabel avait maintenant tout loisir de contempler le champ. Son regard fut attiré par de minuscules boules grises courant dans l'herbe.

O! Met… lapined int! Ma doue! Pokêzh loened! Al loen houarn 'flastro 'nezhe! Oh! Mais… ce sont des lapins! Les pauvres bêtes, l'animal de fer va les écraser!

Elle chercha l'hôtesse des yeux, mais les moteurs se mirent à rugir. Son cœur battit la chamade. L'avion vibra de tout ses membres et lui communiqua son tremblement. Le monstre tourna gauchement sur sa droite et se dirigea vers une longue ligne droite et grise. Les moteurs montèrent en puissance. Leur sifflement lui perçaient les tympans. Elle jeta un œil inquiet au-dehors: les lapins sur l'herbe rase, nullement impressionnés, batifolaient dans le vacarme.

O! Loened kalonek! boezetoc'h evidin int deuz kurun ar lapoused dir! Ah! les braves bêtes! se dit Jabel rassurée, elles ont bien plus l'habitude que moi du tonnerre de ces oiseaux d'acier!

L'hôtesse passa. Elle s'assit sur le rebord du siège vide près de Jabel et, en souriant, se mit en devoir de l'attacher. Cette nécessité ne l'avait pas effleurée. L'hôtesse lui offrit quelques bonbons en l'invitant à les mâcher et poursuivit son contrôle.

O! Ma fenn ne glefe ket beañ hini ar sul 'barzh ar c'hroget-mañ! Oh ! se dit Jabel le souffle court, je ne dois pas avoir ma tête du dimanche en ce moment !

Imperceptiblement d'abord, puis un peu plus rapide, le mastodonte se déplaça. Les roues grondèrent sur la rugosité du terrain et secouèrent l'appareil.

Tout à coup, l'avion s'élança. L'étendue au dehors défila en une traînée verte. Dans sa course éperdue, au-dehors les ailes vibrèrent. En bout de piste, l'avion s'arracha lourdement au sol.

Les vrombissements, maintenant, taraudaient la tête de Jabel, la pressant comme pommes en pressoir. Les arbres, les maisons rapetissaient. Elle n'osait pas trop regarder défiler le paysage de peur d'être prise de vertige. Elle se cramponnait à son siège.

L'avion traversa une ouatine brumeuse et tout à coup émergea dans l'éblouissante lumière du couchant. L'astre roux incendiait la mer de nuages. Il irisait de tout son éclat l'immense étal de choux-fleurs pommelés. Sous ses ailes se déroulait la plus jolie gamme de camaïeux que Jabel n'avait jamais imaginé. L'ombre de l'avion jouait à saute-moutons avec les congères célestes. Au-dessus, le lapis-lazuli infini arrondissait son dôme immense.

Jabel oublia son angoisse. L'enchantement de la mer de nuages l'apaisa.

Les hôtesses, à grands renforts de gestes, firent les démonstrations réglementaires de sauvetage. Jabel eut des doutes quant à leur efficacité. Elle préféra se dire que tout irait bien. Néanmoins, elle plongea la main dans sa poche où elle gardait toujours un chapelet et invoqua *Santig Du*.

Le personnel de bord proposa des boissons.

Ur soñj vat-tre, peogwir azalek amañ, forzh peseu' implij 'rafenn zo paeet gant ar bilhed. Une bonne idée, se dit Jabel que ses frayeurs passées avaient desséchée, d'autant qu'à partir de maintenant tout est compris dans le prix du billet.

Ainsi lui avait longuement expliqué l'*Aotrou* de l'agence de voyages. Ce que Jabel avait très bien enregistré, et pour cause : l'énorme dépense du voyage avait réduit son argent de poche à la portion congrue !

— Que désirez-vous madame ?

— *Dour,* de l'eau, fit laconiquement Jabel.

—?

L'hôtesse lui adressa quelques mots dans une langue qu'elle n'avait jamais entendue. Ce n'était pas du français car la tonalité ne chantait pas le phrasé habituel. Jabel fit non de la tête et essaya d'expliquer qu'elle ne comprenait pas. Alors, en souriant, l'hôtesse versa un peu de liquide dans un verre en plastique, l'allongea de ce qui sembla être de l'eau et le tendit à Jabel.

— *Trugarez, Itron.* Merci, Madame.

Elle goûta. C'était bon. Un peu sucré avec un arrière-goût aromatisé qu'elle n'arrivait pas à définir. Elle avait soif et l'avala d'un trait. Ce n'est qu'un peu plus tard qu'elle s'aperçut que le breuvage lui montait à la tête. Heureusement, le repas suivit sans tarder. Service de table plastifié et cuisine moderne que Jabel apprécia du bout des lèvres. Elle se mit au régime sec pour ne pas risquer une deuxième fois les aléas d'une boisson à surprise.

Netra ne vo morse gwelloc'h 'vit ur soubenn vat pe ur c'horfad krampouzh fritet gant ur volennad chistr. Rien ne remplacera jamais un bon pot-au-feu ou un plantureux repas de crêpes avec un bol de cidre, se dit-elle.

Au-dehors, la nuit s'était installée et l'euphorie passagère avait chassé l'inquiétude de l'envol. Une douce torpeur commença à la gagner. Bercée par le ronronnement des moteurs, elle s'endormit du sommeil du juste…

☆

Elle se réveilla en sursaut. Un sifflement insupportable lui pressait les tympans. L'angoisse étreignit sa poitrine. L'avion descendait. Sous les ailes, elle aperçut d'immenses torches de feux qui jetaient leurs éclats vers le ciel et éclairaient la platitude des ténèbres, loin, très loin.

O, maleüvrus ! Un tan-gwall ? Dav vo deomp mont da sikour 'vit lazañ 'neañ matreze ? Oh ! Malheur ! Un incendie ? Il faudra aller aider ces pauvres gens à l'éteindre peut-être ?

Au contraire de Jabel, les passagers, nullement inquicts, rivés aux hublots, admiraient le spectacle des torchères géantes qui léchaient le ciel de leurs langues de flammes. Ils ne semblaient nullement affligés par le spectacle. Plutôt fascinés. Le mot « pétrole » courut dans les travées et émailla, ici et là, la musique des mots de toutes sortes de langues. Rompue à l'habitude d'une fine écoute afin de surprendre un peu de compréhension dans les courbes vocales, Jabel, perplexe, se rasséréna. Ce mot, glané sur la portée des multiples échanges, évoquait à son oreille de ménagère la lampe à pétrole de naguère. Le spectacle s'accrochait au ciel, montait, coiffé de nuées opaques, extraordinaires, fantastiques, dantesques. Les portes de l'enfer s'ouvraient-elles en ce pays? Jabel, discrètement se signa.

Petrol, se dit-elle. Bien sûr, elle en avait utilisé pour sa lampe jusqu'à ce qu'un beau jour d'après-guerre la fée électrique s'installât dans son humble *pennti.*

Met dam' betra 'laoskont 'neañ da zevañ er mod-se? Ar pezh a vo devet vo kollet 'vit ar gwerzh! Ur vouchedenn ken bras-se! Maleüvrus! Pourquoi le laissent-ils brûler ainsi? Ce qui est brûlé, est perdu pour la vente. Une si grande chandelle! Malheureux!

Tant de gaspillage la choquait, elle qui s'attachait autrefois à baisser la mèche pour économiser la moindre goutte du précieux liquide.

Et tout à coup, bousculant ses réflexions, une pression intense lui fit siffler ses oreilles. Les roues heurtèrent le sol, rebondirent. L'avion touchait de nouveau la terre ferme dans le clair-obscur des feux d'atterrissage. L'apocalypse des torchères balayant la nuit de leurs terrifiantes chevelures rouges semblait avoir appartenu à un imaginaire fantasque et débridé. La voix impassible d'un micro débita une foule de mots qui lui échappèrent une fois de plus mais où elle saisit au vol le nom de Barhein.

Ouf! C'était bien le bon avion!

Elle ne s'était pas trompée jusqu'à présent. Barhein était la première escale de son odyssée. Elle en connaissait par cœur les différentes étapes. Elle se remémora la boule de l'agence de voyages sur laquelle courait le crayon de l'*Aotrou*. Ici, elle le savait, elle ne descendait pas. Autour, quelques voyageurs au visage basané, en longue robe blanche, la tête enturbannée, s'apprêtaient à sortir. Suivaient d'autres, habillés normalement. Et puis des femmes en longues robes noires, la tête enserrée dans un voile sombre et le visage dissimulé derrière une étoffe écrue joliment brodée.

Gwisket 'aint e-gist ar Werc'hez, met ar Werc'hez 'ziskoue he beg d'an nen! Elles sont habillées comme la Vierge mais la Vierge, au moins, montrait son visage! se dit Jabel, réprobatrice.

A l'embarquement, obnubilée par la peur de se tromper, elle n'avait pas remarqué ces femmes. D'autres voyageurs montèrent: en culottes bouffantes et turbans blancs torsadés sur de noirs visages, ils précédaient des femmes très brunes drapées de la tête aux pieds dans de longues robes aux couleurs pastel, en voile de coton léger. Elles babillaient en installant leurs bagages et leurs bracelets ouvragés tintinnabulaient en cascades jolies. Des fragrances de rose et de jasmin s'éparpillèrent dans les travées. Le lourd manteau de Jabel étalé sur le fauteuil voisin découragea encore les plus entreprenants. L'avion n'était pas complet. Elle demeura seule dans son coin.

Dehors, le vent balayait des nuages de poussière qui voilaient les lumières de l'aéroport et crépitaient sur le hublot. Jabel frissonna. Malgré l'incendie du pétrole, il ne semblait pas faire très chaud dehors. Elle se cala dans son fauteuil et ferma les yeux.

Le décollage ne lui causa aucun malaise.

Dam' betra kemer aon? An nigelerezh 'gemer e led e-gist noa lavaret an Aotrou. Pourquoi s'inquiéter? se rassura Jabel, le vol se déroule comme l'avait dit l'Aotrou!

Le moment venu, elle sut se faire servir en désignant du doigt les bons ingrédients. Le repas, aussi insipide que le premier, permit au temps de passer. Le micro débita encore des langues nouvelles: une musique de mots qu'elle ne comprenait pas mais dont elle cueillait au vol ceux qui s'apparentaient au français.

Tout à coup, la lucarne accrochée au-dessus du passage au bout du couloir s'anima. Oh! La télé! Jabel n'en avait jamais possédé mais la regardait de temps à autre chez Marie-Louise. Dire qu'elle en raffolait eût été mentir mais une émission de temps en temps ne lui déplaisait pas. Film ou variétés, bon public, peu lui importait, seuls comptaient l'animation, la musique ou le burlesque qui la faisait rire aux larmes. Peu à peu, elle avait fait connaissance avec les vedettes du moment. Brigitte Bardot, Mireille Mathieu, Françoise Hardy, Johnny Hallyday et tant d'autres dont, vaguement, elle ne se rappelait que les visages. Quelle ne fut sa surprise: ses vedettes habituelles s'affichaient au programme. Alors, au diable les mots, elle voguait en pays connu. Engourdie par les images et les vocalises, elle les oublia.

Sa propre histoire s'inscrivit en filigrane et vint animer ses souvenirs.

⁂

Jabel, la petite fille aux pieds nus qui allait laver à la rivière, ou encore celle qui portait la farine chez le boulanger, quand farine il y avait. Et puis la pluie, qui gouttait par le toit de chaume pourri de la masure accolée au talus. La dureté de l'hiver. Sa mère qui rationnait le pain et le feu. Elle avait si faim et si froid qu'elle courait mendier quelques miettes et un peu de chaleur dans les fermes voisines. Et voilà qu'aujourd'hui cette même Jabel, payant sa place rubis sur l'ongle, volait rendre visite à son fils en Nouvel' Zéland', sautait d'un bond dans une autre époque. Même plus! Que dire? Dans une autre existence, sur une autre planète! Elle s'étonnait elle-même d'avoir réussi cet exploit et s'en félicita.

Dav eo din-me sonañ ma c'hleier ma-unanig, biskoazh den all ne sono 'nezhe 'vidin-me! Il faut que je sonne mes cloches moi-même car jamais personne ne les sonnera pour moi, se dit-elle dans son langage imagé.

⁂

C'est ainsi que d'un coup d'aile, heureuse de cette chance qu'elle s'était accordée, elle se réveilla au petit matin lorsque les roues touchèrent le sol de Colombo. Elle se sentit reposée, contente de ce sommeil qui lui avait posé des parenthèses sur la longueur du temps.

Ici, il fallait descendre.

L'*Aotrou* de l'agence de voyages le lui avait bien

expliqué… expliqué, peut-être, mais pour autant Jabel ne se sentait pas rassurée. Saurait-elle dans le dédale de cet aéroport, terrifiant labyrinthe pour l'Ariane sans fil qu'elle était, saurait-elle rejoindre à nouveau le bon avion vers la Nouvel' Zéland' ?

Gast ar gurun ! Bale Jabel ! Er maez ! Deomp dei ! Hag un'all adare ! Putain de tonnerre ! Marche Jabel ! Dehors ! Allons vers une autre aventure ! se dit-elle.

Elle se leva la dernière. Le steward l'aida à descendre ses bagages. A la suite des autres passagers, elle se dirigea vers l'avant de l'appareil, la valise à la main, son sac de l'autre et le précieux carton sous le bras gauche. En haut de la coupée, la myriade de lumières illuminant la maison de l'aéroport l'éblouirent. La nappe bleu-nuit du ciel scintillait encore des dernières étoiles. Le souffle caressant de la brise marine lui effleura le visage. Là-bas, très loin, mer et ciel se confondaient, dans le rose des premiers éclats du levant. Plus près, à flanc de coteau, la luxuriance d'une forêt tropicale jetait sa note émeraude. Jabel commença à descendre les marches, sans quitter ce magnifique paysage des yeux.

Tout à coup, elle s'aperçut de sa solitude.

Du côté de l'espace herbeux, contenus par un solide et haut grillage, des silhouettes sombres et crépues, une foule commentait son arrivée. Elle s'arrêta, fascinée par cette multitude agrippée à la clôture. Qu'attendaient-ils là ? De la famille ? Cela faisait quand même beaucoup de proches pour les passagers de cet avion ! Pourquoi n'avaient-ils pas accès au bâtiment ? Pourquoi, pour qui, pour eux, pour elle tout ce grillage ? Qui voulait-on mettre en cage ? Les voyageurs qui débarquaient à Ceylan ou les gens de ce pays ?

Feiz 'vat ! Gizioù souezhus neusont amañ ! Ma foi ! Ils ont tout de même des mœurs bizarres ici ! se dit Jabel.

O ! Met re abred eo c'hoazh ar minitinvezh 'vit dibab etre ar frankiz hag ar stern ! Oh ! Mais cette matinée n'est pas assez avancée pour philosopher sur la liberté et les entraves ! conclut-elle.

Et d'un pas décidé, elle se dirigea vers l'immense bâtisse.

Dès l'entrée, deux hommes à la peau bistre, yeux bridés et cheveux noirs gominés plaqués en l'arrière, vinrent lui proposer leurs services. Jabel, inondée de reconnaissance, leur confia sa valise qui, sous la chaleur moite, devenait de plomb. Ils insistèrent pour porter aussi sa sacoche et le carton, mais elle s'y opposa avec énergie.

— *Traoù a zo ne ven ket lakaet etre daouarn 'ne hini kentañ ha gwashoc'h c'hoazh tud diavaez !* Il est des choses que l'on ne confie tout de même pas au premier venu et qui plus est, étranger ! expliqua -t-elle à voix haute, sûre de n'être pas comprise

Les deux hommes précipitèrent le pas. Jabel tenta de les suivre. Bousculée par la foule grouillante, elle les héla. En vain ! Ils firent la sourde oreille et accélérèrent le train, le regard droit devant ! Alors, fendant la cohue, jouant des coudes, poussant sur sa droite comme sur sa gauche sans se soucier des protestations, le verbe haut et l'apostrophe cinglante, elle les rattrapa et arracha sans façon la valise des mains du porteur.

— *Mil mallozh ruz ! Kac'hien-kraoñ !! Laerien*

gast, ha desket brav ouzhpenn! Mille malédictions rouges! Chieurs de noisettes! Putain de voleurs et qui de plus osent montrer beau!

L'aéroport résonnait de la colère de Jabel. Elle jetait ses anathèmes à tue-tête, la discrétion n'ayant jamais été son fort lorsque l'on osait piétiner ses plates-bandes! Non, mais! Abuser sa confiance! De quelle planète débarquaient-ils, ces piètres individus? On ne leur avait jamais enseigné l'honnêteté?

Jouant d'abord l'obligeance outragée, les deux porteurs improvisés essayèrent d'expliquer leur bonne volonté trahie. Mais devant tant d'invectives, fussent-elles incompréhensibles, ils perdirent bien vite contenance et n'eurent d'autre issue que de battre en retraite et de se fondre dans la cohue. Ils se débinèrent sous les invectives de Jabel pour qui le public avait pris partie. Outrée, elle s'expliquait à la cantonade, prenait les passants ameutés à témoin. Personne n'y comprenait goutte mais qu'importe, pour manifester tant de convictions, cette femme devait sûrement avoir raison!

Ouf! Il ne lui avait fallu qu'une poignée de minutes pour se sortir d'affaire mais elle était en nage!

Elle tomba le manteau. L'horloge trottait vers les sept heures et déjà la chaleur tropicale affalait sa pesante chape. Où donc s'en étaient allés l'hiver, ses frimas, le vent, la brume glaciale de ses petits matins bretons quand approche Noël? Elle regarda autour d'elle. La multitude pressait le pas, allant ici et là, indifférente maintenant à son embarras.

Ici, l'escale ne s'éternisait pas. Elle le savait. Tout

était enregistré dans sa mémoire. Le décollage devait avoir lieu à huit heures trente. Ce n'était pas le moment de perdre son temps à flâner. Elle repéra les toilettes, s'y rafraîchit et se changea. La robe de cotonnade à grandes fleurs noires sur fond blanc lui donna un coup de jeune. Les conseils de l'*Aotrou* de l'agence de voyages la suivaient pas à pas. Elle le remercia mentalement et, sans attendre, s'adressa à un guichet, son billet à la main. Avec force gestes, elle finit par se faire désigner sa porte d'embarquement. Dans la salle de transit, elle reconnut quelques voyageurs du premier vol et se dit que se devait être la bonne destination. A l'appel du haut-parleur, elle se leva comme les autres et suivit le mouvement, non sans avoir fait vérifier son billet une ultime fois par, *un Aotrou gwisket gant dilhad soudard gant div askell alaouret war e gasketenn,* un monsieur en uniforme qui portait des ailes dorées sur sa casquette.

Il la rassura avec une condescendance amusée. Elle le remercia du bout des lèvres et le regarda s'éloigner en haussant les épaules !

Un' all c'hoazh ! C'hweet evel un touseg ! Ourgouilhus ! Encore un autre ! Gonflé comme un crapaud ! Orgueilleux !

Enfin, elle rejoignit les autres et se dirigea d'un pas allègre vers l'espace herbeux où paradaient les avions.

Autour, la multitude suppliante et dépenaillée, parcourue de murmures et de cris, s'agrippaient toujours au grillage en tendant une main. Ils dévoraient des yeux les voyageurs en partance vers les vastes espaces…

Jabel comprit. Son cœur se serra, rattrapé par ses souvenirs d'enfance. Elle aussi, autrefois, avait mendié…

☆

Dans la lucarne magique, Adamo succéda à Thierry Le Luron et Jabel laissa courir ses souvenirs en regardant ses doigts. Il y avait peu, boursouflés par le froid et le gel, ils craquelaient de la misère des travaux d'hiver. O ! la lessive qui gonfle la peau et ravine les gerçures. Jabel se revoyait au bord de la rivière, agenouillée dans cette caisse de bois dont on avait raboté les deux côtés pour gagner un peu de commodité. Elle y tassait une petite brassée de foin en guise de coussinet pour adoucir le rude contact du bois durant la longue besogne. Elle s'y agenouillait et, cassée en deux, étalait une à une les pièces de linge sur la pierre lisse en les savonnant, les plus sales d'abord, bien sûr. Avec vigueur, elle maniait ensuite la brosse de chiendent. La brouette à claies recevait au fur et à mesure le linge nettoyé. Puis elle le déposait pièce par pièce dans la lessiveuse, autour de son champignon, ajoutait de l'eau, saupoudrait de lessive et recouvrait le tout. La flambée sous le trépied près du talus, à l'abri du vent, amenait le tout à ébullition et faisait monter l'eau qui retombait en couronne savonneuse.

Jabel pouvait alors s'accorder le répit de la soupe.

Elle remontait pesamment le sentier, se coinçait une narine du doigt et, sans s'arrêter de marcher, soufflait d'un coup sec. Elle se débouchait ainsi le nez d'un côté puis de l'autre et la morve, d'une giclée, allait se perdre dans l'herbe mouillée. Au retour, elle puisait le linge bouillant à l'aide d'un bâton et le jetait sur la pierre. Longuement, elle le battait. A chaque volée du battoir l'eau éclaboussait son sarrau. Suivait le rinçage à tour de bras dans le ruisseau qui prenait des reflets gris bleus et moussait. Les bulles de savon glissaient le long du courant, nacres précieuses sur la chevelure verte des herbiers, et s'éloignaient vers des chenaux lointains. Mais foin de rêveries oiseuses! Le linge, largement battu et rincé, Jabel l'accrochait sur un fil le long du sentier. Après, mais après seulement, dégoulinante, trempée comme une soupe, elle se permettait d'aller se changer.

L'hiver, le gel prenait les trames et raidissait le linge suspendu: il ne fallait surtout pas y toucher car la glace dans les fibres le coupait plus sûrement que le fil d'un rasoir. Il fallait attendre. Le soleil venait caresser le coton ou la serge de laine gelés, le long du fil tendu s'élevait comme une haleine et, en un rien de temps, la lessive était sèche avant d'avoir égoutté!

Jabel sourit en regardant ses mains. Qui aurait dit qu'un jour elles porteraient une valise à l'autre bout du monde?

☆

Bientôt dans le hublot se profilèrent les buildings de Singapour, de gigantesques tours qui pointaient vers le ciel. Jabel se dit que les gens qui habitaient là-dedans ne devaient pas être de même étoffe humaine qu'elle. Ces cages, elle les assimilait à des prisons.

Penaos tennañ o anal barzh an toulloù-barc'h-se? Comment respirer dans ces geôles?

La ville aux immenses tentacules s'avançait dans la mer. Le port aux grues géantes grouillait d'une fourmilière de sampans. Au-delà *deus Kêr Singapour*, ce monde habité de Singapour, sans transition, s'étalaient les frondaisons épaisses et vertes de la jungle équatoriale. Ici et là, le soleil implacable accrochait l'éclat des marigots. Au loin, bordant le vert intense, une bande safran bordée d'opaline soulignait le bleu indigo de la mer.

L'escale, trois fois hélas, obligeait Jabel à descendre. L'inquiétude revint sans toutefois atteindre à l'angoisse du début du voyage. Elle avait assimilé peu à peu le processus de l'arrivée et de l'embarquement. Rompue à la nécessité de visualiser les moindres détails, elle créait dans sa mémoire le film de ses repères.

Vu du haut de la coupée, l'aéroport, véritable ville, lui coupa le souffle par son inextricable immensité.

Chapitre XI

L'aiguille d'une l'horloge monumentale n'indiquait que neuf heures... mais de quel jour? Le temps s'obstinait à durer ou filait-il plus vite que l'avion?

L'*Aotrou* de l'agence de voyages, toujours avec l'aide de sa *polotenn ar bed*, sa boule du monde, lui avait patiemment expliqué que son avion volerait vers le levant.

— *Eneb ar sav heol.* Face au lever du soleil, lui avait-il expliqué. Donc à l'inverse du temps qui passe. La boule de la terre tournait sur le bureau, poussée par ses doigts; la pointe de son crayon suivait la course de l'avion en contrariant le parcours du soleil, dont Jabel n'avait jamais imaginé l'immense périple. Cette sommaire leçon de géographie de l'espace et des fuseaux horaires demeurait confuse dans son esprit. Elle ne s'expliquait pas la courte différence entre l'heure de départ de Colombo et celle de l'arrivée à Singapour malgré la distance parcourue!..... Cette course à remonter le temps culbutait les heures à l'envers et pourtant, elle n'avait réalisé qu'à peine la moitié du parcours. Il lui semblait avoir entrepris ce voyage depuis bien plus longtemps que la veille. Décidément, à sillonner le monde, même le temps se diluait dans le ciel et perdait le poids de sa valeur inscrite sur les pendules! D'une chiquenaude mentale, elle écarta cette réflexion troublante et s'avança vers *Ti an aerbortz* - la maison de l'aéroport.

Ce faisant, elle se sentit un petit creux. Elle se rengorgea :

Gant ar bilhed, meus paeet an holl draoù ha ma frejoù da heul. Avec mon billet tout est réglé, y compris mes repas.

En toute logique, il ne lui restait plus qu'à trouver un restaurant, ce qui, en ces lieux si fréquentés, ne devait pas manquer. Elle se lança aussitôt dans sa quête en fouineuse rompue à ne se fier qu'à ses propres repères. Elle tourna à gauche, descendit quelques marches, s'avança dans une longue galerie marchande où déambulait une foule cosmopolite et bigarrée. Flux et reflux brassaient cette cohue en longues vagues puissantes. La foule courait, pressée, vers quelles chimères ? Jabel progressait en prenant bien soin de relever au passage les différentes vitrines qui s'additionneraient comme des nœuds sur une cordelette imaginaire dont, au retour, elle déroulerait l'écheveau. Chaque enseigne luisait pour elle comme autant de fanaux dans cette mer houleuse. Bousculée, en nage, suffocant dans la chaleur tropicale, Jabel affichait son air renfrogné des jours de contrariété. Elle souquait ferme des deux coudes pour ne pas se laisser engloutir dans ce maelström. Mais bientôt, insidieuses, entêtantes, endiablées, des exhalaisons épicées l'affriolèrent.

Elle ne tarda guère à en débusquer la source : niché dans un recoin de la galerie marchande, enluminé de dragons rouges et dorés tapageurs, le restaurant racolait le voyageur en mal d'insolite.

Jabel respira un bon coup et y entra.

Elle s'intalla à une table. Sans attendre, examina le menu ouvert devant elle avec l'aplomb d'un vieux routier et lorsque le serveur vint s'enquérir de sa commande, d'un doigt impérial, sans un mot, elle désigna une ligne.

Dans le jardin intérieur sous les palétuviers, le babil d'un jet d'eau éparpillait avec parcimonie quelques gouttes de fraîcheur.

Le plateau que le serveur lui apporta arborait une multitude de couleurs et offrait à Jabel la découverte fraîche et appétissante de légumes, de fruits du pays, de poissons embrochés couverts d'épices, de crustacés étranges. De petits pots de sauce, rouge, jaune, verte accompagnaient des mets aussi divers qu'inconnus. Les effluves odorantes et chaudes d'une grande cruche enveloppaient le plat d'un parfum délicieux…

Jabel huma longuement, avec volupté, cette offrande exotique, la dégusta des yeux : odeurs sucrées, saveurs nouvelles, douceurs inconnues, couleurs suaves, invite plantureuse et colorée. Elle allait se laisser au plaisir de la bouche, ce palais de la découverte, qui donnerait son goût au voyage, habillerait ses souvenirs, magnifierait les paysages.

Dre belec'h lugell? Par où commencer ? hésita-t-elle.

Mais bien vite son côté pratique reprit le dessus.

Pep tra zo da zibriñ peogwir int kinniget, setu deomp dez' dre dud! Tout est à manger puisque proposé ! Alors que le peuple se régale !

Les crudités aux saveurs fraîches, les fruits juteux aux formes oblongues, mûrs à souhait : Jabel voulait tout apprécier, tout savourer, tout découvrir, la chair fine et délicate du poisson et des crustacés enrobés de subtiles essences, nappée de sauces aux goûts safrané et fort. Epicées avec largesse, elles lui enflammèrent les papilles.

Jabel épuisa le contenu de la cruche et étancha sa soif, sans surprise. Elle picora les mets avec une lenteur calculée afin de mieux savourer cette délicieuse matinée.

Ayant fait honneur à ce fricot royal, et pour ne pas risquer de louper l'embarquement car le temps s'avançait, elle se mit en devoir de rassembler ses bagages afin de se rapprocher de l'aire de départ.

C'est alors que le serveur, le visage doré illuminé d'un superbe sourire, confit d'affabilité, déposa l'addition sur la table en lui faisant le geste des doigts qui comptent les billets : d'une limpidité internationale !

Le sang de Jabel ne fit qu'un tour. Elle se dressa, roide comme la statue du commandeur. Brandit ses billets d'avion à bout de bras. Sa colère monta, enfla, déferla comme un raz de marée de mots incompréhensibles. Les jurons interjetaient leurs onomatopées, ponctués d'exclamations outrées. Elle prenait les autres convives, médusés, à témoins.

Les yeux bridés du serveur s'arrondir de surprise. Puis, la première stupéfaction passée, il fit deux pas vers elle la note à la main, insista, lui montra les reliefs du plateau auquel elle venait si largement de faire honneur.

La colère de Jabel devint hurlement comme si chaque pas d'approche du serveur était un geste de violence à son égard.

La foule s'agglutina, fascinée par la vigueur de la

harangue débitée avec des mots dont la phonétique ne leur était guère familière. C'était peu dire. Qui connaissait cette langue? Où se situait dans le monde le pays capable de générer cette puissance verbale? Sous quels cieux et quelle latitude?

— *Mil Mallozh Doue! Paeet 'meus debaoe pell zo, memes amzer 'vit ma bilhed!....Ne rankon netra deoc'h! Feiz d'am Doue! Fri marmouz brein, ma vefe gwasket deoc'h, 'teufe laezh er maez eus outan! ... Galoupet pell diouzhin! Gwallerezh oc'h gouest d'ober din-me 'vit rastellet arc'hant!* Mille malheurs de Dieu! J'ai payé depuis longtemps en même temps que mon billet!.... Je ne te dois rien. Foi de Dieu! Nez de gamin pourri!....Si on te le pressait, il en sortirait encore du lait!.... Éloigne-toi de moi ... Mais, il me violerait pour ratisser de l'argent!

Debout, le couteau à la main tel le glaive levé pour trucider l'injustice, sûre de son fait, Jabel inspira une telle frayeur au serveur qu'il recula, les yeux rivés sur elle. Brusquement, il tourna basques et s'enfuit en courant vers les cuisines comme s'il avait eu tous les dragons de Chine à ses trousses!

Notre dramaturge fit un ultime geste de menace mais dans sa précipitation s'entailla un doigt. Elle en suça le sang, l'entortilla de son mouchoir, se saisit de ses bagages, écarta la foule des curieux et se dirigea d'un pas assuré vers les toilettes.

Et pas mécontente d'elle-même, ma foi, car en trois coups de cuiller à pot, elle venait encore de se sortir d'un mauvais pas en faisant respecter son droit.

— *Gast ar gangn!* jura-t-elle. Putain de charogne... *Klask pakañ 'hanon, evit laerañ 'hanon pizh!* Vouloir me berner pour mieux me dévaliser!

Dans l'intimité des toilettes, elle pissa sur sa plaie pour la désinfecter, comme elle l'avait toujours fait au pays. C'était efficace, pourquoi changer d'habitude ? Après quelques rapides ablutions - cet accès de sainte colère l'avait mise en nage - elle revint dans la salle des pas perdus d'où la chaleur équatoriale à son zénith avait, comme par enchantement, repoussé la marée humaine, chassé toute activité, plombé les plus vaillants dans une veille somnolente. Même le garde près de la porte d'envol avait cédé à la torpeur de midi. Les ventilateurs brassaient l'air surchauffé. Le ronronnement têtu de leurs pales berçait l'atmosphère.

Jabel n'était pas un modèle de patience. Et puis la leçon qu'elle venait d'infliger à ce serveur, qu'elle estimait indélicat, l'avait mise dans un tel état d'excitation qu'il lui semblait impossible de rester en place. Malgré l'air irrespirable, la température qui à chaque mouvement lui collait un peu plus la robe sur le dos, elle se sentait des fourmis dans les jambes. Elle s'approcha de la porte. Jeta un œil sur le champ, immensité rousse et pelée, écrasée de soleil, bordée au loin de grande citernes. Pas un brin de verdure mais des avions en veux-tu, en voilà, comme s'il en poussait. Elle en observa un, spécialement, presqu'en bout de piste, jaugea la distance à parcourir pour y parvenir et estima qu'en quelques enjambées elle pourrait y monter. A l'intérieur, bien installée dans un fauteuil, cette chaleur torride serait plus supportable. Mais voilà ! Était-ce le bon courrier ?

O ! Ma n'eo ket 'n hini mat, ken founnuz vo din gwelet war ar plas ha diskenn en-dro ma vo dav ! Oh ! Après tout si ce n'est pas le bon, j'aurai aussi vite fait de me renseigner sur place et d'en redescendre s'il le faut ! se persuada-t-elle, prêchant une convertie !

Aussitôt dit, aussitôt fait. Mais avant tout, prévoyance et organisation : il ne fallait pas qu'elle tombât d'insolation en traversant cette fournaise !

Elle sortit de sa poche son grand mouchoir à carreaux rouges et blancs, alla le mouiller sous un robinet, fit un noeud dans chacun des coins et s'en coiffa. Comment, venant des frimas bretons, aurait-elle pu imaginer une telle canicule en plein mois de décembre ? Alors, à défaut de son chapeau de paille qu'elle portait toujours lors des foins, des moissons et de la récolte des haricots verts, cassée en deux toute la journée dans sa parcelle, ce couvre-chef, son mouchoir, ferait l'affaire. Ainsi parée de ce bibi improvisé, climatisé à sa façon, elle glissa silencieusement devant le garde assoupi sur sa chaise. En quelques foulées de son pas chaloupé, encombrée de ses bagages et chapeautée de rouge coquelicot, Jabel, imperturbable, traversa l'espace incandescent, grimpa la coupée et pénétra tout bonnement dans la carlingue.

Ces lieux n'avaient plus de secret pour elle. Elle repéra « sa » place. On avait changé d'avion mais Jabel ne douta pas un seul instant que le même siège ne lui fût pas réservé. Elle casa elle-même ses bagages dans le rayonnage au-dessus du hublot.

'Benn peus amzer, ne bign ket an traoù en daou lamb diwar ho kein ! Quand on dispose de temps, la précipitation ne vous galope pas sur le dos ! » se dit-elle, satisfaite mais en sueur.

Et elle se laissa tomber dans « son » fauteuil avec un immense soupir de contentement.

Son installation, fort discrète, avait toutefois provoqué quelques bruits, perceptibles de la cabine. Aussi, à peine eut-elle posé son séant qu'elle vit venir vers elle un bel homme brun grisonnant, en uniforme. Les ailes dorées des épaulettes lui ajoutaient de la prestance. Il sembla fort étonné de la trouver à bord.

— *O! Tomm-ruz eo, n'eo ket, Aotrou?* Oh! Il fait très chaud, n'est-ce pas Monsieur? fit-elle en guise de préambule.

— *Sorry*? Pardon?

— *Lavar 'ran...* Je dis...

Réalisant que cet *Aotrou*-là ne pouvait pas la comprendre, elle débita une fois de plus son leitmotiv habituel:

— Je parle pas le français!

— *I understand, yes. Do you speak english?* Je l'entends bien. Parlez-vous anglais?

— ...?

— *You don't understand?* Vous ne comprenez pas? insista-t-il.

— ...?

Jabel le regardait, désespérée, puis, pointant son index vers lui, elle usa d'un de ces rares mots français qu'elle connaissait:

— Chauffeur?

L'homme, interloqué, s'appuya sur le dossier du fauteuil.

— *I beg your pardon? The* chauffeur! Je vous demande pardon? Le chauffeur!

Il partit d'un grand éclat de rire.

— *The* chauffeur! Ah! Ah! Ah! The chauffeur! *It's the first time I've ever been called like that!* Celle-là, on ne me l'avait encore jamais faite !

Il riait aux larmes. Jabel, interloquée à son tour, se demandait bien ce qu'elle avait dit de travers.

Lavaret vez « ar chauffeur » 'vit an hini 'vlein ar c'harr-boutin, mechans ! Petra neus da c'hoarzhin kemend-all ? Me 'bai, ne gavo ket 'nañ da herpel ! On dit bien « le chauffeur » pour le car, non ? Qu'est ce qu'il a à s'esclaffer, celui-là ? Il ne va donc pas savoir s'arrêter ?

Elle poursuivit le cours de ses pensées à haute voix. Pourquoi se gêner d'ailleurs ? Lui ne se gênait guère pour se moquer d'elle !

— *Ma Doue, n'eo ket dav pignat ar c'havr war toenn ar c'harr- nijal 'vit lakaat 'norc'h da c'hoarzhin !* Mon Dieu ! Il n'est pas nécessaire de faire monter la chèvre sur le toit de l'avion pour vous faire rire !

— ...?

Cette réflexion arrêta enfin son hilarité. Mi-rieur, mi-moqueur, il se retourna vers la cabine et appela :

— Miss Danielou ! Miss Danielou !

Une jeune femme s'avança dans la travée, blonde aux yeux bleus, svelte dans son strict tailleur bleu marine. Il lui expliqua la situation en quelques mots. La phrase se termina par « chauffeur ». La jeune femme pouffa de rire à son tour.

Un' all adare ! Et d'une autre, se dit Jabel.

Elle se cala dignement dans son fauteuil.

An dud-se, ken gwir ha 'maon azezet amañ, an dud-se 'vank ur c'hreunennig dezhe ! Ces gens-la, aussi vrai que je suis assise ici, il doit leur manquer un grain !

La jeune femme retourna en riant vers la cabine. Les laissant à leur gaieté, Jabel fouilla son sac car, pensa-t-elle, on allait lui demander d'où elle venait, où elle se rendait, questions classiques, normales. Elle sortit ses billets de vol et son passeport et les tendit à l'homme en uniforme qui, ouf! s'arrêta de pouffer pour les examiner.

— Mais vous êtes Française?

— Française? *Ya! Eus Breizh.* Oui. De Bretagne, rajouta-t-elle.

Mais la Bretagne ne semblait pas être connue de ce côté-ci de la planète. Ça n'évoquait rien pour l'homme en uniforme. Lui donner le nom de son village, sans doute, ne l'avancerait pas davantage. Elle ajouta « Finistère » sans plus de réactions.

— *Kemper*! jeta Jabel, en désespoir de cause.

— Quimper? Quimper-Pluguffan? L'aéroport de Quimper-Pluguffan?

— *Ya! Ya! Ya!* oui! Oui! Oui! fit Jabel, le visage illuminé.

O! Evel just, ba' Plugüen zo ur park 'vit ar c'hirri-nijal. Ne felle ken nemet soñjal! Setu plaenet an traoù. An den-se 'glefe anavezout an holl parkeier kirri-nijal dre ar bed a-bezh. Peogwir 'anvee 'hez' ma bro. Evidemment, à Pluguffan, il y a un champ pour les avions. Il suffisait d'y penser. C'était tout simple: cet homme devait connaître tous ces champs-là de par le monde entier puisqu'il connaît celui de mon Pays.

Un poids d'angoisse quitta sa poitrine.

Le « chauffeur » se retourna à nouveau vers la cabine et appela:

— Maryvonne! Maryvonne Danielou! Revenez vite!

L'hôtesse le rejoignit de nouveau.

— Voilà, je viens de découvrir que notre *granny* globe-trotter est originaire de votre Pays ! Quimper-Pluguffan, çà vous dit quelque chose, non ? Mais apparemment elle ne parle pas français ! C'est possible ça ?

— Ça devient rare mais ça existe !

— Alors, quelle est sa langue ?

— Mais… le breton bien sûr !

Jabel écoutait la musique habituelle des mots qu'elle entendait autour d'elle au Pays. L'homme semblait chercher les siens avant de les dire et les prononçait avec une intonation inhabituelle, un peu heurtée.

N'eus ket memes pouez-mouezh 'vit ar vaouez 'neañ ! Il n'a pas le même accent que la femme ! se dit-elle.

Maryvonne se pencha vers elle :

— Je suis de Bénodet !

— *Deus Benoded ? N'eo ket gwir ? Kompren a ret Brezhoneg ?* De Bénodet ! ce n'est pas vrai ! Comprenez-vous le breton ?

— Un peu. Juste quelques mots, répondit Maryvonne en hochant la tête.

Jabel l'aurait embrassée si elle avait osé.

— Vous êtes seule ? demanda Maryvonne en mimant sa question.

— *Ya ! Ma-unanig, evit mont da wel' ma faotr d'an Nouvel' Zeland' ha n'ouzon ket galleg 'hanon, na lenn na skrivañ kennebeut !*

— En effet, traduisit l'hôtesse. Elle voyage seule. Elle se rend chez son fils en Nouvelle Zélande, elle ne parle pas français et ne sait ni lire ni écrire !

— Incroyable ! Et de plus elle ne parle qu'une

langue locale ! Eh ! bien elle a du nez, notre *granny* ! Réussir son voyage jusqu'ici sans l'appui d'aucune indication écrite ! Rendez-vous compte ? Combien y a-t-il d'avions en ce moment sur l'aéroport de Singapour ? Je n'ose même pas l'imaginer ! Et elle monte dans le bon, sans se tromper !

Il se tapa du poing sur le front en riant une fois de plus.

— *OK* ! Ne la quittez pas des yeux jusqu'à l'arrivée, votre payse. C'est ainsi que vous dites, n'est-ce pas ? Elle est à bord, qu'elle y reste. J'ai vérifié ses papiers. Tout est en règle. Elle me semble rapide. Il ne faudrait pas la perdre en cours de route ! *So ! It's a fantastic story !* Eh bien ! C'est unc histoirc fantastique ! conclut-il en regardant Jabel.

Décidément, Jabel lui trouvait un drôle d'accent pour prononcer les mots français mais comment en savoir plus et à quoi bon ? Mais au fait, son billet, son passeport ?

— *Ma bilhed, mar plij,* fit-elle à l'adresse de Maryvonne.

— Rendez-lui ses papiers tout de même, rappela-t-elle au « chauffeur » alors qu'il s'éloignait, elle vous les réclame. Voyez, elle ne perd pas le nord.

Il les lui rapporta, toujours aussi amusé.

— C'est une très belle histoire de Noël, *granny*. Je la raconterai à mes enfants !

— *Nouel ? Nedeleg ?* Noël, fit Jabel, interrogative.

— Oui, Noël ! *Christmas ! It's a pity*. Dommage que nous ne puissions pas nous comprendre. On aurait eu beaucoup de choses à se raconter, je crois. Bon voyage ! Je suis le pilote, le commandant de bord, pas le « chauffeur. » Mais c'est merveilleux quand même que vous soyez là, *granny*! Je crois… désormais je saurai où se situe votre Pays, la Bretagne. Je n'oublierai jamais. *OK! Bye, bye!* Comment dites-vous dans votre Pays? *Kenavo?* C'est bien cela?

— *Ken'?*

Jabel en avait perdu la voix. Tant de mots et tant de gentillesse et il savait dire *Kenavo!* Au revoir. Les larmes lui montèrent aux yeux. Elle lui prit la main et la serra très fort:

— *Trugarez, Aotrou!* Merci, Monsieur!

Là-dessus, l'hôtesse bretonne fit signe à Jabel de la suivre et lui désigna sa place, une rangée plus loin et la laissa. Quand elle revint avec de quoi lui faire un pansement au doigt, elle lui servit une boisson bien que Jabel n'ait rien demandé.

— *Trugarez vras, Itron.* Grand merci, Madame.

Maryvonne sourit à ces jolies notes qui affleuraient à ses souvenirs: quelques brins de mots cueillis sur la gamme bretonne entre lande et ressac dans le lointain Pays, là où l'Odet glisse sur l'estran

Evit ar yezh evel just, ne dalvez ket Marie-Louise 'nezhi, met 'vit ar gizidigezh… Pour la langue, bien sûr, elle ne vaut pas Marie-Louise, se dit Jabel, mais pour la délicatesse…

Elle fondait littéralement de reconnaissance. Elle se déchapeauta de son voyant panache et rangea son mouchoir que les dards du soleil avaient desséchés.

Benoded! En souriant à elle-même, elle répétait ce nom qui sonnait ici si joliment. *Benoded!* Elle n'y avait jamais mis les pieds. C'était la mer, la plage, les gens en vacances, les touristes. Un monde qui n'était pas le sien mais qui aujourd'hui se teintait de la couleur du Pays retrouvé. Ce Pays que Jabel n'avait jamais quitté de sa vie avant cette foucade, et qui déjà lui manquait.

Les autres voyageurs montèrent à bord. Brouhaha, appels, mots inconnus, intonations nouvelles, cacophonie du voyage : opus musical moderne des escales, accompagné des modulations nasillardes des micros. Les Asiatiques, pantalons noirs et vestes blanches, aux yeux bridés et à la peau mate, dominaient. D'autres, vêtus de couleurs claires, peau noire, cheveux crépus, venaient d'autres horizons. Jabel s'arrangea encore pour écarter des voisins éventuels, source de problèmes linguistiques !

L'avion décolla.

L'émotion, la chaleur, la fatigue, la gentillesse du « chauffeur » et de la « dame de Benoded » eurent raison de notre *granny* intrépide. Jabel, bien vite, *pouezas butun*, pesa du tabac - autrement dit, dodelina de la tête - et sombra dans un profond sommeil.

Elle pouvait dormir tout son soûl, Maryvonne Danielou veillait sur elle.

Chapitre XII

Les moteurs ronronnaient et, derrière les hublots, l'obscurité infinie pétillait de milliards de lucioles.

— *Ma Doue! Ba' pelec'h 'maon?* Mon Dieu, où suis-je? s'exclama Jabel en se réveillant.

Maryvonne Danielou, à l'affût de son réveil, s'approcha:

— Eh bien! lui fit-elle en appuyant le côté de sa tête sur ses mains jointes, vous aviez du sommeil à rattraper!

Jabel comprit et soupira:

— *Ya*! Oui! fit-elle en réprimant un bâillement.

L'avion avait décollé en cours d'après-midi, quelle heure était-il maintenant? Maryvonne revint avec un plateau pour elle, Jabel l'interrogea en lui désignant sa montre. L'hôtesse lui mit le cadran sous les yeux.

— *N'eo ket gwir! Unnek eur?* Ce n'est pas vrai! Onze heures?

— Oui, fit Maryvonne en souriant et lui montrant encore le cadran du doigt: Nous serons à Sydney à quatre heures, expliqua-t-elle en comptant quatre doigts.

Jabel fit oui de la tête afin de lui laisser entendre qu'elle avait compris et décrivit un grand geste des mains.

— *Feiz Doue! N'omp ket digouezet c'hoazh! Pell hent 'jom da redek c'hoazh, kai zur?* Foi de Dieu! Nous ne sommes pas encore arrivés. Il nous reste sans doute une longue route à parcourir.

— Eh oui!

Maryvonne la laissa à ses réflexions. Jabel n'avait pas mesuré combien ce voyage serait long. Il en devenait pesant. Pourtant sa sieste prolongée avait coupé en deux la distance entre Singapour et Sydney mais… Encore cinq heures de temps à parcourir!… Oui, à voir… Comme le temps de la montre ne concordait pas avec le temps de l'espace… Les heures de celui-ci comptant au moins double… ou peut-être l'inverse… Oh! Chaque heure d'avion s'étalait au moins sur quatre-vingt dix minutes… puisque la durée du vol luttait avec la rotation normale du soleil, quel jour était-on?… Elle avait quitté son *pennti* de bonne heure samedi dernier pour prendre le car… Elle en était maintenant à sa deuxième nuit dans l'avion… Elle en déduisit que:

Hervez ma soñj… ma gontan mat… 'benn un eur amañ vefen al Lun. Normalement… si je compte bien… dans une heure nous serons lundi …

Mais voilà, l'avion allant vers le levant…

Jabel renonça à calculer. Pour la première fois de sa longue existence, elle était confrontée à des chiffres qui se jouaient de sa capacité arithmétique! Oh! se dit-elle, réalisant toutefois que ce matin-là quelque soit le jour de la semaine, après Sydney, elle serait à Auckland, donc:

Goul a rafen an dra-se gant Ifig! Je le demanderai à Ifig!

Cette pensée la rasséréna. Elle se rapprochait enfin de l'instant tant espéré depuis de si longues années. Elle attendit donc patiemment l'avant-dernière escale.

A Sydney, tous les voyageurs descendirent. Jabel, chaperonnée par son guide, bénéficia de toute son attention. Du haut de la coupée, la débauche de lumières de Noël la fascina. Elle s'émerveilla des guirlandes d'étoiles, des fleurs multicolores, des sapins étincelants, des éclats de la ville, des bonshommes en houppelandes lumineuses dans la douceur australe. Noël n'avait jamais aussi chaudement scintillé devant ses yeux et dans son cœur.

Hélas! Là, s'arrêtait le parcours de son hôtesse de l'air bretonne. Maryvonne, avec des gestes expressifs expliqua à Jabel qu'elle s'envolait vers d'autres cieux, l'installa dans la salle d'attente où elle la confia à sa collègue avec moult recommandations.

— Bonne fin de voyage, madame! *Kenavo!*

Elle l'embrassa. Jabel émue ne savait que faire? L'espace d'un coup d'aile, elle avait été son rayon de soleil, son ange gardien. Il lui sembla qu'elle la connaissait depuis toujours. Qu'elle faisait partie de ses proches. Pourtant, *he flañedenn,* sa planète avait à peine croisé la sienne et c'en était déjà une bénédiction. Aux carrefours de leurs chemins futures, se rencontreraient-elles encore un jour?

Maryvonne lui dit longuement bien des choses. Au diapason de sa voix, Jabel suivit les vocalises parsemées de tendresse de sa payse. Sur la portée d'une langue qu'elle ne comprenait pas mais dont elle entendait l'harmonie, Jabel, sous le charme de cette mélodie des mots, écouta les notes d'une cadence connue comme l'on se remémore la chanson d'une comptine. La musique des syllabes décrivait les rondeurs douces et flexibles d'une complainte, comme ces *gwerzioù* d'antan, longues cantilènes langoureuses et tristes qu'elle aimait tant. Mais peu à peu cette portée insaisissable dessina les contours de la dissonance. L'intonation se fit syncopée, modulée de silences, de soupirs. Onomatopées muettes de l'émotion… Et puis la solitude d'un son voilé au creux de la gorge, comme un grelot fragile qu'une goutte d'eau étouffe; les yeux brillent, un peu humides… Universelle litanie de la séparation qui sourd d'un cœur trop serré.

Maryvonne l'embrassa une dernière fois et s'écarta à reculons. Elle se força à sourire, lui fit un signe de la main. Puis elle se retourna et vite disparut.

Jabel, la tête toujours près du bonnet, réalisa trop tard qu'elle ne lui avait pas donné « la pièce »! Elle s'en voulut d'avoir manqué de gratitude!

☆

Deux heures après, sans anicroche, sous le regard attentif de la nouvelle hôtesse, elle reprenait place dans le long courrier pour sa dernière escale: Auckland et la Nouvel' Zéland'!

Le temps lourd était chargé d'orage…

L'avion entra dans une zone de turbulences parcourues de lueurs inquiétantes. Les éclats de la foudre zèbraient l'ébène du ciel et secouaient la carlingue. Jabel, qui ne s'attendait pas à affronter l'orage en plein vol, alors que sur la terre ferme, déjà, elle n'en menait pas large, invoqua *santez Barba*, la spécialiste du tonnerre, et puis l'universel *santig Du*, les mânes de ses ancêtres et tous les saints du paradis breton. La main crispée au fond de la poche sur les grains de son vieux chapelet, l'estomac au bord des lèvres, elle entama une dizaine d'*Ave*. Son talisman la protégerait et ses prières repousseraient aux confins des nuées ces feux maléfiques qu'elle voyait s'allumer au bout des ailes. Les chocs ballotaient l'esquif vulnérable, les trous d'air le décrochaient de sa course. Il grimpait désespérément dans ce chaos foudroyant pour échapper à la colère des cieux. Ses moteurs ronflaient avec ardeur, faisant vibrer la coque de toutes ses membrures malmenées.

Pour ne plus apercevoir le ciel et ses éclairs sinistres, Jabel ferma les yeux.

Tout à coup, aussi vite qu'ils s'étaient déchaînés, les éléments se calmèrent. Le coursier solitaire glissa sur la ouate nuageuse que le levant illuminait.

Démonstration de sauvetage, distribution de boissons rafraîchissantes, repas insipides, séances de lucarne magique : le rituel du bord ne la distrayait plus. Jabel se sentait fatiguée. Mais en même temps, elle jubilait intérieurement. Elle allait atterrir à Auckland et prendre son fils dans ses bras ! Elle allait réussir son voyage si contesté en Bretagne par son entourage. Il n'y aurait pas à *lakaat klask,* lancer des recherches comme avait dit Marie-Louise lors de son départ. Elle parviendrait à la bonne arrivée. Désormais, terminé : on ne devrait plus jamais, au grand jamais, laisser entendre qu'elle traînait des insuffisances. Elle avait traversé la moitié de la terre pour revoir Ifig, ce que ses détracteurs eux-mêmes n'avaient jamais osé et n'oseraient jamais!

☆

Et ce fut l'atterrissage à Aukland.

Jabel, parmi les autres voyageurs, se dirigea vers la douane.

Ale! Deomp dez' dre dud! Allez! Allons-y fermement! se dit Jabel. *E Pariz n'euz bet skloum ebet, dam' betra vefe drailh amañ? Hag Ifig vo aze da zikour 'hanon ma vefe ur rog bennak 'dreuz!* A Paris, cela n'a pas posé de problème, pourquoi y en aurait-il ici? Et Ifig sera là pour me secourir s'il y avait un accroc!

☆

Qu'est-ce qui retint l'attention des douaniers? Sa valise ressemblait à des millions d'autres valises! Sa sacoche à main? Ordinaire! Son carton sous le bras? Il avait l'aspect innocent du plus banal des colis. Mais voilà! Trop de banalités bercées par la démarche chaloupée de Jabel, personnage on ne peut plus insolite dans cet aéroport international, focalisa la curiosité des douaniers. Cette vieille femme, un peu bourrue et rébarbative, confie d'honnêteté, devait à son corps défendant cacher quelque combine. D'où venait-elle? Une immense fatigue semblait l'accabler et elle paraissait guetter au loin la venue de son correspondant.

Ils l'abordèrent, aimables mais fermes, et l'invitèrent à les suivre.

— *Please, can you follow us for a control?* S'il vous plaît, pouvez-vous nous suivre pour un contrôle?

— ...?

Du geste, ils insistèrent. Interloquée, Jabel ne comprenait pas pourquoi elle devait, elle seule, quitter la file des voyageurs et suivre ces deux hommes en uniforme.

— *Dav eo din mont d'adkemer ma malizenn.* Je dois aller reprendre mon bagage, tenta-t-elle d'expliquer en désignant du menton le tapis roulant sur lequel s'avançaient les valises.

Les deux hommes, point contrariants, en convinrent et l'accompagnèrent sans la quitter d'une semelle.

Ce qui eut l'heur d'exaspérer Jabel.

Qu'est que cela couvait encore? A Colombo, les deux Chinois s'étaient montrés très affables afin de mieux endormir sa méfiance. Ici, ces deux hommes sanglés de raideur jouaient les gendarmes. Qu'avait-elle fait ou omis de faire pour, si près du but après cette odyssée semée d'embûches, être arrêtée comme une vulgaire voleuse? Une fois de plus Jabel se dit que son droit était son droit et qu'elle se défendrait bec et ongles quoiqu'ils prétendent! Non mais! Qu'est-cc que c'était ces façons de la désigner à l'opprobc qu'elle croyait déjà déceler dans le regard des autres voyageurs?

Vo ket pell ha 'welfent, ar valtouterien-se, deus peseu' dir on mailhet! Ils ne tarderont pas à voir, ces douaniers, de quel acier je suis martelée, se remonta-elle.

Les hommes en uniforme encadraient Jabel pour

qui l'adversité avait toujours eu l'effet bénéfique de lui fouetter le sang.

Lorsqu'elle reprit sa valise, l'un d'eux voulut la lui porter. Mal lui en pris. Avec une force à laquelle il ne s'attendait pas, Jabel la retint.

— *'Meuz ket dornataet ar c'hog, ar forc'h pe an trañch e-pad ma buhez 'vit laosket da vont an traoù barzh un dorn ken gwenn-se!* Je n'ai pas manié le croc, la fourche ou la houe toute ma vie pour céder à la première pression venue d'une main aussi blanche! lança t-elle sans ambages au douanier éberlué d'être tancé de la sorte.

— ...?

Les deux hommes, décontenancés, se concertèrent. Quelle langue parlait-elle? Qu'avait-elle à cacher? Ils la guidèrent tant bien que mal vers le comptoir des douanes. L'un d'eux lui intima d'y déposer son carton.

C'était plus que Jabel n'était décidée à admettre.

— *Ar wastell hag ar c'hrampouzh, 'vidoc'h da lipad ho pav matreze? Morse!* Le gâteau et les crêpes pour que vous puissiez vous pourlécher jusqu'aux pieds, peut-être? Jamais!

— ...?

Le verbe claquait sans détour. Les douaniers allaient-ils devoir user de la force? Ils hésitaient entre la fermeté et la négociation. L'un d'eux, au micro, invita les interprètes présents sur l'aéroport à les rejoindre toutes affaires cessantes.

Jabel se demandait bien ce qui créait une telle effervescence. Le deuxième gendarme examinait ses papiers et semblait y trouver également à redire!

Il brandit sa feuille jaune sous le nez ébahi de son

collègue. Ce geste glaça Jabel. Comment ? Son papier ne certifiait-il pas la piqûre que le vieux médecin du village lui avait fait ?

An dud-se n'ouzont ket galleg muioc'h 'vidin-me! Dam' an dra-se 'maint 'klasket sikour. Ces gens-là ne savent pas plus de français que moi ! C'est pourquoi ils cherchent de l'aide, essaya-t-elle de se rassurer.

Car il en venait du monde tout à coup dans le bureau ! Au moins dix personnes l'entouraient maintenant, soudain, dans le tumulte des commentaires, elle crut comprendre le mot « quarantaine ». Oh ! là ! là !... Ce mot-là, pour Jabel, recouvrait une réalité qu'elle connaissait. Cette fois, c'en était fini de sa patience et de son calme !

— *Quarantaine ? 'Giz al loened klañv ? Barzh ar vro-mañ vez' lakaet an dud war memes stad hag al loened ?* Quarantaine ? Comme les bêtes malades ? Dans ce pays on traite les gens comme les bêtes ?

Elle tremblait de colère et sa voix vibrait d'indignation.

☆

La quarantaine ! Elle se souvenait...

Il y avait une décennie, s'était répandue l'épidémie de fièvre aphteuse. Un de ses voisins avait dû accepter, la mort dans l'âme, de faire abattre tout son troupeau de bovins. Mais cela n'avait pas suffi. Pendant quarante jours, d'abord les paysans proches, puis la maréchaussée, interdirent l'accès de la ferme. Les voisins compatissants et serviables se chargèrent des commissions et jetèrent les provisions par-dessus la haie.

☆

Quarante jours? Rendez-vous compte! Que deviendraient son *gwastell vras* et ses crêpes? Et son fils? Il la croirait perdue, ferait faire des recherches. Tout s'écroulait autour de Jabel!

— *Graet meus ar pezh oa lavaret ober. Deus pelec'h 'teu ar skloum? Galoupet meuz atav gant frankiz, 'n'on ket deut aman 'vit mont barzh an toull!* J'ai fait ce que l'on m'a demandé. D'où vient cette histoire? J'ai toujours vécu en toute liberté, je ne suis pas venue ici pour aller en prison.

Ils ne l'auraient pas si facilement que ça! Elle vendrait fièrement sa liberté et puis, sa feuille jaune, elle existait, tout de même!

Sa diatribe se révélait parfaitement incompréhensible aux interprètes de tous idiomes qui s'attroupaient dans le bureau et s'y agglutinaient. Quelle était cette langue? Les suppositions allaient bon train dans une cacophonie de tour de Babel. Jabel, sur le qui-vive, sentit soudain glisser le paquet qu'elle gardait sous le bras. L'un des douaniers levait déjà le couteau pour en couper la ficelle en parlant de *drug!*

Le hurlement que poussa Jabel retint le geste. Le couteau resta en suspens.

— *Petra! drog! Mil mallozh Doue! An anv-se anvean ivez! Met an dud barzh ar vro-mañ zo sot? drog? Gwastell eo, 'vit festañ ma faotr bihan nevez ganet! Met chom a ra un tammig furnez barzh ho pennoù? Laosket 'hanon da vont 'maêz, mallozh-Doue, fri butun brein!* Comment! Drogue! Mille malheurs de Dieu! C'est un mot que je connais aussi ! Mais tous les gens de ce pays sont donc fous ? Drogue ? C'est un gâteau afin de fêter mon petit fils nouveau-né ! Mais reste-t-il un brin de sagesse dans vos têtes ? Laissez-moi sortir d'ici, mille malheurs de Dieu de nez de tabac pourri !

L'archange Gabriel, bras séculier de Dieu sur terre, n'eût pas mieux pétrifié les foules. Jabel bousculait, éructait, tempêtait. Ses éclats de voix avaient ameuté les files de passagers. Dès lors, le personnel ébahi et consterné ne savait plus que penser. Les interprètes désavoués et dépités se taisaient.

La protestation véhémente atteignit des sommets : un homme qui venait d'arriver voulait lui ôter son vêtement !

Elle hurla au viol !

L'homme laissa passer l'ouragan des insultes.

Lorsqu'enfin le torrent des mots se tarit un tant soit peu, il tenta avec des gestes mesurés, mais aussi expressifs que possible, de lui faire comprendre qu'il désirait regarder son bras. Il tenait la feuille jaune d'une main et de l'autre lui en désignait le bas : horreur ! Aucune signature n'apparaissait au bas de la feuille !

O ma Doue ! Ar medisin neus disoñjet lakaat e anv e-traoñ ar bajenn ! O mon Dieu ! Le médecin a oublié de signer au bas de la feuille !

Le sang de Jabel se glaça d'un seul coup. Sur l'heure, elle aurait bien réduit en cendres l'*Aotrou midisin* et le souvenir de l'avoir tant fait rire lors de sa vaccination.

Et Jabel comprit ce que le médecin de l'aéroport désirait contrôler : seule la trace de la piqûre sur son bras pouvait attester de la régularité de sa situation.

Elle découvrit le bras salvateur qu'il examina : le petit point noir était là sur la peau, minuscule mais bien là. Elle avait été dûment vaccinée !

« C'est cela qui comptait » fit-il comprendre autour de lui et de faire constater de visu aux douaniers.

— *Erfin ! Unan neus ul luc'hed furnez bennaket !* Enfin quelqu'un qui possédait une quelconque lueur de sagesse, s'exclama Jabel.

Il porta son paraphe sur la fameuse feuille jaune que son confrère breton, hilare, avait oublié de signer.

Un couvercle de plomb quitta la poitrine de Jabel.

— *Oh ! Pokêzh tud ! Lakaat 'hanon da grevañ 'moac'h soñjal ober ?* Oh ! Pauvres gens, vous avez donc l'intention de me faire crever ? se plaignit-elle, tant ce contre temps avait failli tourner à la tragédie.

Restait le paquet enveloppé de papier...

Depuis un bon moment déjà un homme cherchait à parvenir jusqu'au bureau des douanes. Il avait affronté plusieurs barrages. Il tenait sa pièce d'identité à la main, argumentait, se démenait comme un beau diable et désignait Jabel du doigt. Enfin, on le laissa entrer et il fut devant elle comme une apparition mystique. Alors le visage de Jabel se métamorphosa, son abominable angoisse s'envola. Elle n'en croyait pas ses yeux.

— *Feiz 'ta vat ! Ifig !.... Ifig !.... Ifig !.... ma faodrig !* Foi de bonté ! Ifig ! mon petit garçon !

En sanglotant, elle s'écroula dans ses bras mais se ressaisit aussitôt : l'ultime montagne de la drogue devait aussi s'écrouler sinon comment célébrerait-on le baptême sans gâteau ? En trois mots bien pesés, elle le mit au courant.

Ifig devait leur expliquer ce qu'est un gâteau breton. Cette savoureuse alchimie de sucre, de beurre, de quelques jaunes d'œufs, aromatisés d'un doigt de lambig et d'un soupçon de vanille, le tout bien malaxé avec amour et énergie, cuit à cœur, enveloppé avec soin de papier blanc et enfermé dans ce carton solide. Douce merveille des papilles qu'ils osaient grossièrement confondre avec cette « chose » dont on réprimait les méfaits. Non, mais ! Dans quel pays de sauvages venait-elle de débarquer ?

Ifig sourit. Ah ! C'était bien sa mère, cette passion à tout emporter. Toujours la même énergie à vous soulever le monde entier pour peu qu'elle soit convaincue d'avoir raison ! Il la retrouvait telle qu'il l'avait quittée. A peine quelques rides de plus et de fils blancs dans ses cheveux à la diable.

— *Ya ! Mamm ! gotoit un tammig bihan. 'Rabad cheñch penn d'ar bed !* Oui ! Mère. Attends un instant. Ne culbutons pas le monde entier !

Elle vit Ifig répondre longuement à leurs questions. Il s'expliquait dans une langue qu'elle ne lui avait jamais entendu parler auparavant. Les mots qu'il débitait avaient une sonorité déjà entendue tout au long de ce voyage, à croire que cette langue était très répandue de par la terre entière. Son intonation lui semblait plus heurtée, plus métallique que le français. Et pourtant ses syllabes semblaient glisser sur le bout de sa langue, en y apportant une nuance fluide. Elle chantait une autre cadence, un rythme plus saccadé et cherchait l'équilibre dans le haut du palais, près du nez, lui sembla-t-il, sans pour autant que ses résonances s'y confinent. Modulations douces, tonalités profondes, arabesques sonores. Les mots s'écoulaient avec aisance des lèvres de son fils comme s'il avait toujours pratiqué ce parler. Cette prose volubile établissait sa défense, jaillissait comme une source au printemps, rapide, harmonieuse, argentine, salvatrice.

Elle fut très fière qu'il maîtrisât si aisément cette musique jolie des mots de son nouveau pays. Elle n'y avait pas pensé auparavant et réalisa soudain qu'il parlait maintenant trois langues…

Ifig racontait sans doute son voyage.

Sur une carte murale dont le dessin ressemblait comme un calque - mais à plat - à celle de la boule de l'*Aotrou*, son doigt suivait un long tracé. Il s'arrêta sur cette langue de terre qui hardiment s'avance dans la mer immense, cette Bretagne où il était né.

Et la situation se renversa.

Tout ce monde la regarda autrement. Il lui sembla même que ces gens que l'on avait appelés pour la comprendre, mais qui n'y parvenaient pas, maintenant la respectaient, l'admiraient même. Ils découvraient, ravis, un pays jusque-là inconnu, une langue encore jamais entendue, eux dont le métier était de décortiquer les mots que disent les peuples de par le monde. Une petite voix en sourdine lui souffla :

Daoust o peus distaget sklaer walc'h ho c'homz ? As-tu bien détaché des paroles claires ? *Feiz da'm Doue !* Foi de Dieu !

Avait-elle su être à la hauteur afin de bien faire entendre cette langue ? En tous les cas, à défaut de s'être fait comprendre, elle y avait mis de l'énergie et de la ténacité. Difficile d'y mettre davantage !

Gouenn a denn. Histoire de lignée, se dit Jabel se remémorant un adage du pays sur les traits de caractère que l'on suce avec le lait de sa mère. *Penn-kalet omp, penn kalet 'chomfemp !* Têtes dures nous sommes, têtes dures nous resterons !

Pour sûr ! Le monde entier devrait s'y faire.

Er mod-se oa an traou hag er mod-se 'chomfent ! C'était ainsi et il en serait toujours ainsi.

☆

A partir de là, tout alla très vite.

Le douanier qu'elle avait traité de « *fri butun brein* », nez de tabac pourri, et pour cause, sa cigarette vissée au coin des lèvres ne le quittait guère - or, Jabel ne supportait pas l'odeur du tabac - ce douanier, portant le fameux carton comme un officiant le Saint-Sacrement, vint le lui remettre. Et, comble de civilité pour cet « accro » de la cigarette, enlevant son mégot, souriant, il lui adressa ce que Jabel prit pour des excuses !

Du coup, elle ne savait plus sur quel pied danser. Elle était si heureuse qu'elle se sentit toute légère, comme soulevée par un petit nuage. Ifig était là. Il tenait sa valise à la main.

— *Setu ! Mont e raimp, mamm ?* Voilà ! Nous y allons, mère ?

Trop émue pour répondre, elle fit oui de la tête. Les larmes lui montèrent aux yeux. Elle sortit sans regarder ni à droite, ni à gauche et ne vit pas les longs regards admiratifs qui l'accompagnèrent.

Chapitre XIII

Pour se rappeler le Pays, Ifig avait acheté une 2 CV Citroën. Comme toutes les autres, celle-ci brinquebalait son tas de tôle sur l'asphalte. Elle tremblait, trépidait et transmettait ses vibrations aux passagers dont la voix tremblotait à l'unisson. Si bien qu'ils roulèrent un moment sans beaucoup parler. Jabel somnolait, trop épuisée pour bavarder maintenant que ses nerfs étaient tombés.

— *Pell 'mañ ar pale c'hoazh?* C'est encore loin?

— *Nann! Gwel' a rafec'h, Auckland n'eo ket Pariz, met war-dro peder pe pemp gwech brasoc'h 'vit Brest! Met... gwir eo ne anveet ket Brest!* Non! Tu verras, Auckland n'est pas Paris mais c'est environ quatre à cinq fois plus grand que Brest! Mais... c'est vrai que tu ne connais pas Brest, ajouta-t-il en souriant.

Elle ne releva pas sa dernière remarque.

— *O! Eürusamant! Poent eo digout! Prest on da gouezhañ!* Oh! Heureusement! Il est temps d'arriver. Je succombe.

Dans la lumière du petit matin, la maison de bois entourée d'un jardinet lui parut grandiose. Un manoir auprès de son *pennti*. De bois l'une, de pierre l'autre, mais la maison d'Ifig offrait un aspect moderne, simple et douillet. Les couleurs chaudes, l'aspect satiné du bois, le dessin des nœuds, des nervures, les découpes des fermes et des poutres jouaient joliment avec la géométrie des formes. Au milieu d'une grande pièce, l'escalier, véritable œuvre d'art, portant ses volutes vers l'étage, se perdait sous la nef de la charpente : elle n'en revenait pas. Les pommeaux des mains courantes de bois sculpté figuraient des têtes de divinités. Une guirlande de fleurs multicolores et odorantes pendait au cou d'un des « saints ».

Sent matreze, des saints peut-être, se dit Jabel à qui sa catholicité bretonne servait toujours de mètre étalon de la foi.

Debout, au cœur de la pièce, son sac posé à ses pieds, elle laissait courir son regard autour d'elle, levant la tête pour mieux distinguer le bâti. Tant de belles choses dans une maison en bois ! Sans la connaître autrement qu'en photo, elle avait critiqué cette maison. Il est vrai que pour Jabel, une maison digne de ce nom, modeste ou opulente ne pouvait être qu'un assemblage de granit et d'ardoises bleues.

L'originalité de celle-ci la laissait pantoise.

Gant peseu' argant neus savet ar maner-mañ? Avec quel argent a-t-il bâti ce manoir ? songea-t-elle sous son bonnet, ahurie. *Kemer gle neus ranket ober, sur!* Il a sûrement dû s'endetter !

Jezus! La pauvreté digne et fière n'était pas à ses yeux une tare. En revanche, la fausse richesse des biens hypothéqués, si !

Daoust hag amañ, n'eus ket muioc'h moget 'vit tan! Pe c'hoazh, evit astennet an tried hiroc'h 'vit ar palenn, eo bet devet ar vouchedenn dre an daou benn! Ici n'y aurait-il pas plus de fumée que de feu ? Ou encore, pour allonger plus long les pieds que la couverture, n'a-t-on pas brûlé la chandelle par les deux bouts ? s'interrogea-t-elle inquiète.

Elle se taisait, bien décidée toutefois à approfondir cette question plus tard.

Absorbée dans son évaluation des lieux, elle n'entendit pas arriver la jeune femme. Elle fut devant elle, petite brunette à la peau mate et aux yeux noirs un peu bridés, auréolés de lumière. Enveloppée dans un paréo aux couleurs vives, elle s'avança, tenant à la main comme une offrande la guirlande de fleurs aux senteurs fruitées que Jabel avait remarqué en entrant.

Ifig à l'écart, regardait la scène en souriant :

— *Degemer mat, mamm. Amañ, hervez giz an dud Maori vez' degemeret an darempredour gant ur c'holier bokedoù.* Bienvenue, mère. Ici selon la coutume des Maoris, le voyageur est accueilli avec un collier de fleurs.

Elen lui passa le collier autour du cou et l'embrassa. Jabel, une fois de plus, demeura sans voix. Prise de court, complètement perdue, gauchement, elle balbutia quelques mots incompréhensibles. Elle n'en pouvait plus. Ifig vint à son secours et lui proposa de déjeuner. Elle préféra aller se reposer.

Il la précéda dans l'escalier. Elle le suivit d'un pas de somnambule, engourdie de fatigue. La chambre aux murs blancs et en partie lambrissée lui rappela des images vues à la télé. Elle eut l'impression en y pénétrant d'entrer dans une autre vie, entre rêves et réalités. Par quelle subterfuge ? Elle n'aurait pu le dire tant la magie du moment la précipitait dans un autre monde dont elle était à la fois, bizarrement, actrice et spectatrice. Elle tomba sur le lit douillet et s'endormit aussitôt, bercée par un sentiment léger comme elle n'en avait encore jamais connu. Un sentiment aussi duveteux que la brise, aussi caressant qu'un rayon de soleil levant, aussi impalpable que la musique cristalline d'une goutte de pluie sur l'eau de la fontaine : elle dormait sous le toit d'Ifig, son fils unique tant aimé.

Lorsqu'elle se réveilla, Jabel se dit que c'était sans doute cela que l'on appelle le bonheur.

La vie de la maison s'organisa autour de son arrivée et de la rencontre de la grand-mère avec son petit-fils, né quelques jours plus tôt. Il savait se faire entendre. Dès l'aube ses vagissements réveillaient la maisonnée. Il avait le regard et la peau ocre doré de sa maman mais la forme du visage rappelait par son front carré ses origines têtues. *Ma Doue!* il avait de qui tenir ! Il s'appellerait Ronan, en souvenir d'une belle amitié. Jabel ne se souvenait pas avoir admiré de plus beau nouveau-né. Très vite, elle aima retrouver des gestes oubliés, des gestes pour lesquels, autrefois, elle eût tant désiré disposer de tout son temps afin de rire et de bercer, de chanter et de conter comme elle savait si bien le faire. Elle regarda Elen materner son petit. Elle contempla avec bonheur chaque geste de la toilette du petit, avide d'apprendre à suppléer la jeune maman en cas d'absence.

Et l'atavisme revint : elle changea le bébé sur ses genoux comme elle l'avait toujours fait pour le sien, et du fond des âges monta la mélodie d'une berceuse enfouie dans son cœur en lambeaux. Elle chanta d'une douceur oubliée…

☆

Toutouig la la, va mabig
Toutouig la la.
O mamm a zo amañ, koantig
Ouzh o luskellat, mignonig…
Dodo tout doux la la, mon petit garçon,
Dodo tout doux la la
Ta mère est là, gentillet
Qui te berce, mon petit câlin…

Il y avait longtemps, si longtemps qu'elle n'avait pu chanter.

Son cœur aurait tant voulu mais sa voix se posait sur des écailles, ces rugosités que la souffrance avaient peu à peu incrustées sur sa sensibilité.

☆

Elle se rappelait un été lointain où elle avait cherché un air ancien pour se donner du courage. Ses efforts ne purent écaler au creux de sa gorge la dureté que la vie y avait gravé. Elle, dont la voix se jouait des octaves, descendait et remontait la gamme, aussi sûre de son archet vocal que l'oiseau de sa trille, buta sur les premières notes. Elle s'y essaya plusieurs fois. En vain. Les cataractes de son âme avaient abîmé l'instrument de son chant. Ses cordes vocales embrumées de tristesse trébuchaient sur sa portée.

Depuis lors, elle s'était interdit de chanter.

Et voilà qu'aujourd'hui, le miel du bonheur caressant sa voix, les notes jolies s'éparpillaient à nouveau afin de bercer ce petit homme. O ! Le bonheur de chanter à nouveau et de chanter pour son petit !

Les yeux du bébé s'abaissaient… Quelques pincées de poudre d'or jouaient dans la pénombre sur le rayon indiscret du couchant.

Et Noël fut là comme cette nativité !

L'intérieur de la maison s'était paré d'une décoration étonnante pour cette température estivale. Le jardin exhalait les parfums d'une floraison généreuse, inconnue des décembres de Jabel. Le cœur de l'été austral battait la chamade des éclosions prodigues. Il bruissait dès les prémices de l'aurore de mille chants d'oiscaux chatoyants. Leur flamboyance se mêlait aux fleurs et leur vivacité lumineuse courait et voletait parmi les papillons, une multitude aux reflets changeants comme autant de corolles miraculeusement animées. Au loin, dominant les herbages de la plaine piquetée des pâquerettes vivantes de moutons en pâture, se dessinait toute noire la gueule édentée d'un volcan. Sur son flanc, la verdure des prés et des bois descendait vers la mer. Elle s'étalait, bleue, tranquille, égale à elle-même, à portée de main. Elle ressemblait à celle que Jabel avait découverte, un jour de pardon à *Santez Anna Ar Palud.*

✯

Dès le lendemain matin, tout le monde se casa dans la 2 CV : A l'avant, près d'Ifig, Jabel, le carton du précieux *gwastell vras* sur les genoux ; à l'arrière, Elen et le petit dans son couffin. La famille prit la route côtière, en direction du cap Nord qui étire dans l'océan sa longue dent abrupte de lave agressive. La route sinueuse montait et descendait. Jabel, silencieuse, découvrait un autre monde.

A un endroit, un paysage étonnant l'intrigua au plus haut point : La mer bleue poussait la neige de son écume sur une longue bordure noire de terre brûlée. Elle n'y tint plus :

— *Petra zo c'hoarveet amañ ? Ar mor zo bet devet ? An traezh zo duanet !* Qu'est-il arrivé ici ? La mer a été brûlée ? Le sable est noici.

Ifig rit franchement

— *Goût a raen 'c'houlfec'h petra oa c'hoarveet ! Nann mamm, n'eus ket bet tan-gwall met tan zo deut 'maez deus donijenn an douar, pell zo bras. Aze 'mañ ledet ludu tan korf an douar.* Je savais que tu demanderais ce qui est arrivé ! Non mère, il n'y a pas eu d'incendie mais une éruption est sortie de terre il y a très longtemps. Et là s'étale la cendre sortie du ventre de la terre.

— *Ha hervez an dour sklaer, al ludu-se ne louz ket an dour mor ?* L'eau semble claire, cette cendre ne salit donc pas l'eau de la mer ?

— *Nann mamm, al ludu-se zo maen-teuz brujunet e-gist traezh, setu eo du an traezh.* Non mère, cette cendre est en fait de la lave émiettée comme du sable, donc le sable est noir.

Ifig arrêta la voiture le long de la sombre plage frangée de blanc. Jabel descendit vers ce sable peu ordinaire, le remua du bout du pied, en prit une poignée et l'égrena entre ses doigts sans qu'il y laissât de trace.

— *Ma feiz ta ! Amañ ar mor 'lak bemdez e zilhad*

kañv! Ma foi! Ici donc la mer chaque jour s'habille de deuil! fit-elle remarquer avec humour.

Cette remarque pertinente fit sourire Ifig. Il traduisit à Elen la réflexion de sa mère et le pourquoi de son étonnement.

— *That 's not the white sand beach of Brittany.* Ce n'est pas la plage au sable blanc de Bretagne!

La conversation tournait ainsi en triangle et Ifig passait d'une langue à l'autre avec l'aisance qui avait étonnée Jabel dès l'aéroport.

Ils remontèrent en voiture. De l'autre côté, quelque part à l'est, dans les escarpements secrets et tourmentés des paysages volcaniques, se nichait le village maori où Elen était née. Ils pénétrèrent dans une vallée boisée au fond de laquelle coulait une rivière. Au sud, protégées des vents dominants, les prairies s'étalaient jusqu'au cours d'eau bordé d'arbustes et d'une profusion de plantes aquatiques en fleurs. D'un côté la générosité des verts pâturages avec leurs troupeaux de moutons éparpillés et de l'autre, le versant nord du volcan, noir de cendres et de scories, rejets ténébreux des entrailles terrestres, persillés çà et là de mousses et de lichens, camaïeux de verts tendres, d'ocres et de roses, de gris et de bleu sertis dans le basalte noir.

La petite voiture empruntait maintenant un chemin de rocaille qui grimpait sur le flanc de la montagne. Par une carie creusée dans le chicot du volcan, le passage menait à l'entonnoir de l'immense cratère où se lovaient les maisons au milieu de conifères. Sur le versant opposé une cascade tombait du haut de la falaise dans un grondement sourd. Le bouillonnement impétueux roulait dans le torrent en battant les rochers de gerbes d'eau en furie. Le soleil éclaboussait de douceur le cirque verdoyant vers lequel la 2 CV dégringolait, précédée de son tintamarre caractéristique. L'écho de la vasque immense brassait les grincements de tôles et les fourbissait aux bourdonnements de la chute : chocs grandioses entre fougue de la nature et vacarme des hommes sous l'onction débonnaire et velouté de l'été austral.

Les enfants accoururent au devant de la voiture que tout le village attendait, en habits de fête chamarrés et colliers de fleurs.

Les premières maisons de bois dépassées, Ifig arrêta la voiture sur une petite place : aux yeux de Jabel, une grande aire à battre. Elle estima que la terre sèche et la pierraille, prolongement à l'identique de la route, devaient dès les première pluies se transformer en bourbier. A preuve, s'étaient creusés çà et là d'énormes nids poules.

Emm walc'h vefe d'ober ul leur nevez. Il y aurait bien besoin de refaire une aire nouvelle, constata mentalement Jabel.

Une fois de plus, transportant sa culture paysanne à longueur de semelles, elle jaugeait cet autre mode de vie à l'aune du sien.

D'ailleurs, toute à ses découvertes, elle allait d'étonnement en surprise. Elle avait déposé son précieux colis sur la banquette arrière et était descendue de la voiture. Debout, elle évaluait le travail ouvragé des maisons sur pilotis de troncs levés solidement encastrées les uns dans les autres. Les avancées en bois sculptés des toitures au-dessus des vérandas reliaient les maisons entre elles. Elle trouva ce passage abrité bien astucieux.

Aesoc'h eo deus ar goañv, 'benn zo glav bemdez ha pri wa'l leur! Ce doit être plus facile l'hiver lorsqu'il pleut chaque jour et que la boue envahit l'aire, se dit-elle.

Les toitures hétéroclites en tôles fatiguées, ou en fibro-ciment gris contrastaient avec le bâti : tradition des roseaux secs sacrifiée sur l'autel de la modernité. L'ensemble dégageait cependant une impression d'authenticité et de fière pauvreté attachée aux valeurs essentielles.

Cela rappela à Jabel l'invasion récente du Formica dans les *pennti* bretons et des ardoises en plastique teinté sur le toit des maisons neuves, si vite décolorées.

Met, imsavoc'h 'vit ar re wir. Mais, moins chères que les vraies.

Malgré le dépaysement, elle se sentit proche de ces gens.

Elle se trouvait ainsi, non pas en visite toute simple, mais spéciale. Celle que dans son Pays on appelait autrefois, *ur weladenn.* Cette visite toute particulière que la famille du garçon rendait à la famille de la jeune fille à marier, façon détournée d'évaluer le parti de son rejeton à l'allure des biens matériels visités. Ici, cette *gweladenn* prenait des allures de visite communautaire tant le « bien » de l'un s'appuyait sur le « bien » de l'autre et semblait un tout bien soudé.

Une mélopée au rythme balancé s'échappait d'une longue maison plus grande et plus soignée que les autres qui trônait au centre de la place. C'était une sorte de longère dont l'entrée, plus haute que le fond, formait comme une gueule de squale grande ouverte, calée dans cette posture agressive par deux solides étais. Le toit de roseaux secs descendait jusqu'à la plate forme, laissant voir les pilotis. Une avancée, à laquelle on accédait par un escalier rudimentaire, lui servait de porche. D'obscurs artistes lui avaient façonné des assises en poutrelles de bois sculpté et richement coloré. De ce fait, ce qui aurait pu paraître un vulgaire hangar dégageait des allures lumineuses et chaudes de petit palais exotique. O combien exotique aux yeux de Jabel!

— *Dont a ret mamm?* Viens-tu, mère?

Elle ne s'était pas rendu compte qu'on l'attendait.

— *Mont da belec'h?* Aller, mais où?

Ifig l'invita à entrer dans la grande maison.

— *Ar paotr vo badeet e-kiz Maori da gentañ. Goude-se, barzh Auckland vo kavet ur person.* Le garçon sera d'abord baptisé à la mode Maorie. Après, nous trouverons un recteur à Auckland, expliqua rapidement Ifig, comme quelqu'un qui se jette à l'eau pour apprendre à nager.

Il n'avait pas voulu en parler à sa mère auparavant, ne sachant par quel bout prendre ce problème plus proche à ses yeux d'une convention multiraciale bien pensée que du religieux. Comment Jabel allait-elle le prendre?

Jabel, fascinée par tout ce qu'elle voyait, se contenta de hocher la tête sans répondre.

Ifig respira.

Tout le monde pénétrait maintenant en chantant dans la maison cérémonielle du village, joignant la polyphonie des voix à l'ondoyante complainte venue de l'intérieur.

Elen, son petit dans les bras, se dirigea vers le cœur de cette grande case. Les murs flamboyaient de haut en bas des mille et une couleurs de tissages aux dessins géométriques. L'ovale de lumière de la gueule de squale qui servait d'entrée les baignait de clarté. Point de chaise ou de banc, mais sur le sol un assemblage de nattes au tissage grossier fait d'une sorte de chanvre sur lequel, nu-pieds, les Maoris assis en tailleur se balançaient avec nonchalance au rythme de la mélopée.

Jabel marqua le pas, interdite. Était-ce là le prêtre? Un sorcier plutôt: torse nu, vêtu d'un pagne, il portait un masque si hirsute que Jabel, effrayée, esquissa un demi-tour. Mais Ifig la retint d'un bras autour de ses épaules. Inquiète, elle vit Elen s'avancer et présenter l'enfant au sorcier en le balançant dans ses bras. La mélopée enfla. Les Maoris formaient comme une houle bourdonnante.

— *Ma doue! pelec'h 'moamp digoueet? Aze 'mañ gouel Nedeleg? Ha 'benn pevare vo kanet oferenn ar Mabig Jezuz?* Mon Dieu, où sommes arrivés? C'est cela la fête de Noël? Et quand chantera-t-on la messe de la Nativité?

Dans une coupe, sur un haut socle torsadé, brûlait du bois de santal et la légère fumée jaspée qui s'en échappait, montait, sinueuse et fine, vers le toit ouvert. Des musiciens aux profils sculpturaux sous leurs vêtements taillés dans une étoffe tissée aux couleurs feu, ocre, terre brûlée et noir, entouraient la scène. Leurs guises ne rappelaient ni de près ni de loin les costumes que Jabel avait pu côtoyer jusqu'à ce jour. Tout était différent *en' tu all deus ar bed*, de l'autre côté de la terre. Elle ne savait plus si elle devait s'émerveiller, admirer, s'étonner ou… fuir? Mais où aller d'ailleurs. Et pourquoi fuir? Tout n'était que légèreté, grâce modulée, harmonie souriante, envolée polyphonique. Une ensorcelante volupté la pénétrait jusqu'au plus profond de ses fibres et annihilait ses craintes. Elle oublia la cérémonie, ses songes suspendus au balancement de la mélodie, au rythme syncopé des percussions, à la douceur émouvante de l'ukélélé.

Puis, sans trop s'en rendre compte, Jabel, emportée par le rythme envoûtant de la cérémonie, se retrouva dehors.

Tout le village, une cinquantaine de personnes, se trémoussant, se dirigea en musique vers un bois aux grands arbres d'où pendaient un enchevêtrement de lianes lourdes de kiwis duveteux. Les grandes fougères arborescentes du sous-bois déclinaient une gamme de verts printaniers. Leur ramure tamisait le soleil.

A la lisière du bois fumait un brasier. Embrochés, luisants de leur friture d'huile, deux moutons entiers rôtissaient. Une vieille femme en paréo tournait la broche. Le fumet des aromates, l'essence subtile d'herbes odorantes chatouillèrent les narines. A l'approche du cortège une nuée d'oiseaux multicolores s'enfuit en piaillant dans un froufroutement d'ailes. Le rythme des percussion se précipita, la cadence évolua vers un registre plus capiteux, l'indolence première se mua en sarabande. La procession s'empressait vers le festin. La brise frémissait dans ses effluves.

Muette, conquise, Jabel dévorait des yeux ce

spectacle étonnant : le petit village maori fêtait la naissance de son petit-fils en ce Noël extraordinaire.

Les femmes s'activèrent autour du fricot. Les moutons rôtis furent découpés en parts et servis accompagnés de petits légumes moelleux à souhait sur de grandes feuilles vertes. Chacun, son frichti à la main, s'installa sur l'herbe ou sur des pierres, ici et là.

Les instruments s'étaient tus, laissant place aux bavardages dont Jabel aurait tant voulu apprivoiser les mots. Au cours des jours passés, elle avait côtoyé tant de locuteurs différents ! La musique de mots inconnus, au fil de l'espace, avait frappé ses tympans comme autant d'opus inédits. Ce concert se poursuivait. Il lui faudrait s'accommoder du rôle passif de celle qui doit deviner ou jouer avec ses mains pour s'expliquer. Cela, elle en avait l'habitude mais elle avait aussi coutume d'être écoutée ! Bah ! comme elle ne pourrait jamais comprendre toutes les langues du monde, il valait autant se faire une raison et se contenter d'accrocher des sons à sa mémoire.

Ici, la toccata des consonnes au débit précipité heurtait la voûte du palais ou claquait sur les dents de devant comme la baguette percute la peau tendue du tambour. Les diphtongues chutaient en grappes pressées sur les lèvres charnues et descendaient de deux notes sur la gamme pianotée des sons. La volubilité des mots, captifs et volages à la fois, cancanait haut et clair, puis glissait d'un soupir comme le gargouillis d'une rivière. L'andante maori faisait joliment frémir la gamme de ses vibratos avant de tapoter les accents d'une polka parlée. À fleur de langue, sautillante et primesautière, les mots palpitaient sur la corde précieuse de la voix, en cadence, marquant le tempo.

Assise à l'écart, Jabel écoutait et cueillait la voltige vertigineuse des échanges qui se jouaient de son entendement. Elle admirait la prodigieuse acrobatie de cette chorégraphie verbale, eurythmie d'un art de vivre qui exprime les choses en culbutant les syllabes en gerbes saccadées.

— *Mamm, matreze, bremañ vec'h gouest da ginnig ho kwastell?* Mère, peut-être maintenant pourrais-tu offrir ton gâteau ?

Elle sursauta.

— *Ma doue ! Ya ! 'Vel just ! Ma gwastell hag ar c'hrampouzh ! Ba pelec'h 'mañ ma fenn ganin ?* Mon Dieu, oui ! Bien sûr ! Mon gâteau et les crêpes ! Où ai-je donc la tête ?

Elle se précipita vers la 2 CV suivie par son fils. Il fallait ôter le carton tristounet, présenter le gâteau, mettre en valeur cette roue de charrette gourmande, offrir aux Maoris la fierté du pays de *Penn Ar bed*, la Tête du monde : *ar wastell vras*.

Jabel se surpassa.

Enfin, satisfaite de ses minutieux apprêts, avec l'aide d'Ifig, elle installa le chef d'œuvre breton sur une grande claie, entouré des crêpes dorées. Puis ils soulevèrent chacun un côté de ce plateau improvisé et s'avancèrent vers les Maoris qui firent cercle.

Ifig prit la parole dans la langue des avions et des aéroports, celle qui vibrait près du nez comme une feuille d'étain. Ses modulations ne résonnaient pas du tout dans le registre des Maoris, la musique de son parler chantait sur un accent différent et ne saccadait pas la cadence des onomatopées que Jabel avait pris tant plaisir à entendre. Mais tous semblaient le comprendre. Ils écoutaient avec avidité les explications qu'Ifig donnait en désignant le gâteau et les crêpes qui maintenant trônaient sur une table. Lorsqu'il eut fini, il se tourna vers sa mère et lui tendit un grand couteau.

— *Setu, mamm, deoc'h bremañ da droc'hañ 'nezhi. Michañs 'kavfec'h e-barzh, un tamm 'vit pep hini!* Voici mère, à toi maintenant de le découper. J'espère que tu y trouveras un morceau pour chacun!

Jabel avait compté les convives d'un regard expert. Il en ressortait que chacun aurait sa part! Ils n'en feraient pas une indigestion, cependant, les morceaux seraient plus grands que ceux du *bara benniget,* le pain béni du pardon de *sant Ujan*. Mais avant de commencer le partage, du geste elle invita chacun à venir se servir en crêpes, tout en recherchant des yeux un ingrédient majeur: le beurre.

— *N'eus ket amann?* Il n'y a pas de beurre? demanda t-elle à Ifig.

Ifig y avait pensé.

— *Met, daoust hag eo sallet pe n'eo ket?* Mais, est-il salé ou pas?

Evidemment, ce petit détail lui avait échappé!

Le beurre n'était pas salé.

Qu'à cela ne tienne, Jabel allait y remédier! Car miracle! On dénicha de la fleur de sel dont elle parsema le beurre étalé, le malaxa comme il se devait, façonna avec la cuiller de bois trempée dans un peu d'eau froide une motte au lissé présentable et, suprême finesse, y sculpta quelques dessins d'un tour de main expert.

Tout cela sous le regard attentionné des invités. L'honneur était sauf! La tradition bretonne respectée! La motte de beurre salée intronisée en pays maori.

— *Feiz d'am Doue! 'Vije ket bet tañvaet krampouzh gwinnizh gant amann dous, kement-se!* Foi de Dieu! On n'aurait quand même pas goûté des crêpes de froment avec du beurre doux, dit Jabel, les mains sur les hanches, sa petite démonstration terminée.

Enfin, tout de même! Le beurre salé et les crêpes de froment forment un tout! Ce subtil sucré-salé que l'on savoure peu à peu sans qu'il se mélange. Ce friand de la crêpe de froment, dorée sur *pillig*, beurrée à souhait, roulée en cornet, saveur inimitable qui fond sur la langue!

Jabel beurra une première crêpe, la plia comme on ne sait le faire qu'au Pays, l'offrit à Elen et du geste invita l'assemblée à en faire autant. Puis, selon les règles de l'art, elle se mit en devoir de tracer au grand couteau ses découpes minutieuses sur le *gwastell vras*. Elle enfonça la lame dans le cœur moelleux du gâteau mythique. Il exhala alors ses parfums affriolants à l'exotisme intact. Ce fut un moment de grâce. L'aboutissement de la ténacité de Jabel. Sous son bras attentionné et protecteur, ce gâteau avait traversé les airs depuis le Vieux Continent, avait atterri en Nouvel' Zéland', échappé aux saccages des douaniers de l'aéroport, afin d'être tout simplement partagé dans la convivialité paysanne de ce village d'un autre bout du monde.

Les crêpes disparurent une à une. Puis ce fut, peu à peu, le tour du *gwastell-vras*… emporté par la convoitise gourmande de tous qui, avant de se servir, le dévoraient déjà des yeux.

— *Mat eo 'nezhi kai sur, mont a ran kuit hep trouz.* Ce doit être bon sans doute car tout disparaît sans bruit, dit Jabel à Ifig d'un air entendu, contente que son offrande soit appréciée.

En effet, la conversation se limitait maintenant aux échanges sur la qualité de ce que les invités semblaient hautement apprécier. Chacun goûtait religieusement ces douceurs inconnues venues des antipodes !

Le festin achevé, les langues se délièrent à nouveau et Jabel fut l'objet d'innombrables questions et bénéficia de chauds remerciements qu'Ifig traduisait. Il y avait longtemps qu'elle n'avait reçu autant de compliments.

Elle se mit à décrire la fabrication des crêpes.

Ifig s'évertuait à traduire la volubilité de sa mère, intarissable quand il s'agissait de crêpes et de *gwastell-vras*. Elle promit aux Maoris de leur donner la recette du gâteau quant aux crêpes… *Va feiz !* Ma foi ! c'était une autre paire de *rozell* car il fallait deux *pillig* pour les cuire, ustensiles introuvables hors de Bretagne !

Met, Feiz d'am Doue ! Mais, Foi de dieu ! Pour une fête de Noël ce furent des festivités dont Jabel se souviendrait longtemps, très longtemps.

Mais pourrait-elle seulement les raconter, quand elle serait revenue au Pays ? La croirait-on ?

Chapitre XIV

Quelques jours plus tard, ils se rendirent à l'église catholique d'Auckland afin d'y célébrer le « vrai » baptême de Ronan.

« Vrai », aux yeux de Jabel.

La traditionnelle cérémonie se déroula dans un édifice aux audaces architecturales qui ne ressemblaient en rien à sa petite église paroissiale au clocher tout de dentelle de granit. Elle renoua avec sa catholicité même si quelques détails relevaient d'un peu de couleur locale. Jabel fut rassérénée : elle avait tout de même entrepris ce voyage en Nouvel' Zéland' pour baptiser son petit-fils ! Les pactes avec l'Au-Delà, comme ceux conclus avec elle-même, se devaient d'être respectés. Question de foi ? Non pas tant, mais plutôt de parole donnée, de convention à honorer. C'était ainsi et il fallait qu'il en soit ainsi pour ne pas s'attirer les foudres du ciel.

Elle fit connaissance avec le parrain et la marraine du petit, un couple de Bretons. Ou plutôt, elle les salua. En effet, originaires du Pays Gallo, ils ne parlaient pas breton, à la grande déconvenue de Jabel.

Dépitée, sur le parvis de l'église, elle sentit monter en elle une bouffée de nostalgie :

— *Ma faotr, ma vijem bet e Breizh, 'welet ket ? Bremañ vijem bet aet d'evañ ur banne bennaket barzh un ti anveet. Unan, matreze muioc'h. Gwechall memez, met ne oa ket un dra vad, veze graet tro ostaliriou ar vourc'h!* Mon fils, si nous avions été en Bretagne, vois-tu ? Maintenant, nous serions allés boire un verre dans une maison connue, peut-être plus d'une. Autrefois, mais ce n'était pas une bonne chose, on faisait même la tournée de tous les cafés du bourg !

Cela fit rire Ifig, qui s'empressa de traduire.

— *Met mamm, mont a rafemp. Met na yafemp nemet barzh unan ! Gist eo gleet !* Mère, nous allons y aller. Mais dans un seul ! Raisonnablement !

Dans la cohue d'une fin d'après-midi de vendredi, qui ouvrait la semaine à la mode anglaise, la 2 CV se faufila jusqu'au port encombré de navires de tous tonnages. Leurs noires cheminées fumantes hachuraient le ciel dans un fouillis inextricable d'étais, de cordages et de palans. Gargouillis de poulies, grincements de chaînes, coups de gongs de ferrailles qui chutent, stridence aigre des sifflets, semonces répétés des sirènes des bateaux : symphonie des débarquements et des embarquements de tout acabit. Bouffées marines, odeurs saumâtres, relents de fioul visqueux et de graisses chaudes, mille remugles s'échappaient des coursives, rampaient sur les quais, s'attardaient dans les radoubs et sur les jetées, émanations que l'haleine entêtante du vent rabattait au passage. Les moteurs toussaient, chuintaient, ahanaient, se grippaient, calaient, repartaient et cognaient à grands coups de bélier. Les cales béantes des vraquiers se vidaient et se remplissaient. Les grues pataudes, comme d'énormes araignées tentaculaires, croisaient et décroisaient leurs pattes métalliques et ouvraient leurs mâchoires avides et dévoreuses. Paysage tracé au fusain sur fond bleu lavande, sali çà et là de traînées grises. De gros cargos venaient d'accoster auprès de transports de troupes et de bâtiments de guerre aux tourelles hérissées de canons. Une longue file d'hommes en uniforme, barda sur le dos, débarquait d'un des bateaux gris.

— *Soudarded 'tont d'ar gêr deus ar Viêt-Nam.* Des soldats qui rentrent du Viêt-Nam, précisa Ifig dont le visage s'était assombri.

— *Ar Viêt-Nam ? Pelec'h 'mañ ar vro-se barzh ar bed ?* Le Viêt-Nam ? Où se trouve ce pays de par le monde ?

— *'Peus ket klevet kaozeal deus an Indochine ?* Tu n'as pas entendu parler de l'Indochine ? lui demanda-t-il.

— *Yao !* Si !

— *Dre vras, tost da vad, an Indochine hag ar Viêt-Nam zo memez bro an devezh hiriv.* En gros, l'Indochine et le Viêt-nam, c'est à peu près le même pays aujourd'hui, expliqua-t-il sans vouloir trop entrer dans les détails.

Jabel en avait bien sûr entendu parler, sans pour autant savoir où le situer sur la « boule ». Depuis l'Algérie, ses cruelles péripéties et ses coupables moissons de jeunes gens, la guerre ne trouvait aucune juste raison à ses yeux. En Indochine, ne s'y battirent que les Français qui se faisaient un métier de la guerre. Les Américains, c'était leur affaire ! Mais, ceux de Nouvel Zéland', un pays si bien organisé, si soucieux des petites gens, qu'allaient-il traîner ses guêtres en ce bourbier ?

— *Ar re-se neus sinet paperach 'vit mont da vrezeliñ : netra da lavaret! N'eo ket 'gist ar re yaouank, 'neus bet ranket mont d'ober ur c'hoñje soudard d'añ Aljeri! Met an Amerikaned, ha dreist-holl, tud an Nouvel' Zeland', dam' betra 'maint vrezeliñ barzh ur vro a 'n'eo ket 'dehze, e-gist re ar Vro C'hall?* Ceux-là qui ont signé pour aller guerroyer : rien à dire. Ce n'est pas comme les jeunes qui ont dû faire leur service militaire en Algérie ! Mais les Américains et surtout ceux de Nouvel' Zéland', pourquoi guerroient-ils comme les Français dans un pays qui n'est pas le leur ? trancha Jabel qui pensa sans le dire, que tout compte fait, ils ne valaient pas mieux.

Ifig, ne fit aucune remarquc.

Jabel, laissant courir sa pensée, se dit qu'une fois rentrée au Pays, elle s'achèterait une « boule » identique à celle de *l'Aotrou* de l'agence de voyages pour mieux suivre les événements du monde. Ce voyage lui avait ouvert des horizons insoupçonnés. Elle s'était taillé une autre pointure de vie et maintenant la garnirait de son pesant de débrouillardise et de découvertes à venir.

Ils s'installèrent à la terrasse d'un pub. Près d'Elen le bébé dormait dans son couffin de raphia. Ifig alla commander. Il revint aussitôt, suivi de la tenancière, une femme à la cinquantaine auréolée de cheveux blancs et aux yeux gris bleus. Le geste ferme révélait une personnalité bien campée. Elle portait une robe noire qui gommait quelques rondeurs.

— *Setu mamm : ur souezhenn ! Mariañig zo ivez deus ar Vro, deus Kreiz ar Vro !* Voilà mère, une surprise : Mariañig est aussi du Pays, du centre Bretagne !

Jabel en resta sans voix. Elle s'attendait si peu à rencontrer tant de Bretons en cette île du bout de la terre! Puis, recouvrant ses esprits, elle s'étonna:

— *O! C'hwi ivez ma merc'h, zo deut keid-all da vevañ?* O! Vous aussi ma fille êtes venue si loin pour vivre!

Mariañig couvrit ses lèvres de sa main afin de réprimer l'émotion qui la gagnait. Cela faisait si longtemps que quelqu'un ne lui avait dit « ma fille », comme au Pays. Les larmes perlèrent au coin de ses yeux, petites gouttes d'émoi qui plus que tous les mots du monde disaient son désarroi subi.

Jabel regarda Ifig. Elle ne comprenait pas. Et Mariañig tomba en pleurs dans ses bras:

— *O! Mamm! Mamm! It's a long time! So long time!* Oh! Mère, il y a longtemps! Si longtemps... Vous comprenez?

Elle mélangeait le breton, l'anglais, le français! Jabel, retrouva vite fait, son leitmotiv coutumier:

— Je comprends pas le français!

— Ah! Ifig me l'avait dit! Oh! Il y a si longtemps...

Mariañig se ressaisit, tamponna ses larmes et des sanglots dans la voix, poursuivit:

— ...Si longtemps... que je n'ai pas parlé breton... que je n'arrive plus à faire passer les mots... Mais parlez-moi quand même! supplia t-elle en lui pressant les mains. C'est si joli d'entendre... parler le Pays.

Ifig traduisit à sa mère et Jabel, complaisante et ravie, se fendit d'une longue envolée bretonnante à sa façon comme seule elle savait en brocher. Mariañig buvait les mots de sa langue maternelle comme l'on se remémore la berceuse de sa lointaine enfance.

— *O! I remember!* Je me rappelle, je vous comprends... mais je ne peux plus le parler!

Et les larmes roulèrent sur sa joue sans qu'elle chercha à les en chasser. Elle pleurait et riait à la fois. Elle utilisait des mots dont Jabel connaissait la musique, mais l'intonation qu'elle leurs donnait, relevait d'un accent tonique dont on n'usait pas au Pays! La voix traînait, s'arrêtait, se posait, cherchait appui comme, à la cueillette des pommes, la main tâtonne pour décrocher les fruits. Le tout composait une sorte de zézaiement nasillard haut perché:

Souezhus! Surprenant! se dit Jabel qui toujours dans ces cas-là réagissait sans complexe. *Souezhus! Hag esmaezhus!* Surprenant! Et étonnant!

Depuis combien de temps cette femme avait-elle émigré? Pourquoi s'en être venue si loin! Pour quelles raisons? Elles se sourirent. Mariañig retrouva contenance en prenant commande.

Autour d'elle la coterie volubile après ce moment d'intense émotion semblait l'avoir oubliée. Patiemment, Jabel attendait qu'Ifig lui donnât la clef de cet instant. Enfin! S'il se trouvait une accalmie. Sinon, elle le lui demanderait plus tard. Visiblement, tous se connaissaient parfaitement et semblaient s'apprécier.

Evel just! Etre Bretoned! Ce qui va de soi entre Bretons! se dit Jabel.

La conversation roulait maintenant sur le mode déjà entendu en cours de voyage et qu'Ifig et Elen pratiquaient à la maison: cette partition aux bruissements d'étain nasillait tant et tant et ne chantait nullement comme les intonations du français. Jabel en avait rapidement détecté la différence parmi celle des autres langues.

Tandis que Mariañig apportait le plateau, un homme âgé les rejoignit. Grand, osseux, son visage parcheminé arborait de glorieuses bacchantes recourbées et, sous des sourcils broussailleux, deux petits yeux gris pétillaient de malice. Ifig fit les présentations. L'homme leva les bras au ciel, enleva son chapeau et s'inclina vers Jabel en bretonnant :

— *Degemer mat, maouez, e-touesk an dud kalon!* Bienvenue, femme, parmi les gens de cœur!

Il l'embrassa avec effusion et la tenant par les épaules, semblait ne plus vouloir la lâcher et ajoutait :

— *O! Plijadur meus gwel' 'hanoc'h! Lavaret noa Ifig deomp 'teufe e vamm betek e di... Ne gomzfen ket deoc'h e galleg, 'meus ket morse goueet kalez ar yezh-se hag an nebeud komziou meus bet anveet, meus disoñjet 'nezhe.* Oh! Le plaisir que j'ai de vous voir!... Ifig nous avait annoncé la venue de sa mère dans sa maison... Je ne vous parlerai pas en français car je n'ai jamais beaucoup connu cette langue-là et le peu de mots que j'en possédais, je les ai oubliés!

Jabel, muette, n'en revenait pas! Au point d'oublier de lui asséner son fameux « Je parle pas le français »! Ah! Enfin quelqu'un avec qui elle allait pouvoir bavarder sans artifice de traduction!

Il l'invita à une petite table à part.

— *Penaos oc'h degoueet amañ? C'hwi ivez peus tud tost barzh ar vro-mañ?* Comment êtes-vous arrivé ici? Vous avez aussi des proches dans ce pays? s'enquit Jabel toujours curieuse et friande d'histoires.

— *O ! Nann !* Oh ! Non ! fit-il, laissant deviner un cheminement bien plus complexe, qu'il entreprit de raconter à Jabel.

☆

L'histoire de Loeiz relevait de l'aventure.

Il allait sur ses seize ans lorsqu'enfin s'arrêta la boucherie de la Grande Guerre. Verdun ! Quelle est la famille bretonne qui n'y a laissé l'un des siens ? Le tiers des morts à Verdun étaient des Bretons ! Les trois frères aînés de Loeiz y avaient disparu ! Tandis que les grands blessés et les gazés, revenus à la maison, décrivaient l'enfer dont ils avaient réchappé, l'Ankou insatiable, traînant sa sinistre charrette, poursuivait sa moisson de jeunesse. Et la longue cohorte éplorée des veuves et des orphelins s'allongeait encore lorsqu'on lui avait parlé de service militaire !

— *Klevout an dra-se ? Kredet 'm 'oe dont bouzar ! 'Oa ket bet drailh walc'h c'hoazh ?* A entendre cela, j'ai cru devenir sourd ! Il n'y avait donc pas eu assez de désastres ?

Dans le plus grand secret, il prépara son maigre baluchon et un matin, à l'aube, s'enfuit de la ferme. Il laissa sur la table, à l'intention de sa mère illettrée et solitaire, quelques mots griffonnés : il ne fallait pas le rechercher. Il allait courir le monde à la quête d'un pays d'où la guerre serait bannie et l'usage des armes, prohibé !

Il ânonnait quelques mots de français grappillés à l'école des Frères qu'il avait fréquentée durant trois ans de façon fort buissonnière : au gré de l'urgence des travaux de la ferme où manquaient cruellement les bras de la fratrie décimée. Un vieux livre de géographie lui fournit la carte de ses chimères. Sans le sou. Tel était son viatique.

Il se dirigea vers le nord, vers Le Havre. On était au printemps. Il avait maintenant la vie devant lui. Dormir à la belle étoile ou dans quelque tas de paille ne lui coûta guère. Il avait été élevé à la dure. Une journée de travail ici et là lui permirent de satisfaire au frugal quotidien et de s'acheter une paire de galoches solides. Ce n'est pas pour autant qu'il jeta ses sabots! Il les avait conservés. Deux morceaux de bois creux et usés qu'il montrerait volontiers à Jabel si elle acceptait de l'accompagner jusqu'à chez lui. Tout au long de ses pérégrinations, ils lui avaient servi de talisman et l'accompagneraient dans sa tombe, confia-t-il.

Bref, au bout de quelques semaines, il fut au Havre, cette porte ouverte sur les Amériques. Breton, il devait donc avoir le pied marin! C'est ainsi du moins qu'on en jugea à l'inscription maritime. Il se garda bien de préciser qu'avant ce jour il n'avait jamais vu la mer!

Il embarqua sur un vapeur, comme soutier, vers le Nouveau Monde.

A New York, géométrique et laide, écrasée par ses colosses de béton dont la tête grattent le ciel, il s'empressa de se fondre dans l'anonymat. Il connut la prohibition et la guerre des gangs. La vraie liberté n'y existait qu'en statue à l'entrée du port ou alors, il fallait être fort riche! Il hanta les bas-fonds où il fallait écraser autrui afin de survivre. Il détesta cette ville, et reprit la mer.

De navires en cargos, il mit cap au sud. Il passa quelques temps au Brésil dans la furia d'une émigration où l'Europe avec la Bretagne déversaient leur trop-plein. Il récolta, pour un salaire de misère, le café, le caoutchouc et la canne à sucre sous les tropiques chauffés à blanc. Il résista au mirage fou des chercheurs d'or et de diamants et s'en fut à Buenos Aires. Buriné par le temps, éternel quêteur d'absolu, traîne-savate aux cent métiers, les yeux perdus dans ses songes éveillés et insatiable rêveur, il débarqua dans les docks pouilleux de Santiago du Chili.

— *Bemdez vijen 'tebriñ soñj ha klask gwelloc'h!* Chaque jour je mangeais mes rêves et quêtais meilleur! poursuivit-il devant une Jabel fine conteuse mais cette fois captive d'un récit fantastique.

Sa course éperdue vers un ailleurs plus humain, plus équitable, sa soif inextinguible d'une vie à l'aune de son idéal le poussaient toujours vers d'autres horizons.

Un jour, enfin, il posa son sac sur le quai d'Auckland.

— *Kredet moa beañ digoueet barzh ar baradoz!* J'ai cru débarquer au paradis! confessa-t-il.

Pensez donc! La semaine de quarante heures, la certitude d'une pension de vieillesse après soixante cinq ans, un arbitrage possible en cas de conflit du travail, le suffrage universel pour tous, y compris pour les femmes, et cela depuis le siècle précédent! Tant et tant d'autres choses baignant dans un modernisme bien partagé. Et pour couronner le tout un salaire qui aurait fait rêver les chercheurs d'or américains! Il se mit au travail avec enthousiasme, pratiqua toutes sortes de métiers, apprit une autre langue, qu'il avait tout juste eu le temps d'aborder à New York, après avoir pratiqué les langues du Brésil, de l'Argentine et du Chili. Il s'exprimait aujourd'hui en trois parlers en plus de sa langue maternelle qu'il avait réussi à garder. En effet, dans sa besace, il avait aussi emporté - *Buhez ar Sent* - la vie des saints que son père leur lisait le soir à la veillée. Grâce à cette lecture assidue, il avait conservé les mots du Pays.

— *Chans 'peus. C'hwi 'oar lenn.* Vous avez de la chance. Vous savez lire, constata Jabel avec admiration.

— *Ya, sur.* Oui, certainement. *Ha war-lerc'h...* Et après, continua Loeïz poursuivant le récit de sa vie, on parlait à nouveau de guerre en Europe.

L'émigré qu'il était passa par miracle au travers des filets d'une mobilisation générale qui enleva aux deux îles de la Nouvelle Zélande le tiers de leur population!

— *Ha peogwir, a-benn pevare 'echuo ar brezeliou foll?* Et vraiment, quand finiront ces folies guerrières? demanda-t-il.

Il serra les poings.

Jabel acquiesça. Oh! Comme, elle le comprenait!

— *An devez hiriv, ar soudarded zo 'tont d'ar gêr deus ar Viêt-Nam. Gwelet peus ar vagoù bras barzh ar porzh mor? An distruj er vro-se, zo bet gwashoc'h ha brasoc'h 'vit morse! O! Re ger eo, priz an tenn, da lazhañ an dud-se hag a ziviz ober brezel hep mont o-unanig! Pevare vo echuet, evit mat, an droug-se dre ar bed?* Aujourd'hui même, les soldats rentrent du Viêt-nam. Vous avez vu les grands bateaux dans le port? Le désastre dans ce pays-là a été encore bien pire et plus grand que jamais! Oh! Ces gens qui décident des guerres sans y aller eux-mêmes ne valent pas le prix de la balle pour les exécuter! Quand donc s'arrêtera pour de bon ce mal, de par le monde?

Le regard de Loeiz se perdit dans le vague...

La terrasse dominait le port. Les soldats continuaient de descendre des bateaux en ordre serré, le battle-dress hérissé de leurs armes. Plus loin, la longue série des civières et des fauteuils roulants descendait d'un convoi sanitaire. De grands invalides s'appuyaient sur leurs béquilles. Pour tous ceux-là, indemnes ou pas dans leur chair, la guerre laisserait dans les cœurs et dans les têtes des traces indélébiles.

Jabel croisa le regard d'Ifig.

— *Me bai, eo gwelloc'h deomp mont d'ar gêr!* A mon avis, il vaut mieux rentrer, proposa-t-il, l'air sombre.

☆

La chaude convivialité de la maison en bois chassa un peu le malaise. Le petit groupe des exilés fêta le baptême de Ronan comme au Pays. Mariañig avait fermé boutique pour se joindre à eux et Jabel se surpassa au dessert pour leur servir des crêpes faites à la poêle à défaut de *pillig*.

Mais Ifig avait perdu son bel entrain. Jabel l'observait à la dérobée.

Au cours de la nuit, elle entendit les hurlements qu'elle avait si souvent cherché à calmer autrefois. Jusqu'à la pulpe de son âme, la guerre d'Algérie avait marqué son fils au fer rouge.

Pour la vie !

Chapitre XV

Les semaines s'évanouissaient sur les semelles du vent léger, éparpillant d'un jour sur l'autre les feuilles de l'éphémère. Déjà se profilait à l'horizon la date fatidique du retour. Une crainte sourdait en son cœur au fil des heures fugitives qui frôlaient à peine l'aile du temps : jamais Jabel ne reviendrait. C'était inscrit dans sa destinée. N'oublierait-elle pas l'ultime secret, la plus infime des confidences qu'elle s'était promis de confier à Ifig pour l'éternité ? Ces poussières de l'âme qui s'épanchent vers l'autre et qui, avec l'absence, s'accumulent au fil des ans. Plus tard, elles pèseraient si lourd sur sa solitude bretonne ! Il lui semblait qu'ils avaient encore tant à se raconter que leurs soirées n'y suffiraient pas. Alors, complices, ils y rajoutèrent quelques fragments de nuit pour mieux dérober au sommeil l'espace précieux d'une veille, la fuite inéluctable des jours, l'effilochage minuté de leurs vies présentes et bientôt écartelées.

Ce jour-là, la mère et le fils partirent seuls aux aurores pour une longue promenade.

Ils parcoururent une route sinueuse, traversèrent bien des ponts, petits ou grands ouvrages d'art qui plongeaient leurs puissantes assises dans des abîmes noyés de verdure, profondes vallées couvertes d'arbres comme il n'en pousse qu'en Nouvelle

Zélande : des rimus, des totaras, des kauris au feuillage drus et persistant. Au fond des à-pics, dans l'inextricable fouillis de la forêt exubérante roulait l'impétuosité des torrents dont les grondements sourds remontaient le long des escarpements.

Jabel incrustait dans sa mémoire ces paysages fantasmagoriques afin que, revenue au Pays, elle n'ait qu'à refermer les yeux pour que ses souvenirs la transportent, à l'instant, au cœur du nouveau pays d'Ifig…

Et puis, la vallée s'arrondit en un cirque immense embrumé de fumerolles évanescentes, boursouflé çà et là de mares bouillonnantes d'où l'eau jaillissait comme par magie, en d'énormes gerbes d'eau bruissante. Les geysers, en dégradés savants, se dressaient vers le ciel hors de ces creusets fumants avec la régularité de métronomes.

Jabel, bouche bée, crut à une machinerie infernale.

Ces jaillissements magiques lançaient droit vers le firmament leurs bouquets de perles étincelantes. Le vent improvisait sa fantasia dans le cliquetis des gouttelettes. La brassée d'eau se courbait, se roulait dans la brise avec la grâce juvénile d'une ronde chantée. Puis l'onde émouvantes s'éparpillait en pluie. Elle crépitait, laissant sur la surface de l'eau quelques ridules et des bulles de moire arc-en- ciel. Le volcan d'un ocre roux dans la splendeur de l'aurore, le jeté de l'eau vers la vasque bleue impavide, le silence ravi de quelques spectateurs privilégiés que la nature invitait à son spectacle : tout dans cet instant majestueux reposait et invitait à la paix.

Ifig avait choisi de traverser ces paysages fantastiques pour emmener sa mère jusqu'à l'usine où il travaillait depuis quelques années. Il lui avait longuement raconté son cheminement d'émigrant mais Jabel insatiable en redemandait…

☆

D'abord quelques semaines à Papeete, puis, il avait pu émigrer vers Auckland, perdu dans le flot des Polynésiens venant y chercher du travail.

— *Amañ, an dud a zisvro, vez graet ur gontadenn bizh deuzouto ha n'eo ket aes antreal barzh ar vro.* Ici, les émigrés sont comptabilisés au plus juste et il n'est pas facile d'entrer dans le pays.

Pendant les premiers temps, il avait déchargé les bateaux et connu le dur labeur du docker, réservé à l'étranger qui ne connaît ni le pays ni la langue. Ce furent ses handicaps. Mais ici, sur cette terre d'asile, comme une récompense à sa longue recherche, les travailleurs bénéficiaient d'une réglementation sociale unique au monde. Rien à voir avec les pratiques abusives qu'il avait subies au pays! C'est sur le port qu'il rencontra Loeïz. Celui-ci l'emmena au pub de Mariañig, que fréquentaient encore bien d'autres Bretons.

— *'Benn vez emvod bras pardon sant Youenn, an holl dud divroet 'zastum da nebeutañ ur c'hant den bennaket!* Lorsque tous les émigrés bretons se donnent rendez-vous pour fêter la *Sant Youenn*, le rassemblement compte près d'une centaine de personnes! raconta Ifig. Et de poursuivre:

— *An dud divroet hag o c'herent 'ra ur stropad vat 'dud.* Les émigrés et leurs proches, cela fait une grosse brassée de monde!

Peu à peu, il vit le bout du tunnel.

Jusqu'au rayon de lumière dans sa vie d'apatride : Elen, douce et jolie, patiente. Elle illumina ses soirs de cafard. Et enfin, à Dieu vat, l'enveloppa de l'indolence des peuples des îles, de ce petit rien de fatalité du *laosk da vont,* le « laisse-filer » qui musarde aussi parfois dans les esprits mélancoliques en pays breton. Ses jours se firent plus calmes sans pour autant sombrer dans la facilité.

— *Studiet meus deus an abardaez ha d'ar zul... Goût 'ouzomp :* » « *labour sul, labour nul!* » *Met...* J'ai étudié le soir et puis le dimanche. Nous le savons : « travail du dimanche, travail inutile! » Mais...

— *Nann, ma faotr, n'eus ken ar re binvidik a zo gouest da lavar an dra-se! Gwel' a ret neus talveet deoc'h. 'E-giz-se, kai sur, 'n 'eo peus bet savet ho ti?* Non, mon fils, seuls les riches peuvent dire cela. Regarde comme cela t'a profité! C'est ainsi, sans doute, que tu as pu construire ta maison?

— *Ya! Peogwir, goude-se meus bet kavet ur plas micherelour barzh ur stal e-lec'h vez krouet elektrisite gant nerzh an dour! Ha bremañ, deut da wel' lamm an dour 'kouezhat deus uhel-tre. Pouez an diskarg 'gas ar mikanikoù war-raok 'vit krouet nerzh-youl.* Oui! C'est ainsi qu'après j'ai trouvé une place de technicien dans une usine hydroélectrique. Et maintenant viens contempler le saut de l'eau qui tombe de très haut. Le poids de sa chute entraîne les machines qui génèrent de l'énergie.

Ils se trouvaient maintenant au cœur de la montagne, près de la chute qui activait la bonne marche de l'usine. Torrent inépuisable et fascinant, flot en furie incessante et que son fils savait domestiquer! Jabel qui vénérait son fils, source de toutes ses félicités et de tous ses tourments, se tourna vers lui avec admiration.

Il contemplait cette eau vierge de toute souillure avec laquelle il lui fallait parfois ruser sans jamais tricher.

Les embruns fouettés par le vent saupoudraient leurs cheveux d'une fine rosée. Le fracas de la chute leur imposait le silence. La berge tremblait sous leurs pieds. Ils s'éloignèrent, à regret, frissonnant d'humidité.

Plus loin, dans la vallée, le torrent se transformait en rivière plus paisible.

- *Mont a ret da besketañ ur wech dra vare c'hoazh?* Vas-tu encore pêcher de temps en temps?

— *Ya! Pesked zo amañ leun ar stêriou, dreist-holl gwennigoù hag dluzhennoù ur bern hag an dour sklaer zo un dra 'bouez barzh ar vro-mañ. Difennet-krenn eo da loustoniñ dreuz hag e-hed, e-gist 'vez laosket d'ober e Breizh.* Oui! Il y a du poisson plein les rivières, des saumons et des truites en grande quantité et puis, l'eau claire est quelque chose d'important dans ce pays. Il est interdit de la polluer à tort et à travers comme on laisse le faire en Bretagne!

Il était midi passé. Il remontèrent en voiture. Jabel quitta les lieux à regret emportant en un dernier regard la construction nichée dans la vallée comme une maison de poupée: l'usine où Ifig travaillait maintenant. Que de chemin avait-il parcouru seul, loin d'elle! Pourquoi au Pays n'y avait-il pas cette force de l'eau? Il aurait pu revenir, et avec son savoir, s'établir en Bretagne! *Ô Ma doue!* Qu'il lui était dur de le savoir si loin pour toujours!

Ils déjeunèrent à l'ombre d'un bois. Des myriades d'insectes grésillaient sous la charmille. Dans les fougères géantes froufroutaient des passereaux et leurs gazouillis effarouchés accompagnèrent la frugalité de leurs agapes. Un kiwi effronté et téméraire, grosse poule au plumage roux sombre armée d'un long bec recourbé, se risqua hors du fourré. Elle picora les miettes du pique-nique à la dérobée et s'en retourna au plus vite. Sa couvée toute proche pépiait à qui mieux mieux. *Ma doue*! Que de merveilles en ce pays!

Ils reprirent la route à regret dans le bruit de tôles secouées.

Ces minutes s'écoulaient bien précieuses car pour la première fois de son existence, il semblait à Jabel qu'une paisible harmonie les réunissait et leur permettrait enfin d'aborder le passé avec un peu de sérénité.

— *Ha Jeanne? Petra 'nezhi eo deut da veañ?* Et Jeanne? Qu'est -elle devenue? demanda Ifig.

— *Jeanne zo dimezet ha digoueet mat. Eüruz 'viti. Un ostaleri neusont tram' Landerne, ha vez servijet predoù evit micherourien, bemdez. Tud vez leun ar stal. An afer 'dro mat ha tri grouadur 'deus... met n'anvean ket he gwaz.* Jeanne s'est mariée. Elle est très bien tombée. Ils tiennent un bistrot du côté de Landerneau, également restaurant ouvrier, ouvert chaque jour. Il y a des clients plein la maison. L'affaire tourne rondement. Ils ont trois enfants... mais je ne connais pas son mari.

Un ange passa. Le silence les sépara de nouveau.

Jabel, n'en pouvant plus, formula pour Ifig la question qu'il brûlait de poser.

— *Ne c'houlet ket ganin-me petra eo deut Alice da veañ?* Tu ne me demandes pas ce qu'est devenue Alice?

Ifig regardait intensément la route. Il tourna enfin la tête et soupira. Ils avaient atteint la côte et rejoint la longue plage noire ourlée de blanc et de bleu. Ils descendirent de voiture et firent quelques pas. Ifig, la tête baissée, dit:

— *Goût 'ret trawalc'h, pegement diaes eo bet dinme disoñjal 'nehzi! Memes hiriv eo kalet din komz 'ziwar he foent!* Tu sais très bien, combien il m'a été difficile de l'oublier! Même aujourd'hui, il m'est pénible de parler d'elle.

— *Goût 'ouzon, ma faotr! Ma feiz! N'eus ket bet kalez chañs 'nezhi! Kollet neus he fenn!* Je sais mon fils. Ma foi! Elle n'a pas eu beaucoup de chance… Elle a perdu la tête!

— *Kollet he fenn?* Perdu la tête?

Inquiet, il s'était tourné vers sa mère.

— *Ya! Allas! Un nebeud amzer zo, eo bet dav kas 'nezhi d'ar c'habañou!* Oui! hélas! Il y a pas peu de temps, il a fallu l'interner dans un hôpital psychiatrique.

— *D'ar c'habañou? N'eo ket gwir?* A l'hôpital psychiatrique? Ce n'est pas vrai?

Ifig se cacha le visage dans les mains. Il respira très fort, longuement, plusieurs fois. Jabel se taisait, à l'écoute de sa douleur passée qui revenait à fleur de souvenirs. Elle vit monter les soubresauts des sanglots secouant ses épaules. Il s'était éloigné d'elle et arpentait, solitaire, la plage anthracite. Sinistre tout à coup. Il se laissa choir sur le sable noir, les yeux perdus dans l'immensité de la mer indifférente. Doucement, à pas comptés, Jabel vint vers lui et, entre haut et bas, continua le récit de ce cauchemar :

— *Kontet noa deoc'h mechañs pegement truezus oa he buhez ? Noa ket ?... Jean ne zivezvie ket. An argant 'zispigne muioc'h-ha-muioc'h. Ne laboure ket, aliesoc'h groñchet war e venveg hag e benn o stag' ouzh ar voutailh win. Ar gwin, ar merc'hed buhez fall! 'Benn ar fiñ, oa karget re ar gañestell da 'nezhi, Alice neus kollet he fenn... Klasket noa, lakaat an tañ barzh kêr... War-lerc'h an dra-se, kaset 'hezhi bet d'ar c'habañou ha lakaet gwerzh war kêr... Setu gwerzhet ar Gweleneg, ha gwerzhet fall evel-just... Ar stal oa aet da gaorc'h... Ha 'benn eo dav gwerhzet founnus 'maoc'h war an diribin fall da zifenn ho lodenn ! Ha Jean, mezv bemdez ! Un nebeud mizioù war-lerc'h eo marv... Eürusamant, ne oa krouadur 'bet.* Elle t'avait raconté, j'espère, les malheurs de sa vie? N'est-ce pas ? Jean ne dessoûlait pas. Il ne travaillait pas, appuyé le plus souvent sur le manche de son outil, têtant la bouteille de vin. Il dépensait de plus en plus d'argent. Le vin ! Les femmes de mauvaise vie ! A la fin, n'en pouvant supporter davantage, Alice a perdu la tête... Elle a cherché à incendier la ferme ! Après cela, on a dû l'interner et mettre la ferme en vente... Voilà, Keleneg a été vendue et mal vendue évidemment... La tenue était tombée. Et puis, quand il faut vendre pressé par le besoin, l'on est sur le mauvais côté de la pente pour défendre sa part... Et Jean, toujours ivre chaque jour!.... Il est mort il y a quelques mois...

Heureusement, il n'y avait pas d'enfant.

Ifig ne dit mot.

Le soleil à l'horizon bascula. La brise fraîchit.

Ils revinrent en silence vers la 2 CV. Jabel, devina qu'à l'instant tout un pan de la vie de son fils venait de s'écrouler.

Mais il est des cicatrices qu'il faut rouvrir pour que s'écoule le fiel amer et s'apaisent les regrets.

Ifig s'arrêta, debout face à la mer rougie par le couchant. Les heures heureuses d'un printemps inoubliable lui revenaient par bouffées. Difficile d'imaginer le malheur et le nouveau visage de celle qu'il avait tant aimée. Un goût d'amertume fort l'imprégna tout entier. Il aurait voulu crier, hurler son dégoût à la terre entière. Etre seul et longtemps, très longtemps marcher pour écraser sa révolte dans le vent. Ah ! qu'il se lève, le vent, comme là-bas dans sa lointaine Tête du Monde, qu'il tonne et qu'il tempête, qu'il écrête la houle et rabote les rochers, qu'il se charge d'embruns et les incrustent en lui, qu'ils le transforment en statue de sel afin de l'imprègner d'oubli pour l'éternité

Alice folle ! Quel gâchis ! Il shoota dans un galet qui ricocha sur les vagues. Les yeux rivés au sable noir, accablé, il revint à pas lourds vers la 2 CV.

Sa mère était venue à son secours.

Une branche vive de lui-même venait d'être élaguée. Oh ! Du livre de sa vie, effeuiller la douloureuse page et laisser doucement s'éloigner le temps du deuil.

Il n'y avait pas de hasard dans leurs destinées. La guerre ! La guerre seule avait engendré leurs malheurs !

En cela, Jabel rejoignait les malédictions que Loeiz lançait contre ceux qui les décident. S'il n'y avait eu l'Algérie, Ifig serait encore au Pays!

Mais cela elle préféra le taire.

Chapitre XVI

De décembre à mars, Jabel, avec sa faconde habituelle, s'était tricoté des habitudes chez Mariañig, où, entre trois mots bretons retrouvés et force gestes, elles finissaient toujours par se comprendre. Le jour de fermeture du bar, Ifig la déposait au pub en allant à son travail. Ce jour-là Jabel prenait sa journée. Façon de parler car elle ne connaissait pas le répit. Les jours de congés, elle ne savait pas ce que c'était. Au Pays, après la messe du dimanche et quelques frustes achats puisque tous les commerçants ouvraient ce jour-là, elle bricolait sa besogne afin d'assurer la semaine chez les autres. *Ma Doue!* Elle ne pouvait tout de même pas avouer qu'elle travaillait le jour du Seigneur! Mais ayant pris ce pli depuis toujours, elle comblait les creux de ses journées par le travail.

Aussi, à peine arrivée chez Mariañig, savait-elle avec beaucoup de conviction persuader son hôtesse d'un trait:

— *Lakaet din un dra bennaket ba' ma daouarn evit dez' chom lijer*! Confie quelque chose à mes mains afin qu'elles demeurent vives!

Mais voilà, que lui donner à faire? La vaisselle? Mariañig la rangeait dans sa machine qui en trois coups de cuiller à pot la lui rendait toute propre et sèche! Le linge? De même. Il restait à le repasser.

Ça n'avait jamais été sa tasse de thé ou plutôt son habitude faute de temps. Aussi, ce repassage :

— *Ul labour re flour 'vidin!* Un travail trop délicat pour moi ! disait-elle en riant.

Mais elle glissait quand même le fer sur le linge frais et, afin de joindre l'utile à l'agréable, troussait des histoires désopilantes pour Mariañig qui, avec bonheur, renouait avec les mots oubliés.

Loeiz avait vite repéré ces jours-là et dénichait mille prétextes pour s'immiscer dans leurs travaux ménagers. C'était jour de fermeture ? Ah ! c'est vrai, il avait oublié ! Mariañig pouffait derrière son dos, point dupe.

Un beau jour, il oublia de mentir.

Alors le trio s'inventa des envies de balades. Jabel apprit ainsi peu à peu à jouer les touristes et se coula dans cette nouvelle peau, comme l'on se gante de suédine.

Loeiz, comme toujours, sur le mode de l'improvisation, savait fort bien partir à l'aventure. Sans aller au diable Vauvert, il dénichait une anse déserte, un parc protégé ou une réserve animalière. Les volcans n'avaient plus de secrets pour Jabel. Les geysers l'étonnaient encore et la ravissaient toujours. Bon public, dévoreuse de nouveautés, elle se façonnait une autre existence faite de modernité. Sans jamais se laisser subjuguer, elle cherchait à comprendre. Elle se laissait guider mais n'oubliait jamais d'évoquer ses références coutumières.

La journée se terminait toujours chez Loeiz, avec ou sans Mariañig. Et Jabel, ravie, découvrait en ce chauffeur serviable et attentionné, un cuisinier averti, mâtiné d'exotisme mais auparavant, celui-ci téléphonait à Ifig de ne pas s'inquièter pour sa mère : il la ramènerait.

Ah ! Le téléphone ! Cette sonnerie stridente qui faisait sursauter Jabel, se muait peu à peu en utilité indispensable qu'elle osa enfin apprivoiser. Appeler un correspondant ? Non ! Mais décrocher et chercher à répondre, surtout si Mariañig ou Loeiz l'avait avertie qu'ils appelleraient, ça oui !

— *Evit respont, ho prezhoneg mat zo gwelloc'h 'vit ma galleg fall !* Pour répondre, ton bon breton vaut mieux que mon mauvais français ! lui avait dit Loeiz pour faire tomber ses dernières réticences.

D'abord paniquée puis ravie de la simplicité de la chose, elle bretonna donc dans l'appareil et élargit d'autant le champ de ses connaissances nouvelles.

*

Ce jour-là, Mariañig ne fut pas de la promenade. Elle avait à faire ailleurs… Jabel, depuis le pot du baptême pris chez elle, n'avait pas réussi à savoir le fin mot de son histoire. Mariañig semblait ne pas vouloir en parler, faisait celle qui n'entendait pas ou ne comprenait pas le sens de la demande. Dans le pub, la communauté bretonne n'était guère plus bavarde. Cette chronique-là ne méritait-elle pas autant qu'une autre d'être déroulée ? Pourquoi tant de cachotteries ? Seule avec Loeiz, Jabel décida d'en avoir le cœur net.

Le temps avait tourné. L'automne austral s'avançait dans un ciel tourmenté. Les pluies d'ouest, fouettées par le vent, déversaient leurs averses, à seau. Rien qu'à sortir de la voiture et vous étiez trempé comme une soupe. Retour de promenade, Loeiz et Jabel se réfugièrent bien vite au sec. Dans le living, le feu crépita bientôt au cœur du poêle en fonte, rassurante flambée en ce mai couleur de décembre. Avec son sens inné de l'économie, Loeiz déposa le fait-tout sur le poêle. Le souper y mitonnerait. Ce fut le moment que choisit Jabel : elle jeta sa question comme on pique le crochet dans le fil pour entamer le picot.

— *Met dam' betra, den ebet ne fell dezhañ dispaket ziwar-benn hent Mariañig?* Pourquoi personne ne veut évoquer le parcours de Mariañig ?

Loeiz ne répondit pas tout de suite. Il soupira, réticent.

— *Alies ar vuhez 'gemer un hent 'dreuz. Distoupet vez' an dud wechoù hag o bolontad vat skloumet ba 'touez an trubuilhoù fall.* Souvent la vie emprunte un chemin tordu. Parfois les gens et leurs bonnes volontés sont ligotées dans de mauvais tourbillons.

— *Ya! E-gist an holl dud, mare pa vare!* Oui ! Comme tout le monde à un moment ou un autre ! acquiesça Jabel qui trouvait ces précautions oratoires superflues.

— *He 'oar hag a c'houl, he fri harz an toull!* Elle sait et elle demande, le nez collé sur l'huis ! dit Loeiz moqueur qui se faisait tirer l'oreille pour confier ce qu'il savait. Cependant, pensait-il, Jabel à la longue avait dû comprendre.

— *Met? Mais?* dit-elle, attendant davantage.

Il n'y coupait pas. Tandis qu'il citait cet adage, Loeiz avait approché une chaise.

— *Selaouit!* écoute !

L'histoire de Mariañig commençait très loin, entre Poher et Trégor où pointait vers le ciel le clocher de son village natal. Un jour, la jeune fille prit le train pour Paris. Hélas! Le miroir aux alouettes se brisa dès Montparnasse. Des messieurs bien accommodants et trop empressés - elle était si jeune, si candide et si droite! - se proposèrent de lui trouver du travail. Ravie, elle accepta d'emblée, les suivit sans l'ombre d'une inquiétude et se trouva sur le trottoir… Les mois passèrent, les années d'abattage aussi. Par quel subterfuge réussit-elle, un jour, à s'évader de cet enfer? Loeiz ne le savait pas et ne voulait pas le savoir. C'était miracle qu'elle y soit parvenue! Le pub? Elle l'avait pris d'abord en gérance et plus tard parvint à l'acquérir… Et voilà! maintenant, Loeïz ne voulait plus entendre de questions au sujet de Mariañig. Elle avait largement payé sa liberté.

Jabel regretta d'avoir tant insisté. Elle hocha la tête:

— *Promesoù kaer hag ur stad vil. Ur vezh!* De belles promesses et une situation dégradante. C'est une honte!

Les mouettes criaillaient dans la bourrasque. La tempête s'était levée. Les vagues au loin moutonnaient sur la mer déchaînée. Dans la grisaille du soir finissant, les arbres du jardin courbés comme des roseaux fouettaient la barrière. Loeïz réfléchit tout haut et dit qu'il lui faudrait les émonder le mois prochain. Jabel lui fit remarquer qu'il pratiquait ces travaux à l'envers de l'année. Elle, elle élaguait en novembre ou tout de suite après les gelées de février:

— *E-gist pep hini tram' an hanternoz. Met gwir eo, amañ an douar neus e benn trame' an traoñ ha kouskoude 'n m'em renter ket kont.* Comme tout le monde, au nord ; il est vrai qu'ici la terre a la tête en bas bien qu'on ne s'en rende pas compte !

Ils avaient repris le cours de leurs échanges. Et pourtant, ce soir, il y manquait ce « je ne sais quoi » de spontanéité qui d'emblée, avait marqué leur rencontre. Ce petit quelque chose complice qui contourne les mots et auquel seuls accèdent de vieux amis.

Petra diaoul 'zo 'dreuz ? Quel diable s'est mis de travers ? se demanda Jabel

Un ange passa.

Mariañig en serait-elle la cause ? Loeiz avait été clair et net. Elle avait abondé dans le même sens. Elle n'y reviendrait pas. Alors pourquoi ce froid ? Abusait-elle de son hospitalité ? Plus d'une fois elle lui avait proposé de partager les dépenses, de lui payer un plein d'essence : habituée à se suffire à elle-même, elle n'aimait pas être en reste, et surtout à charge. Or, à chaque fois, Loeiz s'était fâché tout rouge, lui faisant remarquer qu'elle avait une bien piètre image de lui. Qu'il était homme, tout de même, à savoir offrir à sa payse un peu de bon temps. Et, ultime argument, il avait menacé de rompre leurs bonnes habitudes ! Oh ! là, là ! Jabel l'avait pris pour argent comptant et ne revint plus à l'assaut de tant de générosité…

Loeiz tira les rideaux, posa le fait-tout sur la table. En s'asseyant Jabel décida d'en avoir le cœur net.

— *Petra zo 'dreuz ? Lavare din-me frank !* Qu'y a t-il de travers, ? Dis-le moi librement !

Loeiz s'assit, empêtré de sa louche, ne sachant qu'en faire. Il la remit dans la soupière. Visiblement, il s'attendait à tout sauf à cette attaque frontale. Ah! cette femme! Il reprit la louche et jouant l'homme embarrassé à bien faire, il la servit si copieusement qu'elle protesta:

— *O! Trawalc'h 'vit ur vech! Ar soubenn-se zo tomm-ruz. Ne vo ket moien da daol' ar beg warni!* Oh! Assez pour commencer! Cette soupe est si bouillante qu'elle risque de me brûler la bouche!

Troublé comme un jeune homme, il se servit lui-même sans lever les yeux sur Jabel. Comment d'ailleurs la regarder? Cette franchise sans détour, cette interrogation muette le transperçaient, lui torturaient l'esprit. Le silence s'étendait, suspendu au-dessus de la soupière, balloté par l'écho du vent mauvais. Il lui cognait la tête. Il n'avait pas su répondre. Il l'avait laissé s'installer. Comment le rompre? Il se racla la gorge. Son raclement s'érailla. Il prit une cuillerée de soupe, avala de travers et s'étrangla en toussant.

Et Jabel qui se taisait...

Elle soufflait sur la soupe trop chaude qui lui brûlait la langue. Il lui fallait manger au plus vite et rentrer au plus tôt car ce soir se dévoilait un Loeiz qu'elle ne connaissait pas et ce « Loeiz nouveau » ne lui plaisait guère. Enfin! Que signifiaient tous ces mystères entre gens de bonne compagnie?

Comme s'il avait deviné la pensée de Jabel, Loeiz se lança dans une explication:

— *Setu! Pep hini neus e blanedenn, hag 'rank he dougen...* Voilà! Chacun possède sa « planète » et doit la porter...

Cette ellipse philosophique plongea Jabel dans une perplexité encore plus profonde. Elle le regarda, la cuiller en suspens, tandis qu'il s'absorbait dans son assiette.

— *Pep hini neus un tamm mat hag un tamm fall.* Chacun possède un morceau de bon et un autre de mauvais, ajouta-t-il en fixant plus que jamais son bouillon.

S'il avait pu s'y noyer, il s'y serait jeté!

Et Jabel qui demeurait muette.

Non! Elle finit par exploser:

— *Ha ma lavarfec'h din petra peus kreiz ho kalon, frank ha pizh, ne gred ket deoc'h vefe gwelloc'h?* Et si tu me disais ce que tu as sur le cœur, largement et par le menu, ne crois-tu pas que ce serait mieux? jeta-t-elle avec raideur.

Loeiz, poussé dans ses derniers retranchements, se prit la tête à deux mains.

— *Mat! Jabel... Daoust ha peus lakaet, mat, barzh ho penn mont en-dro da gêr, e Breizh?* Bon! Jabel... As-tu bien mis dans ta tête de rentrer chez toi, en Bretagne?

Jabel faillit en rester coite:

— *Mont d'ar gêr? Evel-just! Ne chomfen ket, kement-se, amañ, 'karg da' ma zud?* Rentrer chez moi? Evidemment! Je ne resterai tout de même pas, ici, à charge de mes proches!

— *Ya, evel-just! Met matreze, vefe tu, da gavet ur mod bennaket 'vit beañ war ar plas, ha distak 'memes amzer?* Oui, bien sûr! Mais peut-être serait-il possible de trouver une solution pour être sur place sans être à charge?

— *Ne welan ket peseu' tu all troiñ! Da veajiñ on*

deut: echuet eo an abadenn, serret ar pardon! Ha goût a ran ne teufen ket un eil gwech. Houmañ eo an taol kentañ hag an taol diwezhañ... Ne teufen ket ken da wel' ma faotr... Kalet eo... Met er mod-se 'mañ ma buhez! Je ne vois pas d'autre issue vers laquelle me tourner! Je suis venue en voyage: il touche à sa fin, le pardon est fini! Je sais que je ne viendrai pas une seconde fois. Ce fut la première, ce sera aussi la dernière fois... Je ne reviendrai plus voir mon fils... C'est dur... Mais ainsi va ma vie!

Les derniers mots étouffèrent quelques sanglots mais elle réussit à retenir ses larmes. Loeiz, enfin, relevant la tête, profita de cette fêlure:

— *Goût a ret, an ti-mañ 'gavfer ennañ atav dor digor ken pell amzer 'vit peus c'hoant pe emm! Amzer peus da vont d'ar gêr. Den ebet eno zo ho kotoz! 'Mañ ket an traoù o vont gant ar stêr!* Tu sais que tu trouveras toujours porte ouverte en cette maison aussi longtemps que tu en auras envie ou besoin! Rien ne te presse de rentrer là-bas. Personne ne t'y attend: les choses ne sont pas en train de partir avec la rivière.

Jabel, en resta bouche bée. Mais elle se ressaisit:

— *Dont, amañ... da vevañ dindan ho toenn?... Met 'maomp ket dimezet!... Goût a reomp, 'maomp ket er Vro... met memestra... petra 'lavarfe an dud ma yafe ar c'heloù betek ar gêr!* Venir ici... vivre sous ton toit?... mais nous ne sommes pas mariés!.... Nous savons que nous ne sommes pas au Pays... Mais tout de même... Que diront les gens si la nouvelle allait jusqu'à la maison?

— *O! Mag eus ken an dra-se 'herpel 'henoc'h, moien vefe da lidañ eured ha festañ friko!* Oh! S'il n'y a que cela qui t'arrête, on pourrait célébrer la noce et organiser le fricot !

De plus en plus interloquée, Jabel le regarda intensément et se penchant au-dessus de la table, lui décocha l'estocade :

— *O ! Ma Doue Loeiz ! Sur oc'h da veañ yec'h penn ?* Oh ! mon Dieu, Loeiz ! Es-tu sûr d'être sain d'esprit ?

— *Dam' betra ? C'hwi zo ho-uñanig bremañ, ha me ive, evit ar vech ! Setu ! Petra 'respontet ?* Et pourquoi ? Tu es seule maintenant et moi, je le suis depuis toujours ! Voilà ! Que réponds-tu ?

Jabel s'adossa à sa chaise et secoua la tête, incrédule :

— *'Mañ ket mat ennoc'h ! Kouskoude n'eus ket paret kalez heol tomm hiriv ! D'ho oad ! Birviñ 'ra c'hoazh ho kwad barzh ho korf ! Ma peus c'hoazh un tammig komprenezon, ul livennadig furnez barzh ho penn, 'ouefec'h 'maomp deut da veañ re gozh 'vit dimeziñ ! C'hoarziñ e rafe an dud betek leñv ! Gwashoc'h c'hoazh, tarzh' a rafe o c'horf gant ar c'hoarzh !* Tu n'es pas bien ! Pourtant le soleil n'a pas tapé aujourd'hui ! A ton âge ! Le sang bout encore dans ton corps ? Si tu as un tout petit peu de compréhension, un peu de raison élimée dans ta tête, tu saurais que nous sommes devenus trop vieux pour nous marier ! Les gens en riraient jusqu'à pleurer. Pire, ils se crèveraient le ventre de rire !

La tirade de Jabel n'avait nullement démonté Loeiz. Au contraire ! Sa demande en mariage lui fouettait le sang et l'esprit. Ce qu'il avait eu tant de mal à aborder devait maintenant aboutir. Les arguments de Jabel ne valaient que broutilles et se retourneraient contre elle. Cette solitude qui lui tombait peu à peu dessus comme couvercle sur la marmite, lui, il la soulèverait. Sur ses chemins de par le monde, il n'avait jamais rencontré femme de tempérament comme cette payse : il avait enfin trouvé chaussure à son pied et forcerait le destin pour réunir la paire. Que venait donc faire leur âge dans cet avenir qu'il entendait dessiner pour eux deux ?

— *O! Neuzhe, gwelloc'h c'hoazh, 'vo ket dav dimeziñ. Nebeutoc'h dispign 'vo, emsavoc'h 'vo da bep hini!* Oh ! C'est encore mieux, il ne sera pas nécessaire de nous marier. Cela fera moins de dépenses, chacun fera des économies !

Jabel leva les bras au ciel. Avec ou sans cérémonie, il était hors de question qu'elle se remette en ménage. Une fois lui avait suffi !

Loeiz ferma les yeux pour aborder un autre obstacle. Car, fussent-ils honnis, il connaissait le poids des défunts au Pays. Aussi lui fallait-il convaincre, écarter, repousser chaque argutie. Faire valoir ces quelques mois passés ensemble en Nouvel' Zéland' comme elle le disait si bien ! Faire vibrer la fibre maternelle avant que d'évoquer les aménagements bassement matériels. Et puis, *ma Doue!* lui parler de tendresse, elle qui en avait été si dépourvue ! Oui, tout cela. Il s'y jeta à cœur perdu :

— *Mat! Gwir eo, 'peus ket bet ur vuhez gant Fañch. Met dañvet ar baotred kalonek zo dizheñvel deus an dud dizaour!* Bon ! C'est vrai, tu n'as pas eu une vie avec Fañch. Mais, l'étoffe des hommes de cœur est différente de celle des gens sans dorure dans l'âme !

— *War 'dro div sunvezh meus da paseal c'hoazh amañ.* J'ai encore deux semaines à passer ici, répondit Jabel décidée à changer le cours de la conversation.

— *...Pad'amp da jomp, evit mat...* Ou pour y rester pour de bon, rétorqua Loeiz qui n'en démordait pas.

— *'Rabat deoc'h lakaat an dra-se barzh ho penn!* Inutile de mettre cela dans ta tête, lui asséna Jabel.

Mais Loeiz ne se tenait pas pour battu.

— *E vefec'h tost deus ho tud, deus ho paotr, ha 'welfec'h ho paotrig bihan brasaat bemdez a ray Doue.* Tu seras près des tiens, de ton fils, de ton petit-fils que tu verras grandir chaque jour que Dieu fera.

— *Me zo deut da veañ re gozh 'vit komañs ur vuhez all, ha c'hwi ivez kennebeut! Buanoc'h 'vit 'maoc'h 'soñjal 'yafec'h skuizh 'chelaou 'hanon 'ragachat! Ha gant petra 'veviñ? Ne fell ket din beañ karg da zen ebet!* Je suis devenue trop vieille pour commencer une autre vie et toi aussi quoi que tu en penses. Plus vite que tu ne crois, tu te fatigueras de m'entendre jacasser! Et de quoi vivrai-je? Je ne veux être à charge de personne.

— *Skriv' a rafen da Vari-Louise 'viti d'ober ar paperachoù da zegas deoc'h argant ho retred amañ forzh 'nezhi 'un tammig treut! Kas argant da Vari-Louise 'rafen 'vit dezhi emell deus ar bez barzh ar vered. Ho ti...* J'écrirai à Marie-Louise pour qu'elle fasse les papiers afin que ta retraite te soit versée ici même si elle est un peu maigre. Je ferai parvenir de l'argent à Marie-Louise afin qu'elle entretienne la tombe au cimetière. Ta maison...

— *Te! Te! Te! Laosket ma zi lec'h m'emañ, met, da*

belec'h maoc'h 'hont? Emell deus a pez a sell deusoc'h ha laosket ma zraoù e-gist 'maint! Petra maoc'h 'klast trutat din? Ta! Ta! Ta! Laisse ma maison où elle se trouve. Mais, où vas-tu? Occupe-toi des choses qui te regardent et laisse les miennes en l'état! Qu'est-ce que tu cherches à me seriner?

Loeiz balaya de la main ce raisonnement et, fataliste, en vint à des considérations plus métaphysiques.

— *Goût a reomp, pep hini neus e blanedenn hag a rank he dougen, met 'wechoù zo tu da lakaat un tammig dousijenn barzh ar vuhez: ne glaskan netra all! Gwel' a rafec'h, 'benn vefec'h distroet d'ar Vro, mare pe vare, po keuz, ma ne zelaouet ket 'hanon.* Nous le savons, chacun possède sa « planète » et doit la porter mais quelquefois se présente l'occasion de mettre dans sa vie un tout petit peu de douceur: je ne cherche rien d'autre! Tu verras, lorsque tu seras retournée au Pays, tôt ou tard, tu regretteras de ne m'avoir pas écouté.

Jabel se tut. A bout d'arguments? Non! Le bonheur avait-il été créé pour elle? Ou avait-elle été créée pour le bonheur? Elle ne le savait pas. A vrai dire, cette demande en mariage, pour le moins inattendue, la laissait pantoise. Elle ne pouvait pas imaginer qu'un homme un jour… Et voilà que Loeiz… Vrai que ces derniers mois s'étaient déroulés comme un magnifique tapis de velours et que la tentation de rester près des siens et aux côtés de Loeiz… mais cette idée de se remettre en ménage… Ifig la trouverait saugrenue. Elle ne se voyait même pas lui en parler.

Loeiz, content d'avoir pu s'expliquer, attendait, sourire aux lèvres.

Elle le regarda et éclata de rire! C'était vraiment trop drôle! Une situation insensée!

— *Ma vefe un bennaket 'chelaou, 'gemerfe 'hanomp 'vit tud foll! Deut da zegas 'hanon da gêr, mar plij. Gwelloc'h eo deomp laosket ar c'homzoù-se da redek hag an dra-se, un devezh bennaket, 'dreso ur vojenn gaer!* Si quelqu'un nous écoutait, il nous croirait fous! Ramène-moi, s'il te plaît. Il vaut mieux laisser ces propos glisser sur la pente et cela brodera, un jour, une jolie légende!

— *Jabel! Jabel! Dam' betra na lavaret ket, ya? Hag an traoù vefe plaen ha reizhet!* Jabel! Jabel! Pourquoi ne dis-tu pas oui? Et les choses seraient aplanies et arrangées.

— *Ar c'heuz 'teu war-lerc'h, goût a ran. Met, pep hini 'n em denn en e vro dam' 'n em blij. Liv an amzer, son ar yezh, c'hwez an tan memes e zo disheñvel, rak ar c'hoad e vez devet 'teu deus gwez doareoù all... An holl selloù tro-war-dro, war an douar 'zispleg ar rannamzerioù all... Divroet on bet e-pad un abadenn, ur gruel vo din diframmet deus 'touesk ma zud ... met ma vuhez zo e Breizh, evit bevañ ha mervel enni! Trugarez vras Loeiz. Un' den kalonek oc'h! Trugarez!* Le regret vient après, je le sais... Mais, chacun se retire dans son Pays parce qu'il s'y plaît. La couleur du temps, la musique de la langue, l'odeur du feu même est différente puisque le bois que l'on brûle vient d'arbres d'autres variétés... Le regard autour de soi sur la terre nous raconte d'autres saisons... Expatriée pendant un bout de temps, ce sera un déchirement pour moi de m'arracher aux miens... Mais ma vie est en Bretagne pour y vivre et y mourir. Grand merci Loeiz. Tu es un homme de cœur. Merci!

Loeiz se leva. Jabel le suivit. Le vent s'engouffrant dans la maison lui arracha presque la porte des mains. Loeiz se retourna vers elle :

— *Liv an amzer-se zo ar memes hini, barzh ar vro, ma meus soñj mat, nann?* La couleur de ce temps-là est le même qu'au Pays si je me rappelle bien. Non ?

Jabel se jeta dans la voiture, la gorge nouée. Devant la maison d'Ifig, Loeiz ne voulut pas descendre comme d'habitude. Mais, à voix basse, il se permit d'insister pour qu'elle réfléchisse.

Elle acquiesça en silence sans rien promettre.

Chapitre XVII

Le mauvais temps dévasta la belle ordonnance du jardin. Sans soleil, les fleurs s'étiolèrent, gâtées par la pluie et bousculées par les alizés des mois qui descendaient vers l'hiver. Les jours raccourcirent. La nature, d'un jour à l'autre, changea de robe. Le mois de mai se teinta de parures pourpre et or. La belle saison tirait sa révérence dans la splendeur flammée de ses derniers éclats. Non pas qu'il fisse froid, dans ce pays la température ne connaît pas d'énormes sautes d'humeur, mais le temps allant peu à peu vers ses quartiers d'hiver, on supporta une petite laine.

Loeiz, incorrigible romantique, et dont l'âge n'avait en rien gâté l'imagination, vivait sa romance avec passion tandis que Jabel essayait de garder ses distances, sans trop y parvenir tant l'enthousiasme de son compagnon était communicatif. Pour autant, il ne la harcelait pas. Il voulait croire à leur bonne étoile.

Lui conter monts et merveilles? Non pas! Lui décrocher la lune? Jamais! Pratique et concret, il s'attachait au quotidien, à ce que l'on touche du doigt, aux petites choses de la vie, de celles qui émerveillent l'âme et attendrissent le cœur. A l'automne de ses jours, le destin lui faisait un clin d'œil. Cette invite, il s'y cramponnait, croyant à sa bonne fortune. Il lui fallait simplement forcer un peu la chance. Ainsi il ne finirait pas son existence errante dans la solitude. Au soir de leurs deux vies de frustes besognes, édifier un bel équilibre baigné de tendre complicité : l'amour, c'était peut-être aussi cela. Encore fallait-il que Jabel consente à y croire et cesse de lorgner sur sa démarche comme on se divertit d'une fantaisie. Qu'elle comprenne enfin que sa pincée de bonheur, de quiétude, d'avenir même, se lovaient dans un seul mot : oui ! Alors, il lui ouvrirait ses bras, l'accueillerait avec empressement sous son toit comme il le faisait déjà avec tant de sollicitude.

Désormais, chaque après-midi, il venait à sa rencontre et s'évertuait à lui proposer mille et une distractions.

Son manège n'échappa à personne dans leur entourage qui d'abord s'en amusa. Et puis, face à l'insistance de ce célibataire endurci mais pétillant, proches et amis durent se rendre à l'évidence : ce n'était pas une foucade mais un réel coup de foudre. Il mettait parfois dans son jeu de séduction tant de naïves maladresses qu'il en était touchant.

Cette surprenante histoire d'amour sembla si jolie que chacun s'attendait à un revirement de Jabel. Mais pas un, surtout pas Ifig, n'aurait cherché à tendre la perche pour faire avouer à l'un ou à l'autre jusqu'où reculerait la rive de cette passion soudaine. Mais au fait, était-elle partagée ? Ifig surprenait les soupirs silencieux de Jabel, les yeux perdus dans le vague, contemplant l'horizon. Il la devinait différente. Sous la solide stature de la mère, pour la première fois il décelait la femme. Une femme qui pouvait aimer et être aimée. Le fils qu'il était, à bien y réfléchir, chassant une petite pointe de jalousie possessive, se dit qu'elle mériterait une bonne once de douceur.

Cette aventure, qui prêtait à sourire il y avait peu, devenait une réalité plausible et changeait tout le cours des échéances. Cela n'en rendait que plus bizarre que Jabel parlât de retour. Au point qu'Ifig, embarrassé, ne savait trop s'il devait se rendre à l'agence de voyages, arrêter une date et retenir le vol, tel qu'elle le lui demandait… ou attendre ?

— *Amzer zo!* Il y a le temps, laissait tomber Loeiz, très laconique qui, torturé d'inquiétude, voyait les jours fondre comme beurre frais dans poêlon chaud.

A défaut de lui parler d'amour comme un jeune tourtereau, il se racontait, persuadé qu'ainsi elle comprendrait son cheminement. Et ce qu'il avait réalisé, lui, le solitaire, Jabel pouvait l'envisager sur cette route déjà tracée, étayée de la présence d'Ifig et des siens, balisée par une diaspora bretonne attentive. Il omettait sciemment de dauber sur sa propre présence et privilégiait la liste des proches. Il se glissait dans ce théâtre d'amis pour mieux l'animer, l'aviver des mille et une couleurs des découvertes et des promenades, lui enseigner un autre mode d'existence dont elle n'avait apprécié qu'un infime avant-goût. Même attachée à sa Bretagne natale, coupée de ses racines, Loeiz lui suggérait une vie en Nouvel' Zéland' plus belle que son quotidien breton…

Pour le moins, qu'elle prolonge son séjour afin d'être sûre d'elle-même… Plus tard, se disait Loeiz, en se gardant bien de l'énoncer tout haut, il se ferait fort de pérenniser cette rallonge.

☆

Comme il avait vite décelé le parti qu'il pouvait tirer de son goût pour la chose racontée, il ne tarissait pas de détails sur sa vie future en Nouvel' Zéland' comme sur ses propres tribulations passées de par le vaste monde.

— *Pep hini, paour pe pinvidik, a-benn 'teu war an douar, 'neus netra nemet ur vuhez da vevañ. 'Rabat laosket 'nezhi da vont, met kroget enni krenn ha frank!* Chacun, pauvre ou riche, lorsqu'il vient sur terre, n'a qu'une vie à vivre. Il ne faut donc pas la gâcher mais s'y accrocher ferme et libre! commentait-il et, chaque jour que Dieu lui avait fait, il s'était coulé dans cette simple philosophie.

Et de poursuivre le récit de son périple plus au sud, dans l'autre Amérique ployant sous le joug d'une dure réalité: l'infinie richesse des uns, l'incommensurable pauvreté des autres.

C'est là-bas qu'il apprit la terrible nouvelle: sa mère venait de mourir.

Sa mère, douce et vive: le temps et la distance qui les avaient séparé, la paraient d'une jeunesse ineffable. La dernière image d'elle qu'il emporta, son ultime regard la veille de son départ, se confondait peu à peu entre la pénombre du moment et l'obscurité de l'oubli... Son lourd chignon noir défait sur le flou d'une chemise blanche, elle ferme son lit-clos pour la nuit. Il ouvre la porte de la maison et la referme à jamais, empoigne son baluchon caché dans la haie et s'éloigne pour ne plus jamais revenir...

Il avait fui la France pour ne pas porter les armes. C'était aussi renoncer à revoir les siens. Trente années plus tard, il aurait pu revenir, mais sa mère n'était plus. Ses proches l'auraient-ils reconnu? Admis à nouveau dans le giron familial? Ne lui avaient-ils pas collé le surnom infâme de déserteur? La page tournée, il lui restait ce doute: n'aurait-il pas été étranger dans son propre pays?

Sa mère! Sa conscience de tous les instants! L'épine de ses regrets plantée au plus profond de sa chair! Pendant quelques années, il lui avait adressé un mot de-ci, de-là. Il en avait reçu de loin en loin, poste restante afin de brouiller ses traces... Entre les mots calligraphiés par une plume étrangère à la famille, trempée dans une indifférente bonne volonté, perçaient tous les non-dits, tous les reproches inexprimés. Comment aurait-elle pu confier à un tiers, fût-il voisin de longue connaissance, tout le poids d'un chagrin si contenu? Le désespoir d'avoir perdu son fils, le dernier survivant? Jusqu'au bout de sa vie, il se rappellerait l'invariable formule qui commençait ces lettres et qu'il se récitait encore:

« Mon cher fils,

Je suis toujours très bien portante et espérant que vous êtes de même à la réception de cette lettre... »

Suivaient ensuite les nouvelles de la famille, les remarques sur le temps et les saisons voire l'état de l'année culturale et l'espérance des moissons. Le vouvoiement, traduction littérale de celui pratiqué au quotidien dans ce terroir bretonnant, enveloppait ces mots de senteurs familières: pour Loeiz, entre les lignes, l'horloge sonnait toujours à l'heure, le lit-clos claquait ses battants et dans la cheminée le feu léchait la souche de Noël - *an etev Nedeleg* - qui devait fournir la réserve de braises suffisante afin que la flambée ne soit pas éteinte au retour de la messe de minuit.

La formule de fin brodait ses arcanes comme l'entrée en matière : « Croyez au dévouement de votre mère et à toute son affection. »

Et Loeiz répondait dans un phrasé à l'identique sachant qu'à l'arrivée, sa mère aurait recours aux bons soins d'un lecteur. Les mots rituels, riches du baume des sentiments glissés entre les lignes, cheminaient ainsi longuement d'une antipode à l'autre, laissant sourdre un peu de paix et surtout l'espoir inavoué d'un retour… proche ou lointain ? Que pouvait peser le temps de l'attente ? Puisque restait l'espérance.

Lorsqu'elle mourut, il vivait à Rio De Janeiro. Ô ! La dureté du moment ! À un marin de la Royale, de passage, Loeiz corseté dans sa douleur, confia l'argent d'une messe. Fut-elle dite ? Peu importe, c'est l'intention qui compte. Dieu reconnaît les siens ! Dès lors, plus rien ne le relia au Pays… Il coupa les ponts et chercha à oublier le ciel breton qui l'avait vu naître.

Et le temps passa, grand pourvoyeur d'oubli.

☆

Il croyait y être parvenu, mais voilà ! Jabel était venue ranimer ses souvenirs ! Ce fut l'embellie. La vague d'un bonheur qui s'étala sur l'estran délaissé de son cœur. La langue ruissela à nouveau. Il renoua avec la chanson des mots venus de Là-bas. Dès son arrivée, Jabel avait débarqué dans son existence, elle l'avait remplie, lui avait redonné un but. Il retrouvait le Pays sans quitter le seuil de sa maison ! Sa payse lui tissait chaque jour la toile magique de ses retrouvailles avec la presqu'île lointaine.

— *Jabel, gwelet ha komprenet 'hon* ! Jabel, vois et comprends-moi !

Loeiz plaidait, le cœur en bandoulière et la voix émue, et puis, curieux du moindre détail et de la plus petite anecdote :

— *Peseu' mod' basez ar vuhez bremañ e Breizh ? Piv, war ho lerc'h 'gonto din an dra-se ?* Comment se passe maintenant la vie en Bretagne ? Qui après toi pourra me la raconter ?

Ah ! la bonne question ! Celle qui divertit et permet d'égarer l'auditeur. Alors Jabel, silencieuse depuis de longues heures, ne sachant plus quoi inventer pour changer le cours des propos de Loeiz, se lançait, éperdue, dans ses longues périodes. Le Pays ? Il n'était plus celui qu'il avait quitté. D'un côté cela valait mieux, de l'autre, misère de misère… Mais le monde de Jabel s'arrêtait à la barrière des champs ou tout au plus à l'ombre du clocher de son village. Au-delà, elle ne s'aventurait guère ou si peu souvent. Aussi, la société citadine des années vingt que Loeiz évoquait lui était étrangère. Son terroir lui-même, à ses confins, relevait déjà de frontières inconnues. Les différences s'affichaient autrefois de guises identifiables, mais aujourd'hui le rouleau compresseur de la mode nivelait les personnalités : les jeunes, en franglais, ne parlent plus que :

— *Deus jeans, deus rock, ha me oar-me petra c'hoazh?* De jeans, de rock que sais-je encore?

Et de poursuivre:

— *Bremañ, pep hini 'lak ar memez dilhad war e gein, ne 'vez ket fichet an dud ken, e-gist gwechall!* Maintenant tout le monde se passe un vêtement ordinaire sur le dos, on ne s'habille plus comme autrefois! expliquait-elle, ne sachant pas très bien si cela était une bonne ou une mauvaise chose!

- *Ha dreist-holl, komz brezhoneg? Un dispriz an devezh hiriv!* Et par-dessus tout, parler breton? C'est méprisé aujourd'hui! assurait-elle encore.

Du coup, elle était lancée:

Seul le français régnait en maître et celui qui n'en connaissait pas les subtilités, ou seulement le parlait avec l'accent breton, passait pour un demeuré, la lie d'une époque révolue! Elle en était. Elle en connaissait donc le prix mais, bien plantée dans ses sabots, elle, Jabel, s'en moquait éperdument!

Loeiz sauta sur l'occasion.

— *Ha barzh ar vro-se 'maoc'h 'klask mont en-dro?* Et c'est dans ce pays que tu veux retourner?

Patatras! Alors qu'elle croyait avoir repoussé ses projets aux calendes, détourné Loeiz de son idée fixe, voilà qu'elle prêtait le flanc à l'invite. Pire, à son corps défendant elle venait d'apporter de l'eau à son moulin!

Elle haussa les épaules et soupira longuement. Sa vie, qu'elle n'avait jamais imaginé pouvoir se dérouler ailleurs qu'entre *pennti* et rivière sans oublier Marie-Louise et les autres et une petite incursion de temps en temps au-delà - hormis cette longue parenthèse en Nouvel' Zéland', évidemment

- sa vie était au Pays. Et voilà qu'un autre avenir lui était offert ici, dans cet autre bout du monde. Aux extrêmes de ses habitudes bousculées, Loeiz chahutait ses certitudes. Ce voyage cessait d'être une fin en soi. Or, pour vivre son bonhomme de chemin, Jabel tenait à des principes qu'une droiture de longue pratique avait toujours préservés du qu'en dira-t-on. Il était hors de question de se mettre en ménage.

Se remarier ?

Même cette perspective la remplissait de préventions. Non qu'elle ne crut pas à la loyauté de Loeiz. Jusque-là, il avait vécu seul et fort bien. Il n'avait donc nullement besoin de l'aide ménagère de la *divizourez*, la journalière qu'elle était.

Prendre un compagnon ? Cette fois-ci de son choix ? *Han!* C'était plutôt lui qui la choisissait ! Enfin... Elle ne chipotait pas sur la démarche car, tout de même, elle était flattée d'être élue.

— *Gouskoude, meus graet netra da lakaat an dense da dreveliañ e spered!* Pourtant, je n'ai rien fait qui fasse chavirer la tête de cet homme, se disait-elle.

La tête ou le cœur ? On pouvait y ajouter l'esprit, cela ne changerait rien. Loeiz portait ses sentiments en écharpe et tout le monde suivait le feuilleton avec avidité. Une histoire d'amour si gentillette, que l'âge des protagonistes rendait encore plus attachante, attisait la curiosité. Le dernier acte de ce drame, dont Jabel seule possédait la chute, se jouerait à rideau fermé.

Mais, chante l'adage, « le cœur a ses raisons que la raison ne connaît pas ! »

— *Petra 'lavaro an dud?* Mais que diront les gens ? se répétait Jabel.

En effet, il faudrait bien qu'à un moment ou un autre, Ifig prévienne Marie-Louise qu'elle restait en Nouvel'Zéland', alors...

'Ranko beañ dispaket ar guzhiadenn - paperachoù 'vanko araok an embann demeziñ - ha peogwir ne yafemp ket d'a euredet barzh ur sac'h! Il faudra bien dévoiler le secret - il faudra de la paperasse avant la publication des bans - et puis il est vrai, on ne peut pas se marier en se cachant dans un sac!

Le rouge lui montait au front rien que d'y penser. Elle imaginait déjà les gorges chaudes que feraient les gens du village apprenant les raisons de son installation définitive en Nouvel' Zéland' !

Jabel dimezet en-dro, Jabel remariée!

Pour une nouvelle, c'en serait une, et de poids!

Il lui faudrait chercher à revendre son billet de retour, sans doute à perte. Lorsqu'elle avait évoqué cet argument, Loeiz s'était esclaffé. On ne s'arrête pas à de telles vétilles quand il s'agit de bonheur!

Et puis surtout, il faudrait vendre sa maison!

Pour Jabel, ce serait un crève cœur. Non pas qu'elle craignît de manquer d'acquéreurs, non. Les amateurs se bousculeraient autour de « l'affaire », titillés par la mode de Mai 68 du retour aux sources. Mais en son absence, cette vente serait bâclée! La moquerie aidant, ça tournerait à une dispersion à l'encan.

— *Jabel! Dav eo deoc'h chom. Ur gruel vefe gwel 'hanoc'h o vont kuit, hag ur gwir vadelezh evit an holl ha pep hini deuzouzhomp, mag c'homfec'h!* Jabel, il faut rester, ce serait un déchirement si tu partais, et une vrai bonheur pour tous comme pour nous deux, si tu restais, insistait Loeiz.

☆

Ce soir-là, comme bien d'autres soirs auparavant, assis sur le divan, ils contemplaient la flamme du poêle qui se tordait et rougeoyeait. La date fatidique avançait à pas de géant mais Jabel gardait secrets le jour et l'heure. Loeiz ne voulait plus croire à son départ et, de toute façon, jusqu'à l'instant même où il la verrait s'éloigner, il croirait encore à sa capacité de persuasion.

Il se rapprocha d'elle et sa supplique devint prière. Il s'enhardit, comme il n'avait jamais encore osé le faire et l'enserra dans ses bras, appuya sa tête au creux de son cou, là où la douceur tiède de la peau se dissimule sous les mèches folâtres. Jabel, tétanisée, n'osa bouger, ne sachant si elle devait protester ou laisser faire. La pauvre! Son cœur en friche n'avait cultivé aucune pratique amoureuse.

Elle ne sut jamais comment les lèvres de Loeiz rejoignirent les siennes pour un baiser passionné. Caressant son visage et ses cheveux, il lui chuchotait des mots inconnus, comme jamais on ne lui en avait murmuré.

Le temps n'exista plus.

Il lui prit la main et l'entraîna doucement vers sa chambre.

Et ils entrèrent dans l'olympe de leur félicité.

Jabel ne se réveilla qu'au petit matin, la tête appuyée contre l'épaule de Loeiz. Comment se trouvait-elle là? Son premier réflexe de frayeur lui arracha un cri qu'elle étouffa bien vite. Peine perdue, elle venait de réveiller son compagnon et la fuite en catamini se révélait compromise. Loeiz s'inquiéta.

— *Na maoc'h ket yec'h?* Tu ne te sens pas bien?

Jabel arborait sa mine chiffonnée.

— *Yao!* Si!

Il s'appuya sur son coude, se pencha sur elle, mais elle s'écarta.

— *O! Jabel! Un dra benaked zo 'dreuz sur! Lavaret din!* Oh, Jabel! Quelque chose ne va sûrement pas. Dis-le moi.

Elle réalisa tout à coup le chemin parcouru, ou plutôt… le raccourci de cette nuit. Mais qu'est-ce qui lui avait donc pris? Quelle folie? Elle ne se reconnaissait plus. Et pourtant c'était bien elle qui se trouvait là, au creux de la couette chaude, près d'un Loeiz plus épris que jamais. Et elle, Jabel, plus énamourée qu'elle ne voulait se l'avouer.

Rien ne pourrait plus être comme avant. Il lui serait désormais bien difficile de jouer les indifférentes.

Elle se trouva ridicule. Elle s'était laissée surprendre comme une jeunette. Comment avait-elle pu oublier sa retenue habituelle? *Ma Doue!* Que faisait-elle là? Elle s'en voulait au point d'avoir envie de se griffer jusqu'au sang! *Hañ!* Comment pourrait-elle oublier ce moment d'égarement? Il avait marqué la peau de son âme comme le dessein indélébile d'un tatouage.

Loeiz, silencieux, attendait toujours qu'elle lui dise ce qu'elle avait à lui reprocher.

La sonnerie du téléphone les fit sursauter. Loeiz sauta du lit et alla décrocher dans le living.

Par la porte ouverte, Jabel entendait ce qu'il

disait, mais quant à le comprendre… Loeiz s'exprimait dans l'autre langue, celle qu'il utilisait lorsqu'il parlait à …

Maleürus benniget! Malheur béni! Ifig avait dû se faire un sang d'encre ce matin en découvrant l'absence de sa mère! Elle se jeta hors du lit. Loeiz revint dans la chambre.

— *Amzer zo! N'eo ken seizh eur c'hoazh! Lavaret meus d'Ifig, oamp re ziwezhat dec'h da noz 'vit kas 'henoc'h d'ar gêr, hag an ti-amañ oa bras walc'h 'vit daou! Da belec'h maorc'h 'hont ken abred-se?* Nous avons le temps! Il n'est que sept heures! J'ai dit à Ifig que nous étions trop tard hier soir pour que tu rentres et que cette maison était assez grande pour nous deux! Où vas-tu si tôt?

Loeiz essayait de la calmer mais le coup de fil avait été la goutte qui avait fait déborder la coupe des remords de Jabel.

Ma Doue! qu'elle redevienne « présentable! » Que son propre fils ne la surprenne pas en flagrant délit d'alcôve lutine! Jabel, persuadée que l'appel téléphonique valait coup de semonce, devançait la venue d'Ifig. Elle était dans tous ses états. Elle courut se faire un brin de toilette, chercha à s'habiller en un tournemain mais accrocha ses bas, qui filèrent en échelles. Le peigne lui échappa des mains. Il eût fallu une brosse. Elle trouva une chaussure mais pas la deuxième! Ç'en était trop! Elle éclata de colère!

— *Petra zo peget ennoc'h dec'h abadaez? Ar pezh zo c'hoarvezet, zo dre ho faotr!* Qu'est-ce qui t'a piqué hier soir? Ce qui s'est passé est de ta faute!

— *O! Da'ma soñj, 'vit an dra-se 'ranked beañ*

daou ...ha bez' 'oamp! Nann? Oh! Je pense que pour ces choses-là il faut être deux ...et nous étions deux! Non?

Loeiz, un brin moqueur, avait passé un peignoir et attendait que l'éruption se calme.

Jabel, rouge d'une fureur rentrée, cherchait et fouillait dans tous les coins. Elle récupéra enfin sa deuxième chaussure près du poêle éteint. Les couverts de leur souper attendaient toujours... mais le vin, celui de l'ivresse des sens, avait été bu! Elle s'assit près de la table, accablée, la tête dans les mains. Loeiz s'approcha et voulut la prendre par les épaules. Elle le rabroua!

— *Ma kred deoc'h 'lakfec'h 'hanon da chom amañ gant gizioù evel 're-se, eo gwelloc'h deoc'h cheñch toñ! Petra 'sonjo ma faotr deus e vamm bremañ?* Si tu crois me garder avec des mœurs de cette sorte, il vaut mieux que tu changes de tonalité! Que pensera maintenant mon fils de sa mère?

- *Jabel! Jabel! N'omp ket bugale ken. 'Vo ket nevezinti ganeoc'h! Oa ket riskl e bet! Ale, mont a ran d'aozañ lein.* Jabel! Jabel! Nous ne sommes plus des enfants. Il n'y aura pas de choses nouvelles en toi. Il n'y avait aucun risque! Allons, je vais préparer le déjeuner.

Jabel en resta sans voix. De risque? À son âge, évidemment non! Il se moquait d'elle après coup- comme tous les hommes dans ce cas-là. Elle bouillait de rage. Si elle s'était écoutée, elle l'aurait giflé!

Avec un petit sourire en coin, Loeiz se dirigea vers la cuisine et se mit en devoir de préparer le petit-déjeuner. Il aimait le thé, elle préférait le café. Jabel se leva d'un bond:

— *Lein 'vidoc'h matreze, met pas 'vidin!* Un déjeuner pour toi peut-être mais pas pour moi !

Il se moquait d'elle ? Il allait voir ce qu'il allait voir !

— *Na neuzomp ket echuet dreb'...* Nous n'avons pas fini de man...

Elle ne le laissa pas finir !

— *Dec'h abadaez, ya ! Goùt a ran. Met ma faotr zo 'tont aze hep dale, 'meus ket amzer da zibriñ, amañ, hiriv !* Hier au soir, je le sais. Mais mon fils vient là sans tarder, je n'ai pas le temps de manger ici aujourd'hui !

Loeiz baissa la flamme et avec flegme vint s'asseoir en face de Jabel. Il expliqua le coup de téléphone d'Ifig qui allait à son travail...

... Et puis, dit-il, on a le temps devant soi car le fil de la vie à Auckland ne se déroule pas comme au Pays. Il la comprenait, O combien ! Il connaissait le poids des interdits, des obligations, des tabous ! Il en avait souvenir...

Elle paraissait calmée.

Enfin, il osa poser la question qui lui brûlait les lèvres depuis plusieurs jours : Ifig, avait-il fait valider une date sur son billet de retour ?

— *An dra-se na sell ket deusoc'h !* Cela ne te regarde pas !

— *Jabel ! Dam' betra 'fell deoc'h ober droug din bremañ ?* Jabel ! Pourquoi veux-tu me faire du mal maintenant ?

Et Jabel éclata en sanglots. Il voulut la consoler, elle l'écarta. *Ma Doue !* Que c'était donc compliqué à comprendre une femme !

Dans la cuisine, l'eau chantait. Il s'y rendit, prépara et servit le petit déjeuner.

Chapitre XVIII

Jabel déjeuna du bout des lèvres, d'un air renfrogné. Elle aurait pu prolonger sa nuit d'amour par une journée d'escapade. Rien ne l'obligeait à rentrer mais son humeur était telle que Loeiz renonça à la convaincre de rester. Il la ramena donc chez Ifig. En cours de route, il chercha à plaisanter mais toutes ses réparties tombèrent à plat, alors que d'habitude elles la faisaient rire aux larmes. Elle se laissa embrasser, mais le cœur n'y était plus, encore moins la passion de la veille. Elle s'éclipsa dans le jardin en lançant un rapide :

— *Trugarez vras ha kenavo !* Grand merci et au revoir !

Par la vitre baissée Loeiz chercha encore à se raccommoder :

— *Dont a rafen da gerc'hat 'henoc'h goude merenn ?* Je viendrai te prendre cet après-midi ?

Peine perdue. Il entendit claquer la porte de la maison.

— *Hañ !* soupira-t-il et il se dit qu'il fallait laisser faire le temps. Il lui donnerait un coup de fil tantôt et ce serait bien le bout du monde s'il ne parvenait pas à recoller les morceaux ! Qu'avait-il, lui, à se reprocher ? Rien ! Son trop-plein d'amour s'était enfin épanché et elle le lui avait bien rendu. Alors ? Sur le chemin du retour, il essaya de comprendre, en se remémorant ces instants d'infinie tendresse qu'il avait tant appelé de ses vœux.

☆

Jabel grimpa rapidement dans sa chambre. Au passage, elle entendit rire dans la salle de bains où Elen faisait la toilette du petit. Elle aimait ces moments où il n'est point besoin de mots pour être de connivence. Et Ronan riait de si bon cœur. Depuis quelques jours il se tenait assis. Avec un petit pincement au cœur, Jabel pensa à ses premiers pas qu'elle ne verrait pas. Elle aurait bien poussé la porte afin de partager encore une fois ce moment privilégié mais elle pensa à son visage bouffi de larmes et renonça.

Dans la chambre, elle monta sur une chaise, saisit sa valise sur l'étagère en haut du placard, la jeta sur le lit et s'y laissa choir elle-même, découragée. Malgré elle, ses yeux ruisselaient. Elle aurait voulu refouler sa peine et braver son monde comme d'habitude mais les vannes ouvertes ce matin chez Loeiz ne tarissaient plus.

☆

Il y avait quelques jours de cela, elle avait insisté pour qu'Ifig lui retienne sa place sur le long courrier vers la France. La date de son retour, plusieurs fois repoussée, devait être une bonne fois pour toutes arrêtée.

— *Sur, oc'h da veañ dichipot da vont en-dro d'ar gêr?* Es-tu vraiment certaine de vouloir rentrer?

— *Ha d'am betra na vefen ket?* Et pourquoi je ne le serais pas?

— *Kinniget zo bet deoc'h chom amañ da vat ba 'touesk ho tud hag ho mignoned!* Il t'a été proposé de rester ici pour de bon parmi les tiens et tes amis.

En guise de réponse, Jabel avait haussé les épaules et elle était sortie précipitamment dans le jardin.

Visiblement, elle n'arrivait pas à se décider. Ifig n'avait nommé personne laissant la question ouverte, façon de l'aider à faire basculer sa décision. Il connaissait le caractère têtu de sa mère. Il ne fallait pas trop insister, juste évoquer. Insister la pousserait par principe à prendre la décision opposée. Mais elle s'était éclipsée, se dérobant au dialogue. Malgré un trouble évident, Ifig reconnaissait bien là son attitude habituelle : les affaires de Jabel ne regardaient personne, même pas son fils unique.

Il ne l'avait pas suivie.

Il eût été stupéfait et, sans doute consterné, de surprendre les larmes de sa mère, elle si prompte dans la vie à donner le change d'une chiquenette.

Les beaux jours s'enfuyaient du cœur de Jabel comme du jardin en robe d'automne. Une Jabel qui ne se reconnaissait plus.

Ifig avait déjà dû, à deux reprises, faire valider les billets et fixer des dates. Dates qu'il savait toutes théoriques. Jabel, pour la première fois de sa vie, vacillait entre deux possibilités : rester ou partir. Pour autant, jamais, au grand jamais, elle n'aurait avoué son dilemme. Elle évoquait mille et une raisons plus vagues et plus sibyllines les unes que les autres.

Mais elle ne trompait personne.

Aucun de ses proches ne pouvait pourtant lui

laisser entendre qu'il n'était pas dupe. Quant à le lui faire remarquer carrément… *Ma Doue!* Mieux valait ne pas aborder le problème. Jabel les aurait dévorés tout crus. Tout compte fait, cela aussi faisait partie de la stratégie d'Ifig.

Le silence.

Ce mutisme retenait chaque jour davantage Jabel dans la nasse bretonne de la diaspora néo-zélandaise. Chacun désirait leur bonheur à tous deux: Loeiz et Jabel que le destin avait réuni à Auckland…

Peu à peu, Ifig s'était fait à l'idée que sa mère resterait, aussi ce ne fut pas sans un pincement au cœur qu'il l'entendit lui confirmer qu'elle avait décidé de partir.

— *Yao! Lavaret meus deoc'h ha lavaret krenn, lar 'yafen kuit! Dam betra 'chomet da glask pemp troad d'ar maout?* Si! Je te l'ai dit et dit fermement que je partirai. Pourquoi cherches-tu à trouver cinq pattes au bélier?

C'était sans appel.

Ifig s'était donc rendu à l'agence de voyages, mais il avait dû promettre de n'en rien dire à qui que ce soit, et surtout pas à Loeiz! Il avait protesté: à Loeiz? Mais enfin, ce n'était pas loyal! Jabel était entrée dans une de ses colères rouges comme il lui en avait connues dans le passé. Il n'avait pas insisté et s'était enfui, comme autrefois, la laissant fulminer derrière la porte qu'il venait de claquer…

☆

Sa valise faite, Jabel s'allongea sur le lit…

☆

… Elle se réveilla en sursaut. Elle entendit marcher dans la maison. Le pas d'Ifig.

Ma doue! Quelle heure était-il? Son avion! Elle allait le rater! Un rapide coup d'oeil sur le réveil la rassura. Mais il n'y avait plus une minute à perdre. Ifig frappa timidement à la porte.

— *Ya! Dont a ran diouzhtu!* oui! J'arrive tout de suite!

Comment ne l'avait-il pas réveillée plus tôt?

Elle mit de l'ordre dans ses vêtement, ramassa ses dernières fripes, jeta un œil dans la glace. Le sommeil avait séché ses larmes mais creusé ses rides et chiffonné son visage.

Sa peine était intacte, petite pointe aiguë plantée au creux de l'estomac noué. Et, mêlée à son immense détresse, l'angoisse l'envahit, pire que celle du départ de Bretagne.

Seule son ignorance d'alors, qui frisait l'inconscience, l'avait jetée dans le vaste monde à bras le corps.

Cette vastitude? Avant d'y être confrontée, elle n'en avait aucune idée. Lire et écrire, certes cela lui manquait. Mais la planète, comment aurait-elle pu en soupçonner l'immensité? Cela aussi fait partie des sciences enseignées. Or, Jabel avait dû la jauger, de visu. Expérience faite, elle avait mesuré sa témérité folle à la mesure de ses lacunes.

Intelligente Jabel, mais réaliste.

Aujourd'hui, elle évaluait les pièges de ce retour avec lucidité. Ceux qu'elle connaissait, passait encore, mais toutes les autres chausse-trappes, saurait-elle s'en dépêtrer? C'était vraiment miracle qu'elle fût arrivée à bon port! Aussi depuis des jours et des jours, au moindre moment de solitude, une petite voix tentatrice lui serinait les mots de Loeiz, ceux d'Ifig qu'elle allait perdre à jamais, et ceux des autres Bretons rencontrés. Il était si tentant de rester. Cela ferait d'une pierre deux coups car outre cette vie nouvelle, elle n'aurait pas à affronter le monde et ses périls une deuxième fois.

Aujourd'hui, elle savait que c'était folie.

Néanmoins, et en dépit de tout, demeurait le défi à relever: celui du retour à Poull Logodenn.

Les nerfs à fleur de peau, elle n'en pouvait plus.

Aussi, elle ne saluerait personne avant son départ, ni Mariañig, ni Loeiz.

Surtout Loeiz!

Un crève-cœur qu'elle s'imposait afin d'être sûre de ne pas craquer à la dernière minute. Prévenu, Loeiz l'escorterait jusqu'à l'envol, pour mieux la retenir! Elle en était convaincue, sa volonté vacillerait à sa seule présence. Il n'aurait même pas à plaider sa cause. Elle fondrait dans ses bras. Il fallait donc l'écarter!

Pourquoi se meurtrissait-elle ainsi le cœur et celui de Loeiz?

Désir ardent de retrouver son monde, ses habitudes? Non! Rien de tout cela. Mais lui revenait sa parole:

Pa vefe glav-touseg 'teufen en-dro! Même s'il tombait une pluie de crapauds, je reviendrais! avait-elle déclaré la veille de son départ de Bretagne.

L'auditoire, qui n'en attendait pas moins d'elle, s'était esclaffé.

Aussi, afin d'être égale à elle-même, il lui fallait revenir pour relever ce défi jusqu'au bout et faire taire les moqueries mesquines sur son compte, et les méchancetés gratuites !

En dépit des penchants de son cœur ! En dépit de cette romance inattendue, qu'elle avait d'abord trouvée si grotesque, et peu à peu si douce. Bêtement — car tout à coup elle trouvait ce pari idiot — elle s'entêtait à vouloir retourner en Bretagne puisque chose dite doit être chose faite.

Elle l'avait promis. Elle reviendrait. Règle d'or pour Jabel.

☆

Elle empoigna sa valise et le sac de voyage dans lequel elle avait glissé la statuette en bois de santal que Loeiz lui avait offerte lors d'une de leurs sorties. Elle jeta un dernier coup d'oeil autour d'elle, huma le calme parfumé de cette chambre et le blottit dans ses souvenirs. Elle passa rapidement par la salle de bains. Maintenant que sa décision était arrêtée, il lui tardait de s'envoler. Elle allait devoir affronter les adieux. L'adieu à Elen et à Ronan : ces deux êtres chéris entre tous qui avaient élargi la souple cloison de son cœur généreux et s'y étaient lovés. L'adieu à Ifig, l'unique. L'âme déchirée, elle dévala l'escalier aussi vite que le lui permirent ses lourds bagages.

Le téléphone sonna. Vibra dans sa tête. Ifig décrocha. Elle déposa ses bagages. Il lui tendit le combiné. C'était pour elle. Elle l'interrogea du regard.

— *Loeiz, 'vidoc'h !* Loeiz, pour toi.

De la tête, elle lui signifia fermement qu'elle ne voulait pas répondre. Interloqué, Ifig bafouilla au téléphone quelques mauvaises excuses. Loeiz insista et Ifig comprit qu'il y avait malentendu : il lui apparut clairement que Loeiz ignorait tout du départ imminent de Jabel.

« Ils ont dû se disputer au sujet de ce retour, » se dit-il.

C'était trop bête, ce départ qui valait rupture. C'était si peu dans les habitudes de sa mère qui avait un sens si élevé de la reconnaissance. Perplexe, il entra dans la cuisine. Elen remettait à Jabel un cake de sa fabrication pour le voyage. Jabel la serra très fort dans ses bras. Un déluge de désespérance la secoua. Irrépressibles et silencieuses, les larmes roulaient sur ses joues.

— *Mamm ! Mamm ! Dam' betra 'fell deoc'h ober kemese droug deoc'h ho-uñanig ha da re all da heul ? Chomet aman da vad, n'oc'h ket re ziwezhat c'hoazh da nac'hañ mont d'ar gêr !* Mère ! Mère ! Pourquoi veux-tu te faire si mal à toi-même et aux autres en même temps ? Reste ici pour de bon, il n'est pas encore trop tard pour annuler ton retour !

Jabel s'était détachée d'Elen. Elle fit longuement non de la tête. Puis, la voix cassée, d'un débit saccadé, elle murmura :

— *Ar c'havr 'rank chom e-lec'h vez staget !* La chèvre doit rester là où on l'a attachée !

— *Mamm ! goût a ret mat-tre, ar mod-se da welet ar vuhez zo aet 'maez d'ar c'hiz ! An dra-se n'eo ken konchennoù ar re gozh, ha c'hwi, n'oc'h ket c'hoazh kozh Noe, ha tost da bell kennebeut !* Mère ! Tu sais très bien que cette façon de regarder la vie est passée de mode. Tout cela n'est plus qu'histoires de vieilles personnes. Tu n'es pas vieille comme Noé. Loin s'en faut d'ailleurs !

— *Momeder an amzer 'dro 'vidin e-gist evit an holl, setu 'gavant gwelloc'h mont da gêr !* Le balancier du temps tourne pour moi comme pour tous et je préfère donc retourner à la maison.

Les dés étaient jetés. La partie perdue.

Elen l'invita du geste à s'asseoir à table pour se restaurer avant de partir. Elle refusa.

À partir de cet instant, tout alla très vite.

La jeune maman alla chercher son petit. Ifig, la mort dans l'âme, casa les valises dans le coffre de la voiture. Elen s'installa à l'arrière avec Ronan dans son couffin. Jabel s'assit comme d'habitude à l'avant. Adieu les belles heures heureuses. Une page était tournée. Sa décision serait irréversible. Comme pour en rajouter, le soir tombait vite sur ce jour gris à l'image de ce départ qui ressemblait à une fuite.

Ifig était retourné dans la maison et mettait un temps fou à revenir. Un autre jour Jabel s'en fut irritée. Qu'avait-il donc à faire de si urgent alors qu'il fallait prévoir à l'aéroport *amzer evit ar paperachoù*, le temps pour les papiers ? Enfin, il ferma la maison et, en coup de vent, s'installa au volant.

Ils roulèrent bientôt sur la grand route dans un silence pesant. Une circulation de plus en plus dense, anormalement dense, d'ailleurs, pour un jeudi soir, freinait leur avancée. Pare-choc contre pare-choc, les véhicules se mirent à rouler au pas. Jabel commença à paniquer, la bouche crispée. A cette allure-là, ils n'y arriveraient jamais ! Elen et

Ifig échangèrent quelques mots. Ils s'expliquaient quelque chose que Jabel ignorait. N'y tenant plus, elle se força à demander :

— *Petra zo c'hoarveet ?* Qu'est-il arrivé ?

— *Allas ! Na moa ket soñj ken ! Ur vanifestadeg vonstr zo en abadaez-mañ 'enep da Vro-C'Hall d'am 'neus lakaet ur vombenn nuklear da darzhañ, barzh un enezenn deus he ferzh. Enezenn a zo er memes mor bras hag an Nouvel' Zeland'. An dud zo droug foll ! Aon 'neuzen da veañ kleñvedet gant nerzh fall ar c'hwezhadenn !* Hélas ! Je ne me rappelais plus ! Ce soir il y a une manifestation monstre contre la France car elle a fait exploser une bombe nucléaire dans une île du même océan que la Nouvell' Zéland'. Les gens sont furieux ! Ils ont peur des retombées qui pourraient les rendre malades !

— *Hañ ! Neuze, ne vo ket gwall yac'hus deomp tremen dre kêr Auckland hiriv, ma komprenan mat ! Re ar Vro-C'Hall n'int ket gouest morse d'ober e-gist tud sevenaet !* Hum ! Alors ce ne sera pas très sain aujourd'hui pour nous de nous promener dans Auckland, si je comprends bien ! Les Français ne peuvent jamais se comporter comme des gens civilisés !

Son animosité naturelle revenait au galop desserrant l'étau de son chagrin.

— *Mechañs ar vanifesterien ne c'houlfent ket ganeoc'h ho paperioù ! Ma yafent deoc'h dre ar gomz ne ouefent ket nezhe, oc'h deus ar Vro-C'Hall.* J'espère que les manifestants ne te demanderont pas tes papiers. Mais à ton parler, ils ne pourront pas deviner que tu es de France !

Agacée, Jabel haussa les épaules comme pour mieux dissimuler une autre inquiétude. Allait-elle réussir à prendre son avion? Si elle ratait son avion, c'en serait fini de son retour. Jamais plus, elle n'aurait le courage d'affronter une nouvelle fois la douleur qui la labourait toute entière en cet instant. Et l'heure avançait à grands pas…

Tout autour d'eux maintenant la foule s'amassait sur les trottoirs, drapeaux et banderoles flottaient au vent. Les lampadaires venaient de s'allumer. Les slogans hostiles fusaient de toutes parts. Les voitures klaxonnaient. La multitude hurlait, chantait, criait.

Ronan, apeuré, se mit à pleurer.

Ifig héla un policier dans un carrefour et s'informa de la meilleure route à suivre pour parvenir à temps à l'aéroport. le policier lui répondit aimablement que:

« Au point où ils étaient parvenus, il valait mieux poursuivre, même si le cœur de la cité les bloquait dans cette pagaïe indescriptible. Non loin de là, à la sortie de la ville, ils retrouveraient une circulation plus fluide, les manifestants convergeant tous vers l'esplanade centrale, lieu du rendez-vous de la manif. »

La petite 2 CV, voiture française oblige malgré son immatriculation locale, continua à se faire chahuter, au grand dam de Jabel. Ronan se mit à crier de frayeur. Elen le serra contre elle pour le faire taire. Il se raidit en s'accrochant à sa mère.

O! Ma Doue! Dans cette mer humaine déchaînée, la voiture chaloupait de tous ses ressorts, basculait de droite à gauche en renâclant, piquait du nez, cognait son carter sur le bitume dans un bruit de ferraille! Et Ronan hurlait de plus en plus!

La foule s'esclaffait, jetait des bordées de quolibets. Ifig, crispé, cramponné à son volant, s'obstinait à faire avancer sa coquille de noix dans cet océan en furie. Jabel, terrorisée, ne comprenait pas l'indifférence flegmatique de son fils. Pourquoi ne protestait-il pas ?

— *Dam' betra ne ret netra 'vit lavaret dezhe ehan ? Sellet, pegement aon neus ho paotrig !* Pourquoi ne fais-tu rien pour qu'ils s'arrêtent ? Regarde comme ton fils a peur !

— *Da ma soñj eo gwelloc'h deomp ober peoc'h ha klask mont pelloc'h da gavet un diskloum !* A mon avis, il vaut mieux nous taire et chercher à poursuivre pour réussir à nous en sortir !

A un carrefour Jabel entrevit les trois couleurs du drapeau français en flamme. Pourquoi s'attaquer ainsi à un morceau de tissu ? *Hañ !* Quand et où trouver la paix en ce bas monde ?

Peu à peu, la voiture s'éloigna du vacarme. La circulation se fit plus fluide.

Ils venaient de dépasser leurs quarantièmes rugissants ! Ronan, hoquetant, s'était enfin calmé.

Dans la nuit qui tombait le vent s'était levé et la lune, placide, à son premier quartier pointait ses cornes vers le haut ! Le croissant reposait sur le dos ! Dans sa course légère parmi les lambeaux de nuages s'était-il décroché ? Jabel le fit remarquer à Ifig qui sourit :

— *'Pao ket gwelet c'hoazh deus peseu' tu oa begennet al loar ? Amañ, goùt a ret, an holl draoù zo 'enep evit tu an hanternoz !* Tu n'avais pas encore remarqué de quel côté pointait la lune ? Ici, tu sais bien, tout est à l'inverse de l'hémisphère nord !

La petite voiture rugissait maintenant de ses

deux cylindres pour rattraper le temps perdu. A quoi bon ? Ils arriveraient sûrement trop tard pour l'enregistrement des bagages. Et l'angoisse pure reprit ses droits...

☆

Dans la tornade qui secouait Auckland, Loeiz, désespéré, cherchait à échapper à l'emprise de la foule excitée.

Le coup de fil d'Ifig - cette attente qui avait tant agacée Jabel au moment du départ - ce coup de fil lui avait appris le départ de Jabel. Sur l'instant, cela l'avait assommé. Mais il s'était repris dans la seconde. Sans attendre, il s'était jeté dans sa voiture afin de les rejoindre à l'aéroport. Sa grosse Leyland possédait bien d'autres ressources que la vaillante petite 2 CV d'Ifig!....

Cependant, comme ses amis, il était prisonnier de la foule.

— *Mallozh Doue! Ma 'n em glevfen, war al leurenn 'rafen brujun butun deuzouto!* Malheur de Dieu! Si je m'écoutais, sur place, j'en ferai des miettes de tabac!

Chez Loeiz, l'atavisme reprenait toujours le dessus dans l'adversité: ses belles colères s'exprimaient en breton. D'ailleurs, que faire dans ce bourbier sinon jurer? Incapable de foncer vers l'aéroport pour arrêter l'irréparable, il ne lui restait plus qu'à se laisser bousculer par ses pensées. Se rabibocher? Non! Il n'y avait pas eu rupture! Il s'en voulait d'avoir manqué d'intuition. Comment n'avait-il pas ressenti le désespoir qui sourdait ce matin dans l'attitude incompréhensible de Jabel? Pourquoi enfin s'entêtait-elle à vouloir partir? *Ma Doue!* Les sentiments de Jabel ne lui laissaient aucun doute même si, paralysée par la pudeur, elle s'était retenue de les exprimer. Ses élans d'hier soir parlaient d'eux-même. Pourquoi s'en défendait-elle? Pourquoi fuyait-elle aujourd'hui, abrupte et solitaire?

Et maintenant cette manifestation qui faisait obstacle à leurs retrouvailles, et à laquelle initialement il s'était pourtant promis de participer. Jabel - elle, dont une bonne part de la vie avait été une sourde protestation contre la guerre - aurait sûrement accepté à son invitation. Mais voilà! Il s'y trouvait seul, jurant contre vents et marées. Il aurait donné tout l'or du monde pour que d'un coup de baguette magique un géant, bon ou mauvais, le tire de cette marmite bouillonnante! Garer sa voiture dans une impasse et rejoindre l'aéroport à pied? Cette pensée l'effleura, vite balayée par une cruelle réalité: il y arriverait à coup sûr, mais trop tard. Il était condamné à poursuivre sa route à l'allure d'une tortue. Une seule voie y menait. Il fallait serpenter entre les groupes de manifestants, prendre sur soi pour ne pas s'emporter et risquer la bagarre.

De précieuses minutes s'effilochaient sur le sablier du temps.

Il cogna des poings sur le volant.

Une lueur d'espoir éclaira soudain son esprit: s'il se trouvait bloqué, Jabel l'était tout autant. Il n'avait guère traîné après l'appel d'Ifig. La même cause produisant le même effet, Jabel aussi pourrait arriver en retard. Trop en retard pour prendre son vol. Il se décrispa à l'approche de la banlieue. La foule se clairsema. La circulation devint normale. Il lança sa voiture à toute allure…

☆

Ifig s'arrêta sur l'aire réservée aux taxis, déposa les bagages et partit garer la 2 CV. Elen, Ronan dans les bras, aida Jabel à porter ses valises. Il n'y avait plus une minute à perdre. Ils avaient plus d'une heure de retard. Juste le temps requis pour l'enregistrement et les divers contrôles. Sur un écran, Elen lut que l'embarquement était en cours.

Ifig, haletant, les rejoignit au guichet. Il s'empressa d'expliquer le retard. Expliquer était une chose, faire qu'elle prenne l'avion « au vol » - au sens strict du terme - en était une autre. La salle d'embarquement était vide de passagers! Une hôtesse prit les billets, une autre se précipita sur le téléphone:

— *Wait please. I'll check. Just a moment! OK?* Attendez, nous allons voir. Juste un instant! D'accord?

L'avion n'avait pas décollé. L'hôtesse indiqua qu'elle s'occupait des papiers. Ifig traduisit. Jabel soupira. Néanmoins, restait *ar paperachoù* la paperasserie. Vu la longueur des opérations lorsqu'elle avait débarqué à Auckland, si le cake d'Elen inspirait aujourd'hui autant de méfiance que naguère son *gwastell vras*, Jabel se dit que le vin était tiré… Il n'y avait plus qu'à le boire: tout s'enchaînait pour la retenir. Elle se sentait fléchir et sa volonté s'épancher avec ses larmes. Ifig surprit son visage inondé et vint vers elle. Les démonstrations de tendresse entre eux s'arrêtaient au plus simple, mais là, il la prit dans ses bras :

— *Lavaret din mamm, dam' betra 'fell deoc'h ken krenn-se mont d'ar gêr ? Matreze, 'welet ket, 'chomefer 'enep deoc'h. Setu, lavaret chom, bolontez vat !* Dis-moi, mère, pourquoi veux-tu tellement rentrer ? Peut-être, malgré toi, devras-tu rester. Alors, reste de bon cœur !

À la seconde, elle sentit fondre sa volonté de retour, les mots qu'elles voulaient prononcer, les mots salvateurs :

Ya, mil gwech ya ! Chom aman-evit mad ! Oui ! Mille fois, oui ! Rester ici pour de bon !

Jeter sa promesse absurde par-dessus les nuées !

Hélas ! Écrasés par la sangle de l'angoisse… Les mots ne passèrent pas.

Les sanglots étouffèrent le sursaut de Jabel…

☆

A cet instant précis, l'hôtesse qui avait pris sur elle d'accélérer les formalités d'embarquement les interpella. Il fallait passer rapidement à la douane, le passeport avait été visé.

L'avion attendait Jabel !

Une Jabel désemparée… À l'instant où elle aurait tant voulu faire le chemin à rebours, elle se trouva prise dans un processus qui lui échappait. Elle ne pouvait plus prononcer un mot, fut-ce, pour sauver ce qui pouvait encore l'être. Un mot d'Ifig, et elle aurait fait demi-tour !

Ce mot, il ne le prononça pas.

Et tout roula très vite. Les dés étaient jetés. Hélas! Des dés pipés, lestés par l'entêtement de Jabel. Ils roulaient du côté contraire à ses sentiments. Les vrais. Ceux qu'elle ne parvenait pas avouer tout haut.

Elle put à peine effleurer la joue du petit et celle d'Elen qui lui dit bien des choses qu'elle ne comprit pas. Ifig portait sa valise et refoulait ses larmes. Ifig! Le prendre dans ses bras une dernière fois et s'enfuir sans regarder derrière elle.

L'hôtesse, dans la salle d'embarquement, s'impatientait. Enfin! Les effusions, c'était bien le moment! L'avion attendait!

Jabel passa la porte fatidique de la salle d'embarquement.

C'est alors qu'elle entendit la voix qu'elle n'avait pas voulu écouter, tout en désirant si fort l'entendre!

— *Jabel! Jabel! Jabel! Gotoit! Ne guitaet ket 'hanon hep kimiadiñ diouzhin!* Jabel! Jabel! jabel! Ne me quitte pas sans un adieu!

Elle s'arrêta net, comme frappée par la foudre. Elle se retourna d'une pièce, aperçut Loeiz aux prises avec un douanier. L'hôtesse eut un geste impératif. Jabel hésita. Fit un signe de la main. A travers l'écran brouillé de ses larmes, elle emporta la dernière image des siens et l'ultime prière de Loeiz... Dans un état second, comme si une autre personne décidait pour elle, elle se sentit pivoter sur ses talons. Son regard fixa un rectangle lumineux sur le mur... Il vacillait dans le déluge de ses yeux... puis sa course se précipita... rattraper l'hôtesse... La voix de Loeiz résonna encore: Jabel!

Jabel ! Jabel… Peu à peu, elle devint lointaine.

Elle s'éteignit comme une lampe soufflée par le vent…

Le tunnel de l'envol ravit la silhouette de Jabel au regard désespéré de Loeiz…

Chapitre XIX

Le vol de retour traînait la peine de Jabel entre ciel et terre. Une pesante éternité la broyait comme grain sous meule de pierre. L'avion lui-même, elle en aurait juré, renâclait à la ramener au Pays. A son oreille, la chanson allègre des moteurs de l'aller tournait au bruit de casserole en ce retour, comme si les mécaniciens avaient négligé de les graisser! Elle ne s'en inquiéta même pas. La vie désormais aurait un goût amer. Ce voyage, qu'elle avait imaginé comme une fête, avait dépassé ses plus folles espérances. Ses moments d'indicible bonheur, hélas! avait filé en quenouille alors qu'elle aurait pu, à l'ultime seconde, mettre un terme à sa solitude et commencer vraiment une vie nouvelle. Que lui avait-il pris de jouer les héroïnes? Que lui apporterait cette vaillance imbécile?

Jabel, recroquevillée sur elle-même, noyée dans ses lugubres pensées, revenait vers son Pays à contre-cœur, déboussolée, désorientée, en murmurant un nom: Lociz. Et dans sa tête résonnait encore, résonnerait toujours son appel désespéré dans la salle des pas perdus, amplifié par l'écho du lieu déserté: Jabel! Jabel! Jabel!

A cette seconde, comment avait-elle pu résister à l'envie de jeter au panier sa pénible vie d'hier, *E-gist pilhoù da bilhaouer!* Comme chiffons au chiffonnier!

Repartir d'un autre pied, s'attacher à Loeiz, revoir chaque jour Ifig et accompagner les progrès du petit Ronan et, peut-être, ceux des autres petits-enfants à venir! En Nouvel' Zéland' elle s'était sentie chez elle et plus l'avion s'en éloignait, plus elle s'inquiétait de savoir si, à l'inverse, son Pays ne lui deviendrait pas étranger à son retour. Car elle avait changé en quelques mois autant que pendant toute sa pitoyable existence. Plus la distance se creusait avec Auckland, plus elle prenait conscience de son erreur.

Elle avait pleuré tant et tant qu'un mal lancinant lui enserrait la tête comme un étau.

Sydney, Singapour: escales de nuit. Les lumières du « champ des avions » ne brillèrent pas de la même allégresse que le soleil de l'aller. Jabel déambula, cachant la plaie de son cœur dans des couloirs presque vides. Son fameux restaurant chinois avait baissé ses grilles, qu'importe, elle eût été incapable d'avaler la moindre bouchée. Déjà dans l'avion elle avait négligé son plateau.

Toute à l'attention de bien suivre le mouvement des voyageurs du même vol, tenaillée bien plus qu'à l'aller par la peur panique de se fourvoyer et de se perdre, une idée folle l'effleura cependant:

Un' muioc'h pe un' nebeutoc'h! Ne chom ket kalez moneiz ba' ma yalac'h, er mod-all mije bet klasket kemer ur bilhed 'vit mont en-dro da Auckland! Une de plus ou de moins! Il ne reste presque plus d'argent dans ma bourse, sinon, j'aurai bien essayé de reprendre un billet pour Auckland! se dit-elle, repentante, toute honte buc.

Mais voilà! Elle ne repéra personne à qui pouvoir confier et faire comprendre son désir secret. Et qui eût pu la guider. L'idée d'un possible échange de billet ne lui vint pas à l'esprit car sinon, c'eût été chose faite sur le champ !

De Singapour à Colombo, elle s'accrocha à l'espoir insensé de retrouver Maryvonne Danielou. Hélas ! Même cette chance-là lui fut refusée.

Les torchères de Barhein noircissaient le ciel, cachant la magie de leurs feux et les dards du soleil. Elle songea à nouveau à ce gigantesque gaspillage.

An dud-se, n'ouzont ket petra eo bez' endalc'h da izelaat ur vouchedenn re verr ! Ces gens-là ne savent pas ce que c'est que de devoir économiser une mèche trop courte !

Elle haussa les épaules.

Les êtres et les choses se drapaient de noir et dans la lucarne animée, même Brigitte Bardot et Johnny Halliday devinrent exaspérants.

Ma flanedenn vad neus kuitaet 'hanon. Ma bonne planète m'a quittée, songea-t-elle avec angoisse. Elle remettait ses pas dans les sillons des temps difficiles qui toujours avaient été son lot…

☆

A Paris, les néons ruisselaient, les enseignes clignotaient et les phares de milliers de voitures balayaient l'obscurité naissante. Tout au bout de la file des voitures, elle dénicha un chauffeur de taxi à qui elle tendit le billet qu'Ifig avait griffonné.

Elle renouait avec le rite « des mots de billet » comme autant de petits cailloux blancs sur son chemin.

Une demi-heure plus tard, elle était à Montparnasse.

Sans joie.

Rien à voir avec la truculente convivialité de l'aller et la gentillesse de ses guides, compatriotes attentionnés. Ce chauffeur de taxi ne comprenait pas le breton. Elle lui remit son dernier gros billet en priant Dieu qu'il soit suffisant pour couvrir les frais de son transport. Il lui rendit de la monnaie. Elle grommela un *kenavo.* Il la regarda, surpris. Elle tourna vivement les talons. Pour arriver jusqu'à la bonne ligne, elle se fit guider par un employé en uniforme : Ifig avait prévu un petit mot agrafé à son billet de train. Le cheminot remplit son office mais n'eut pas un mot pour elle.

Lorsqu'elle s'assit enfin dans le compartiment, elle se sentit épuisée mais enfin sans anxiété : le train ne dépasserait pas Kemper. Alors, pelotonnée dans son manteau, car cette soirée de juin un peu brumeuse la faisait frissonner, elle se laissa glisser dans un profond sommeil.

Elle se réveilla en sursaut !

Elle s'était assise dans le sens inverse de la marche et les premiers rayons du levant lui chatouillaient le visage. Elle regarda au dehors les paysages connus, leurs prairies, leurs champs et leurs talus bocagers. Une rivière serpentait calme et brillante. Les arbres, habillés de verdure, annonçaient l'été. Cela lui mit du baume au cœur. Mais, vive et ouverte, la blessure de ses désirs refoulés étouffa sa joie d'avoir réussi son tour du monde.

Nemet ma joa vil, dav vo din diskouez brav! Malgré mon bonheur écroulé, je devrai montrer beau ! essaya-t-elle de se persuader.

On était samedi et il n'était guère plus de sept heures : il lui faudrait attendre le car de midi. A l'extérieur de la gare, elle respira profondément l'odeur de la marée. Elle traversa le pont Firmin.

Ses bagages lui tiraient sur les bras. Elle marchait d'un pas d'automate, les yeux fixés sur les flèches de la cathédrale. Gris argenté sur bleu azur, elles se découpaient sur le ciel où évoluaient des mouettes et des hirondelles.

Elle longea les remparts et poussa les portes capitonnées de l'édifice. Elle remonta le bas-côté droit, dédaigna Notre-Dame-de-Lourdes et ses bougies. Dans le clair-obscur silencieux, imprégné d'encens et d'odeurs de cire, elle se laissa tomber sur une chaise près de *Santig Du*.

Il fallait bien qu'elle lui racontât sa peine.

Ayant déposé son fardeau à ses pieds, elle le gratifia d'une pièce. Il ne lui en restait guère mais *Santig Du*, c'était sacré. Puis, elle confia ses bagages à une épicière de connaissance et se dirigea vers les halles.

Elle adorait déambuler dans la fraîcheur de ces gros murs de pierres. Mêlées aux fragrances pâtissières, elle respira les odeurs de fruits mûrs entassés en piles généreuses et colorées, les senteurs musquées ou délicates des mille et une fleurs, les fortes effluves des crustacés vivants et des poissons frais aux écailles brillantes. Elle huma longuement les odeurs de son Pays retrouvé et s'acheta sa traditionnelle brioche au beurre. La chaude douceur de son croustillant lui fondit dans la bouche. Elle se sentit ragaillardie.

Elle n'eut pas le courage d'aller remercier *l'Aotrou* de l'agence de voyages. Une autre fois, peut-être…

Ensuite, elle dut affronter les exclamations incrédules des voyageurs du samedi. Dans le car, son retour fit sensation et cette nouvelle, elle le savait, allait se répandre dans le village comme les cendres de la Saint Jean sur la prairie. Mais à leur grande déconvenue, Jabel ne fut guère prolixe. C'était la Jabel des mauvais jours! Ils le mirent sur le compte de la fatigue, ce qui était en partie vrai.

Sur la route, elle traîna sa valise plus qu'elle ne la porta, en suant sang et eau dans sa longue marche vers son *pennti*. Le temps couvait un orage qui n'éclatait pas. Dans le sentier, sous la ramée, les herbes hautes montées en graines, les ronces, les orties avaient pris possession des lieux. Pour ne pas traîner davantage sa valise, elle l'abandonna dans les fougères. Elles étaient hautes certes mais pas aussi grandes que celles de Nouvel' Zéland'! Toutes ses pensées la ramenaient là-bas. Des bras et des jambes, elle dut écarter l'exubérante invasion. Enfin, elle parvint jusqu'à sa maison. La clef grinça, la porte résista avant de crisser sur ses gonds rouillés. Jabel referma à double tour, ce n'était pas son habitude, mais elle avait tant besoin d'être seule. Elle frissonna. Une odeur de moisi rampait dans la pénombre. *O ma Doue!* Vite une flambée pour chasser ces miasmes et dormir…

☆

— *Jabel! Jabel! Jabel! Deut oc'h d'ar gêr?* Tu es revenue à la maison?

Jabel se réveilla en sursaut! L'appel répété de son nom évoquait l'écho du douloureux appel dans l'aéroport d'Auckland. Rêvait-elle? Non! Elle se frotta les yeux. Il faisait nuit. Dehors, elle entendit marcher, comme si on s'éloignait. Elle sauta à bas du lit, enfila un paletot et courut ouvrir.

— *Piv zo aze?* Qui est là?

— *O Jabel! deut orc'h dar gêr?* Oh! Jabel, tu es rentrée?

Elle reconnut la voix de Marie-Louise. La nuit enveloppait une ombre qui revenait sur ses pas. Elle apparut dans le halo de l'ampoule extérieure que Jabel venait d'allumer.

— *Deut on d'ar gêr, evel just! Lavaret moa, lar' vijen bet deut en-dro! Setu, deut on!* Je suis rentrée bien sûr! J'avais dit que je rentrerais! Aussi, me voilà!

Il y avait de la bravade dans la voix de Jabel. Elle toisa Marie-Louise en la faisant entrer. Celle-ci s'assit, silencieuse, hochant la tête, tandis que Jabel se penchait sur les tisons afin de ranimer la flambée. La fraîcheur de la nuit apportait dans la petite maison les senteurs fruitées du pré à l'herbe mûre. Le feu crépita. La flamme s'éleva, léchant de sa langue rouge la gorge noire de la cheminée.

L'eau bouillait déjà dans la casserole sur le réchaud à gaz.

Jabel laissa courir le silence. Elle ébouillanta la théière avec cérémonie. Elle posa des tasses sur la table et sur sa plus belle assiette présenta le cake d'Elen. Marie-Louise apprécia d'un hochement de tête.

— *Setu, ar wastell-se zo graet ha kinniget din gant*

ma merc'h gaer! Voilà, ce gâteau-là a été confectionné et m'a été offert par ma belle-fille.

Attablée devant thé, gâteau et Marie-Louise tout yeux et toute oreille, revigorée, Jabel commença l'histoire de son voyage.

Marie-Louise n'attendait que ça!

Et le naturel de Jabel revint au galop : ce tour du monde, car c'en était un, vrai de vrai, prit les proportions d'une odyssée extraordinaire. Sous la lampe, ses mains dessinaient les nuées qu'elle avait chevauchées. Ses gestes mimaient les dangers des escales. Ses mésaventures se transformaient en déroute pour ses protagonistes dépités. Ces derniers, sans autre échappatoire que la fuite, s'écroulaient de honte sous la réprobation générale quant ils n'étaient pas poursuivis par la vindicte de peuples divers accourus au secours de Jabel! Jabel l'ignorante, l'illettrée! Et d'appuyer sans modestie sur ce qu'elle ne possédait pas pour mieux mettre en valeur le grand mérite qui avait été le sien dans cette entreprise. Elle avait surmonté ses handicaps et prouvé ses capacités et son intelligence. Son voyage avait changé son regard sur le monde et désormais sa vie quotidienne, ici, s'en trouverait transformée. Elle possédait l'art et la manière de téléphoner, saurait s'occuper de ses papiers et ne porterait plus comme une croix son ignorance du français. Elle avait pris le train, le taxi, l'avion. Partout elle avait rencontré des Bretons. Certains d'entre eux comprenaient encore la langue mais d'autres savaient encore bien la parler alors qu'ils avaient quitté le Pays depuis longtemps…

Là, il y eut un « blanc » comme sur la pellicule

usée d'un vieux film … Le souvenir de la voix de Loeiz traversa le cœur de Jabel.

Marie-Louise, tout ouïe, qui s'attendait à pénétrer enfin dans une grandiose Nouvel' Zéland', ne voulait pas croire que l'histoire était finie :

— *Met Jabel ! Hag eno ?* Mais Jabel ! Et là-bas ?

— *Hanternoz nemet kard eo ! Ne gred ket deoc'h eo poent mont da gousket ? Me 'gonto ar rest deoc'h 'benn ur wech all. 'Rabat, skarzhat ar c'hoñchennoù memes devezh ! Dav eo laosket un nebeut evit an divezhioù da zont !* Il est minuit moins le quart ! Ne crois-tu pas qu'il est temps d'aller se coucher ? Il ne faut pas épuiser toutes les histoires le même jour. Il faut en laisser pour les jours à venir !

Piquée au vif, Marie-Louise se leva. Stupéfaite, elle s'excusa presque d'être venue…

—… *Diouzhtu on deut, 'benn meuz goueet oac'h deut d'ar gêr ! Met skuizh oc'h c'hoazh sur…* Je suis venue tout de suite lorsque j'ai su que tu étais rentrée ! Mais tu dois être encore fatiguée…

— *Nozezh vad !* Bonne nuitée ! lui lança Jabel tandis qu'elle disparaissait dans le noir.

☆

Dès le lendemain Jabel entreprit de débroussailler les abords de son *pennti*. Le beau temps lui permit d'avancer rapidement à la faux et à la faucille dans les halliers revenus à la friche. Bientôt, s'éleva un énorme monticule d'herbes sèches, de verdure et de bois divers au milieu du jardin. Elle aurait bien élagué les arbres mais, pensant à Loeiz, elle ne voulut pas faire les choses à contre-saison.

Cela lui prit près d'une huitaine pour redonner à son petit coin de terre une allure civilisée. Ensuite, elle s'attaqua à la maison: elle chaula les murs, repeignit portes et fenêtres, vida l'armoire et le vaisselier, briqua leur bois ciré et en fit briller comme de l'or les clous de laiton. Elle lessiva tant et tant que le *pennti* prit l'aspect d'un sou neuf.

— *Setu! digoret meuz e zaoulagat da' ma zi endro!* Voilà! J'ai rouvert les yeux de ma maison! se dit-elle et, contente, monta jusqu'à chez Marie-Louise afin de regarnir clapier et poulailler mais, sans s'attarder à prendre un café, car il lui fallait rapidement reprendre son travail de journalière pour gagner un peu d'argent.

— *Ma chakod zo goullo ha ma yalac'h zo skarzhet!* Ma poche est vide et ma bourse curée! lui confia-t-elle, sans complexe.

Afin de terminer avec éclat ses travaux de retour, et puisque l'époque du solstice s'y prêtait, elle alluma dans les broussailles entassées un gigantesque feu de Saint-Jean. Elle y jeta pêle-mêle les frusques éculées de Fañch - à sa mort, elle n'avait pas pris le temps de s'en débarrasser; en avait-elle le goût d'ailleurs tant la perspective de son voyage l'avait accaparée! - et les vêtements trop petits ou trop usagés qu'Ifig avait laissés derrière lui et dont elle n'avait pas eu jusque-là le courage de se débarrasser.

Place nette!

Les étoffes flambèrent dans le brasier. La flamme monta, grimpa, s'éleva si haut et la lourde fumée noire et épaisse des herbes encore humides se porta si loin que Marie-Louise accourut, affolée, avec

Jean son mari ! Ils furent suivis bientôt par les voisins des tenues environnantes : un incendie dévorait sûrement le *pennti* de Jabel ! Celle-ci, ravie de tant de sollicitude, n'en demandait pas tant mais puisqu'ils étaient venus, elle allait faire d'une pierre deux coups.

Fêter la Saint-Jean comme autrefois et leur conter son odyssée !

D'une fourchée à l'autre jetées dans le feu, elle se mit à raconter la Nouvel'Zéland'.

Geysers et cascades suivaient les courbes de la flamme que la brise faisait ployer. Pour décrire leur gigantisme, la voix de Jabel s'enflait. Elle plantait sa fourche dans le sol pour mieux décrire avec ses mains les jaillissements magiques et les chutes vertigineuses. Le sable noir dans le broché d'écume blanche portait le deuil de la mer. A Auckland, les mâts des navires dressés dans le port ressemblaient à une désolante forêt de décembre. Et puis, le « chauffeur » de l'avion et Maryvonne Daniélou, le serveur malais qui voulait lui faire payer son repas et les *kac'hien-kraoñ,* ces chieurs de noisettes chinois qui voulaient la perdre pour mieux la voler… et les torchères de Barhein… et les décollages… et les « champs des avions » avec le hurlement des moteurs qui n'affolait même pas les lapins… et puis les lumières des grandes villes, et puis, et puis…

Les fourchées d'herbe sèche crépitaient dans la fournaise de milliards d'étincelles et dans ce pétillement jaillissaient les personnages : Ifig le bien-aimé, Elen aux yeux en amandes, Ronan le tout petit qui sans tarder marcherait seul, le peuple du village Maori, ses chants, ses danses syncopées et la musique jolie de leur langue, Mariañig bien sûr, mais dont elle tut l'aventure malheureuse.

Sur fond de flammes dantesques, Jabel déroulait les tableaux vivants de son périple merveilleux. Au royaume des souvenirs, son voyage atteignait la légende et l'héroïne, sans le savoir, devenait l'émule moderne de Marco Polo !

Jabel avait retrouvé son public. Un public muet d'admiration, assis sur un tronc d'arbres ou par terre et qui en redemandait. Le souffle court, rivé à ses lèvres, il buvait ses mots, vivait ses envolées, captivé par l'aventure de l'intrépide voyageuse.

Elle avait visité des lieux que leurs yeux ne verraient jamais.

Ils ne la quittèrent qu'à minuit bien sonnée, la tête remplie d'un récit fantastique.

D'avoir raconté son voyage de bout en bout, avait transporté Jabel en ces lieux mythiques où pour la première fois de son existence elle avait été heureuse. Cela lui chassa le sommeil et son brasier de la Saint-Jean entretint jusqu'à l'aube l'incendie de son cœur où brûlait, en secret, une autre flamme.

Car Loeiz, immuablement présent dans ses pensées, ne figura jamais dans la fresque des personnages que Jabel déroula par la suite devant un public chaque fois différent. Il existait seulement pour elle, proche et lointain à la fois.

L'été passa. Les travaux de fenaison, de moisson, de récoltes de haricots et de pommes de terre lui moulurent le corps. Les premiers jours furent terribles. Les courbatures et les rhumatismes, conséquences de sa vie de durs labeurs, la gardèrent éveillée bien des nuits. Mais, peu à peu, ses membres et son dos se plièrent à nouveau à leurs anciennes habitudes. Enfin, nourrie de ferme en ferme au gré de ses journées, Jabel eu quelques sous devant elle.

Heureusement, car une idée lui trottait dans la tête qui, hélas! devait être une idée coûteuse! Mais qu'importe, même si cela lui coûtait une fortune, c'était pour cela qu'elle travaillait dur: elle allait pouvoir téléphoner à Loeiz. Oh! Elle n'irait pas à la poste ici, au bourg. Que non!

— *An dud-se zo re gurius ha teod bilimus!* Ces gens-là aux langues venimeuses sont trop curieux!

Il lui fallait mettre des distances entre elle et le village afin que rien ne filtre de cette aventure.

Elle prit le car vers Kemper, bien décidée à découvrir le chemin de la poste par ses propres moyens. Elle repéra le chignon d'une *borledenn* et, ainsi assurée d'être comprise, se fit indiquer la bonne direction. C'était à deux pas: pas de quoi casser trois pattes à un canard!

Ayant repéré les lieux, son habituelle appréhension lui grimpa sur le dos, la noua, coupa son élan. Elle se dénicha mille et une raisons d'aller faire son traditionnel tour de ville qui invariablement commençait près de *Santig Du*: c'était incontournable. Ensuite, elle déambula dans les halles, traîna sur les quais, s'abîma à contempler les mulets dans l'Odet. Le lit de la rivière, elle s'en désola, s'encombrait de toutes sortes de détritus. La matinée filait. Au tréfonds d'elle-même, une petite voix s'évertuait à lui dire qu'il ne servait à rien de faire semblant de se promener. Avait-elle peur de téléphoner à Loeiz?

Cette réflexion lui fouetta le sang. Elle releva la tête et regarda le soleil : il n'y avait plus une minute à perdre, midi approchait ! Que faisait-elle là ? Si Loeiz voyait son peu de vaillance, il serait sûrement déçu !

Elle poussa la porte de la poste et, ignorant la longue file d'attente, alla droit au guichet et bretonna sa requête. Ce qui devait arriver, arriva : elle se fit rabrouer et découvrit sa méprise à la mesure des protestations ! Elle se trouva donc, à son grand dam, repoussée et bonne dernière de la file ! Elle devait attendre. Elle attendit donc en « pesant » sur son envie de tout envoyer promener.

Enfin son tour arriva. Elle confia au préposé le bout de papier sur lequel Ifig lui avait écrit, à la dernière minute, le numéro de téléphone de Loeiz et elle ajouta :

— *Pellgomz d'an Nouvel' Zeland'" 'fell din ober.* Je voudrais téléphoner en Nouvelle Zélande.

L'employé la regarda, étonné, jeta un œil sur sa montre, hocha la tête… Quelle chance ! Il comprenait le breton. Mieux ! il le parlait :

— *Maomp ket pell deus kreisteiz, ken. Mechañs mo al lineñ peuz buhan, ha goude-se vo dav deoc'h ober founnus !* Nous ne sommes plus très loin de midi. J'espère que j'obtiendrai la ligne rapidement, mais après, vous devrez faire vite !

— *Hañ !* fit Jabel qui ne s'attendait pas à tant de complications et qui se reprochait maintenant d'avoir tant traîné dans la ville.

Accroché à son téléphone, l'employé cherchait à compter sa caisse en attendant la réponse. Une bonne minute passa. Une éternité pour Jabel.

— *Kerzh' barzh an eil lochenn ha disluget. Luget a rafen 'benn neuzhe.* Entrez dans la deuxième cabine, décrochez et je raccrocherai à ce moment-là.

Elle se précipita dans la cabine, oublia de refermer derrière elle, le combiné lui échappa des mains, elle le rattrapa tandis qu'une personne affable refermait sur elle... et la voix de Loeiz retentit dans l'écouteur. Proche et lointaine comme dans son cœur.

— *Loeiz?*

— *Jabel? N'eo ket gwir! Goût a ret pet eur eo? N'eo ket tre hanternoz c'hoazh met tost! Deus pelec'h 'maoc'h pellgomz din?* Jabel? Ce n'est pas vrai! Sais-tu quelle heure il est? Il n'est pas tout à fait minuit mais presque! D'où me téléphones-tu?

— *Deus Kemper. Dihunet 'hanoc'h meus graet?* De Kemper. Je t'ai réveillé?

— *Ne vern ket! Pe kousket pe dihunet, maoc'h barzh ma soñj!* Qu'importe! Endormi ou éveillé, tu es dans mes pensées!

Les mots traversaient le vaste monde et prenaient un court instant pour parvenir jusqu'à l'oreille de Jabel et elle sentait que le même phénomène accompagnait ses réponses, néanmoins elle devina comme une hésitation à l'autre bout du fil... Et la question qu'elle redoutait, résonna dans l'écouteur comme un reproche.

— *Dam betra, oc'h aet kuit, e-gist ul laerez, hep gwelet 'hanon ur wech diwezhañ?* Pourquoi es-tu partie, comme une voleuse, sans me revoir une dernière fois?

Elle s'y était préparée. Aussi, sans hésiter comme l'on récite une leçon, elle débita la phrase toute faite.

— *Lavaret moa, mije bet graet tro ar bed ha vijen bet deut d'ar gêr en-dro! Ha ma mije bet gwelet 'hanoc'h, a-raok mont kuit, na mije ket c'hallet kuitaat an Nouvel' Zeland', ha vijen bet chomet 'vit mat! Setu, aze 'mañ ma afer berr-ha-berr...* J'avais dit que j'aurais fait le tour du monde et que je serais revenue à la maison! Si je t'avais vu avant de partir, je n'aurais pas pu quitter la Nouvel' Zéland' et j'y serais restée pour de bon! Voilà, en raccourci, toute l'affaire.

On tapa quelques coups sur la porte vitrée. Jabel, rivée à l'écouteur qui attendait la réponse de Loeiz, sursauta. Dehors, un homme en costume de ville, la montre « oignon » à la main, lui fit signe que l'heure de fermeture était dépassée et qu'il fallait en finir. A l'autre bout de la terre, tout à coup, Loeiz se rendait compte qu'il se passait quelque chose, car Jabel ne l'écoutait plus.

— *Jabel! jabel! Chelaouet 'hanon c'hoazh!* Écoute-moi encore!

L'homme frappa à nouveau, furibond.

— *O Loeiz, an Ti-post zo 'hont da serret. Dav eo din laost 'hanoc'h! Kenavo!* Oh! Loeiz, la poste est fermée, il faut que je te quitte! *Kenavo*!

Elle raccrocha, paniquée, et sorti de la cabine, les joues cramoisies, comme une gamine prise en ripaille de pot de confiture! Elle se dirigea vers la sortie mais le préposé lui rappela son dû! Elle paya et se précipita dehors!

O Ma doue! Elle s'estimait tout à coup, *izeloc'h evit netra,* une plus bas que rien! Qu'allait encore penser Loeiz? Elle l'avait laissé en plan en plein milieu de leur échange! Et avec ça, elle n'avait pas eu le temps de lui recommander de ne pas parler de ce coup de fil à Ifig, qu'elle appellerait plus tard. *Ma Doue!* S'il lui en parlait, son fils serait ulcéré! Au risque peut-être de se brouiller avec lui! Et voilà! au lieu de la rasséréner, ce coup de fil interrompu lui créait d'autres soucis! Elle courut vers la place où le car, moteur au ralenti, n'attendait plus qu'elle pour rentrer. Elle essuya les lazzis de tous et le chauffeur lui fit remarquer :

— *Debaoe oc'h bet en Nouvel' zeland' peus kollet ar mod da c'houzout peseu' penn kemer evit diroll an deiz!* Depuis que tu as été en Nouvel' Zéland', tu ne sais plus par quel bout prendre le déroulement d'une journée!

Elle ne répondit pas. Jusque-là, on ne l'avait encore jamais attendue. En s'asseyant, elle mit son mouchoir sur son dépit et se jeta mentalement une brassée de reproches.

En cours de route, elle calcula que son coup de fil ne lui avait coûté « que » trois journées de travail! Elle s'attendait à pire! L'opération pouvait donc être renouvelée *forzh vo dav din klask tri gwenneg toull 'vit ober ul lur.* Même s'il me faut trouver trois sous percés pour faire un franc!

Maintenant qu'elle avait fait l'expérience du téléphone public, elle se débrouillerait mieux la prochaine fois.

Chapitre XX

Jabel, afin d'établir son dossier de retraite, s'adressa au secrétaire de mairie. Il lui apprit que pour qu'elle puisse toucher l'aumône trimestrielle à terme échu, il lui fallait réunir l'attestation de tous les paysans qui avaient eu recours à ses « journées » tout au long de sa vie de travail.

Elle se mit donc en quête avec confiance. D'avoir tant donné et pendant de si longues années, la mettait en situation de se présenter la tête haute.

Mais hélas ! Quelle ne fut sa déconvenue !

De jour en jour, s'appuyant sur son bâton de pèlerine, elle crut toucher le fond de l'ingratitude humaine. Elle se heurta aux portes fermées, aux refus abrupts :

— *N' 'oamp ket disklêriet 'hanoc'h.* Ben, on t'avait pas déclarée.

Aux faux-fuyants des pleutres :

— *Ha bremañ, ma gouefe karg warnomp !* Et si maintenant, ça nous retombait dessus !

Ces lâchetés lui chutèrent sur le dos comme averse de grêle à faire tomber toutes les prunelles sauvages ! Elle dressa ainsi l'inventaire des gens honnêtes et de ceux qui l'étaient moins ! Ce n'étaient pas toujours ceux sur lesquels elle avait cru pouvoir compter qui se précipitaient sur leur stylo ! Parfois même, dans le couple, se dessinait une faille en sa faveur, et elle obtint plus d'une signature en cachette !

— *Sinañ 'ran 'vidoc'h, met na lavaret netra d'egile !* Je te donne ma signature, à condition que tu ne dises rien à l'autre !

Bref! elle y usa du temps, épuisa un gros sac de patience mais enfin, de ferme en ferme, parvint tout de même à reconstituer ses années de « carrière ». Après, les choses administratives traînèrent des mois, mais elle ne s'impatienta pas. On l'avait prévenue.

Et la première paye arriva ! Elle lui fut comptée, à domicile, par le facteur qui, du coup, bénéficia de la « pièce ». Oh ! Cette retraite, ce n'était pas grand-chose mais c'était l'assurance de ne pas manquer de pain quotidien si elle devenait impotente car il ne lui était jamais venu à l'idée de demander quoi que soit à son fils.

Du coup, assurée de revenus réguliers, Jabel fit deux cagnottes : celle du nécessaire et celle du téléphone.

Désormais, une fois par mois, elle prenait le car, et dès l'arrivée se rendait à la poste où elle avait pris ses habitudes. Il n'était plus question qu'elle jouât de fantaisie avec les horaires du service en traînant dans la ville, et surtout avec l'heure de Nouvel' Zéland". Elle avait compris les douze heures de décalage horaire. Neuf heures du matin à Kemper, neuf heures du soir à Auckland, soit une journée d'avance sur le soleil de Bro Gerne, la Cornouaille bretonne· Ainsi tout concordait, sa matinée et la soirée de ses correspondants. Outre, Loeiz, il lui arrivait, bien sûr, d'appeler Ifig. Même Ronan reconnaissait sa voix et le petit lui balbutiait un « *kenavo*! » qui lui arrachait des larmes. Elen non plus n'était jamais bien loin et Ifig jouait les interprètes.

La lointaine contrée s'était définitivement rapprochée.

Elle fit bien vite la différence entre le coût de l'appel et la vertigineuse avalanche du prix des unités dont elle devait calculer le nombre au plus juste pour ne pas se mettre sur la paille.

L'usage de cette communication moderne, au coût exorbitant pour ses maigres deniers mais sans prix au regard de ses passions, la délivrait de ce passage, jusque-là obligé, d'une tierce personne entre elle et les siens. Sans le téléphone, comment aurait-elle pu recevoir des nouvelles de Loeiz ? Leur idylle, sans les ondes, se serait émoussée même si le temps l'eût enjolivée de la douceur des souvenirs heureux. Cette indépendance acquise avec le téléphone, Jabel en faisait son miel chaque premier samedi du mois. Sa vie s'enroulait et se déroulait autour de cette journée. Elle remarqua d'ailleurs que ce jour-là, il faisait toujours soleil. Ainsi ce samedi s'auréolait de rayons d'or sur lesquels tout l'amour de Jabel s'envolait vers la Nouvel' Zéland'.

Ce fut au cours d'une de ces premières communications que Loeiz lui fit cette réflexion qui la tourneboula : maintenant qu'elle avait bouclé son tour du monde, relevé le défi qu'elle avait lancé à la coterie dans la fougue du départ, elle pouvait revenir !

— *Breman, dam' betra ne fell ket deoc'h dont en-*

dro 'vit mat d'an Nouvel' Zeland' ? Maintenant, pourquoi ne veux-tu pas revenir pour de bon en Nouvel' Zeland' ?

— *Skarzet meus ma yalac'h hag ar rest deus ma buhez, na vo ket hir walc'h 'vit astenn moniez walc'h da baeañ ur veaj all!* J'ai épuisé mon escarcelle et mon reste de vie ne sera pas assez long pour amasser l'argent nécessaire afin de payer un autre voyage!

— *Jabel, n'on ket pinvidik-mor met argant walc'h meus, kreder braz, evit paeañ ho pilhed deoc'h. Lavaret din « ya » ha vo kaset deoc'h!* Jabel, je ne suis pas riche comme la mer mais j'ai assez d'argent, grandement assez, pour t'acheter un billet. Dis-moi oui, et je te l'expédie!

Elle tergiversa, dit qu'elle avait besoin de réfléchir.

Cette proposition faite de si grand cœur lui laboura l'âme. Elle se sentit fondre de reconnaissance et de tendresse.

Mais, voilà! Si elle s'y décidait, il lui faudrait cette fois affronter les embûches du voyage en toute connaissance. Traverser ce monde si vaste dont elle avait pris les vraies dimensions. Ce monde dans lequel seuls les yeux éduqués et rompus à cet exercice pouvaient déchiffrer les hiéroglyphes indicateurs. Lors du périple de l'aller vers la Nouvel' Zéland', elle avait eu la chance de toujours tomber sur la bonne personne qui volait à son secours juste au moment où elle avait besoin d'être guidée. Ces anges gardiens avaient balisé ses premiers pas de voyageuse inexpérimentée. Par contre au retour, elle n'avait croisé aucune âme qui aurait pu lui venir en aide. Elle n'avait pu compter que sur elle-même et c'était miracle qu'elle ne se fût pas trompée.

Elle en gardait un souvenir angoissé, tendu, voire de panique.

Soit, elle était revenue sans se fourvoyer.

Même si sa fronde naturelle aimait à titiller la difficulté, elle ne se sentait plus la force morale d'affronter un autre voyage vers l'ile de toutes les félicitées.

Car elle avait pris la mesure du vaste monde…

☆

Jabel persistait à assurer encore des journées mais à un rythme moins soutenu, juste pour gagner de quoi faire face à cet impératif: téléphoner en Nouvel' Zéland' ! Hors ce plaisir ineffable et absolu, pourquoi s'éreinter au travail quand nécessité ne fait plus loi ?

☆

Façon de tuer les autres jours qui pesamment la séparaient de ces samedis incontournables, elle s'accorda une autre journée mensuelle de sortie. C'était selon un calendrier pré-établi : en effet, elle s'inscrivit pour une modeste contribution au club du troisième âge qu'on venait de créer au bourg et qui se réunissait tous les premiers jeudis du mois. Apprendre à jouer aux cartes, s'attabler au goûter, mêlée aux gens de son âge et de sa connaissance. Tout cela relevait de plaisirs simples. Au fil du temps, les petites misères de la vieillesse avaient émoussé les arrogances de la paysannerie cossue.

L'âge gommait un peu les différences sociales. Aussi Jabel se fraya-t-elle sans complexe une place dans ce petit monde qui, jamais, n'avait osé bousculer ses frontières. Depuis son voyage, elle inspirait en secret, respect et admiration.

— *Hounnezh, he-unañig, neus galoupet ar bed ha gwelet bro!* Toute seule, elle a parcouru le monde et vu du pays!

Ainsi Jabel s'entourait de compagnie et possédait un public. Son voyage en Nouvel' Zeland' devint la tarte à la crème des fins de repas. On en demandait et en redemandait. Sans se faire prier elle grimpait sur une chaise pour mieux dominer son parterre et entamait son récit comme autrefois elle avait pris l'avion: avec enthousiasme. A la longue, la galerie connaissait son récit par cœur et débitait aussi bien qu'elle les péripéties de ses pérégrinations. Alors, elle dut faire appel à son imagination et colorer l'aventure de touches plus drôles ou plus surprenantes. De même, lors des sorties du club en car dans la contrée, elle prenait le micro, s'appuyait d'une main au dosseret d'un fauteuil et la parade de la Nouvel' Zéland' entrait en scène!

Et les mois passèrent...

☆

Loeiz revenait à la charge aussi souvent que les ondes les réunissaient. Plus le temps passait, plus elle peinait à excuser ses hésitations d'un retour en Nouvel'Zéland': les chemins du ciel s'obstruaient de nuées menaçantes et les champs d'avions de mille et une chausse-trappes.

— *Peseu' mod on deut 'benn aes ar wech kentañ?* Comment t'en étais-tu jouée la première fois! lui rétorquait un Loeiz tenace.

Cependant une idée trottinait depuis peu dans sa tête. Puisqu'il tenait tant à elle... pourquoi ne pas inverser les choses? Un jour, elle prit son courage à deux mains et lui suggéra la démarche de toutes les audaces: qu'il vienne la chercher!

— *Ya, evel just! N'eo ket dreist a pez' 'c'hall ma yalc'h, met na meus ket c'hoan 'adwel' ar vro-se ken.* Oui, bien sûr! Cela n'excède pas ma bourse mais je n'ai plus envie de revoir ce pays.

— *Hañ*! Ah!

Jabel, déçue? Non. Elle comprit que ce long chemin douloureux qui l'avait éloigné de ce Pays, s'était pour toujours refermé derrière lui.

Elle-même demeurait indécise. Où se cachait donc aujourd'hui cet allant qui l'avait emportée d'une envolée vers ces horizons inconnus au lendemain de la mort de Fañch?

Une année passa. Et l'on entama la suivante.

☆

Et puis, un de ces samedis lumineux, malgré ses appels répétés, le téléphone résonna là-bas dans une maison vide!

Da belec'h Doue on aet d'en em gollet? Où Dieu donc pouvait-il bien être allé se perdre?

Loeiz ne pouvait tout de même pas avoir oublié leur jour de rendez-vous! D'abord ulcérée, elle finit par s'inquiéter. Elle sentit sourdre en elle la césure d'une jalousie méchante: par hasard, serait-il volage? Elle appela Ifig. Il promit d'aller vérifier si tout allait bien dès le lendemain matin.

Et elle rentra, rongée de soucis.

Pendant le reste de la journée elle traîna ce fardeau jusqu'au soir. Les jours s'allongeaient. Jabel n'avait pas sommeil. Elle alluma une flambée et devant ce théâtre aux personnages rouges et noirs, vacillants, elle laissa vagabonder sa pensée vers ce pays lointain où il devait se passer quelque chose.

— *Jabel! jabel!*

Elle sursauta et en trois enjambées fut à la porte. Marie-Louise arrivait, essoufflée.

— *Deut betek an ti, buan! Ifig neus goulet 'hanoc'h ba'n telefon, ha bellgomzo en-dro!* Viens vite jusqu'à la maison! Ifig t'a demandé au téléphone et rappellera!

— *Un dra bennaket zo 'dreuz?* Il y a quelque chose qui ne va pas?

— *'Neus ket lavaret muioc'h 'neañ!* Il n'a rien dit de plus!

Cela rassura Jabel qui suivit Marie-Louise.

L'installation récente du téléphone au C'huibou avait simplifié la possibilité pour Jabel de recevoir des nouvelles. Marie-Louise lui avait donné son numéro et Jabel l'avait ensuite expédié à Ifig pour le cas où il y aurait une urgence. Apparemment, c'était le cas!

Elles mettaient le pied dans la maison lorsque la sonnerie retentit. Marie-Louise se précipita pour décrocher.

— *Alo! Ya! Digoueet 'hez'*! Oui! Elle est arrivée!

Jabel saisit l'appareil.

— *Ifig? ... Ya!* Oui!

Tout à coup, Marie-Louise la vit s'appuyer au mur, devenir livide. Elle lui approcha une chaise. Jabel s'y laissa tomber sans un mot, l'oreille collée à l'écouteur. Elle étouffa un cri. Ecouta encore. Demanda des détails…

— *Peseu' mod eo c'hoarveet?* Comment est-ce arrivé ?

Ma doue! Mechañs n'eus ket c'hoarveet droug gant an hini bihan! Ar sun paseet neus diskoueet deomp poltrejoù deuzouto… Jabel oa ken fier all! Mon Dieu! se dit Marie-Louise mentalement, j'espère que ce n'est pas le petit! La semaine dernière elle nous en montrait ses dernières photos… Jabel en est si fière!

Jabel raccrocha l'appareil au mur.

— *Keleier fall ho peus?* Tu as de mauvaises nouvelles? demanda Marie-Louise prête à compatir.

Les jambes coupées, Jabel appuya lourdement les mains sur les genoux pour se remettre debout. Elle vacilla. Bredouilla un rapide merci et fut dehors avant que, revenue de sa surprise, Marie-Louise ne l'appela sur le seuil de la porte.

— *Jabel! na yaet ket kuit ken founnus! Jabel! Deut da gemer un bannig te!* Jabel! Ne pars pas si vite! Jabel! Viens prendre un petit thé!

Jabel s'enfuyait dans la nuit. Elle ne répondit pas. Son ombre disparut au coin de la cour. Le bruit de ses sabots s'estompa.

Ma doue! Qu'était-il arrivé de si tragique en Nouvel' Zéland'?

☆

Jabel ferma à clef derrière elle! La respiration coupée par la douleur de la terrible nouvelle qu'Ifig venait de lui apprendre, elle se laissa choir sur le banc et le corps en travers de la table, enfouit sa tête dans ses bras. Elle éclata en longs sanglots. Le désespoir la secouait, lui arrachait des plaintes. Elle s'en voulait à mourir. Pourquoi s'était-elle entêtée à rentrer au Pays coûte que coûte? Jamais, elle n'aurait imaginé que sa décision eût pu avoir une conséquence aussi tragique.

— *Loeiz zo marv dec'h da zek eur deus an abadaez! Loeiz zo marv dec'h! Loeiz zo marv!* Loeiz est mort hier à dix heures du soir! Loeiz est mort hier! Loeiz est mort!

Elle se répétait les mots d'Ifig. Ces mots qui résonnaient encore dans sa tête. Ces mots qui l'anéantissaient toute entière. Ils retentiraient longtemps dans son cœur, dans son corps jusqu'à la fin de sa vie, jusqu'à son dernier souffle.

— *Goude 'oc'h beañ aet kuit, noa serret e bluskenn… Ne lintre ket ken plijadur ar vuhez ennañ. Tammig-a-tammig, gouloù e yec'hed zo aet da vik. Ar sun diwezhañ, Mariañig zo aet da wel' peseu' mod 'yae ar bed gantañ, met kavet noa, fas koad. D'an ospital oa aet hep lavaret netra d'e amezeien… Un den deus he anvodegezh zo deut da zigas keloù ar marv da Variañig… Just, ar mitin-mañ neus-hi pellgomzet din. Ur c'hañser neus dastumet 'neañ! Loeiz e zo marv dec'h da zek eur deus an abadaez!* Après ton départ, lui avait expliqué Ifig, il s'était enfermé dans son écorce… Le plaisir de vivre ne brillait plus en lui… Peu à peu sa belle santé s'est altérée… La semaine dernière, Mariañig est allée voir comment il se portait mais elle s'est heurtée à une porte close. Il avait été hospitalisé mais il n'en n'avait rien dit à ses voisins… Un homme de leurs relations est venu apporter la nouvelle de sa mort à Mariañig… Juste ce matin, elle vient de me téléphoner… Un cancer l'a emporté ! Loeiz est mort hier à dix heures du soir…

Jabel, effondrée de désespérance, se releva du banc et se traîna jusqu'à la chaise devant le feu. Elle s'y laissa tomber. Ses forces l'avaient quitté. Les sanglots ne la secouaient plus mais les larmes coulaient sur son visage raviné.

Loeiz avait rendu l'âme à l'instant précis où elle l'appelait !

Il en avait sans doute décidé ainsi pour mieux lui faire comprendre son attachement. Elle s'en voulut amèrement de l'avoir soupçonné d'infidélité, lui qui n'avait qu'une parole.

Mais comment avait-il pu s'en aller si vite, abattu par la maladie, lui le coureur d'aventures et de grands chemins ? Lui le grand cœur qui insistait pour qu'elle revienne et lui offrait chaque mois la possibilité de revenir près de lui ? Il avait donc perdu espoir et s'était laissé mourir comme s'étiole une chandelle dont la mèche est épuisée. Si elle l'avait écouté et avait repris le chemin de Nouvel' Zeland', il serait encore vivant, elle en était convaincue.

Si malgré tout l'inéluctable s'était produit alors qu'elle aurait été auprès de lui, en ce moment, elle veillerait le corps, comme cela s'est toujours fait au Pays. Entourée par les amis, à défaut de la parentèle de Loeiz, elle aurait égrené au fil de la veillée les souvenirs heureux, et la mort, partie intégrante de la vie, aurait doucement ouvert la parenthèse de l'absence…

Elle ajouta une brassée de bois et une grosse bûche dans le feu et se prépara pour une veillée funèbre par la pensée.

Alors, par-delà les océans, par-delà les torchères de Barhein, par-delà les couleurs de Singapour et les guirlandes de Sydney, son esprit vagabonda vers le corset de sable noir sur lequel la mer ébouriffait son négligé de dentelles, écouta la jolie toccata des Maoris, s'éleva sur les gouttes des geysers éblouissants. Ronan, dans les bras d'Elen, lui souriait et Ifig avait enfin chassé tous ses fantômes. Et par-dessus tout cela, les bacchantes de Loeiz laissaient éclater sur ses dents blanches mais inégales un grand rire de bonheur, inimitable. Un grand rire communicatif, si bien que tous ses amis s'esclaffaient avec lui dans une bonne humeur exubérante. Celle de Loeiz, l'infatigable quêteur de paix et de tolérance. Elle se rappela sa « bible » bretonne, *Buhez ar Sent*, La vie des saints qui lui avait permis de garder la langue de ses aïeux au creux de sa mémoire. Qu'allait-elle devenir ? Il faudrait qu'elle en parle à Ifig. Méritait-elle d'hériter de ce précieux recueil ? Elle qui ne savait pas lire…

Cependant, pour l'éternité, Loeiz lui avait déjà légué la plus précieuse souvenance en ce bas monde, celle du cœur…

*

Au cours de l'été, Jabel donna ici et là un coup de main dans le voisinage mais elle avait perdu son allant et ne racontait plus la Nouvel' Zéland'. Une langueur l'enveloppait et elle se surprenait elle-même à rêvasser devant son bol de café refroidi, incapable d'avaler une tartine.

Epilogue

En cette fin de septembre, le soleil chassait la brume matinale pour mieux faire éclater les touches jaunes et rousses de l'automne. Le club du troisième âge avait rouvert ses portes, mais nul n'avait vu Jabel. Même Marie-Louise ne l'avait aperçue que lundi, il y avait de cela trois jours. Elle rentrait lentement du bourg où elle avait fait ses emplettes et abordait la petite garenne qui descendait chez elle.

Sa santé naguère si florissante, et ce n'était pas si lointain, la préoccupait. Marie-Louise décida d'aller jusqu'au *pennti*.

Elle frappa à la porte. Pas de réponse. Elle frappa de nouveau sans plus d'écho. La porte, sauf exception, elle le savait, n'était jamais fermée. Elle tourna donc la poignée et pénétra dans la maison en plaisantant sur le silence des lieux :

— *Bev pe marv eo an dud barzh an ti-mañ ?* Les gens de cette maison sont-ils vivants ou morts ?

Il n'y eût pas de réponse.

Elle poussa la porte de la cuisine. Tout l'ordinaire du fruste quotidien était à sa place. Marie-Louise se dit que Jabel avait dû partir en journée pour quelque arrachage de pommes de terre, ou autre. Néanmoins, et pour en avoir le cœur net, elle poussa la porte de la chambre.

Jabel était couchée, immobile.

Marie-Louise se précipita vers le lit.

Jabel, les yeux grands ouverts, les doigts raides et froids, avait laissé s'échapper les photos qu'elle regardait une dernière fois. Éparpillés au pied du lit, Ifig, Elen, Ronan et les autres souriaient aux jours heureux. Près d'elle sur l'oreiller, un cliché que Marie-Louise n'avait jamais vu. Sur cette photo, plus grande que les autres, se campait un homme d'un certain âge, grand, droit, les yeux pétillants. Ses bacchantes laissaient éclater un grand rire sur des dents blanches mais inégales…

Jabel, la veille au soir, s'était couchée pour ne plus se réveiller. Elle avait tout simplement terminé son tour de vie et rejoint sa destinée comme elle avait un jour réussi son tour du monde.

Landudal le 12 décembre 1998
Angèle Jacq

DU MÊME AUTEUR :

chez France-Empire

Les braises de la liberté *(1955)*
Légendes de Bretagne *(1997)*

aux Éditions du Palémon

Ma langue au chat *(2002)*
Ils n'avaient que leurs mains *(2003)*

AUX ÉDITIONS DU PALÉMON :

Colette Vlerick

Vengeances
Un vampire au Pont du Diable

Jean Failler

Les Bruines de Lanester
Les Diamants de l'Archiduc
La Mort au bord de l'étang
Marée blanche
Le Manoir écarlate
Boucaille sur Douarnenez
L'Homme aux doigts bleus
La Cité des dogues
On a volé la Belle Étoile!
Brume sous le grand pont
Mort d'une rombière
Aller simple pour l'enfer
Roulette russe
À l'aube du troisième jour
Les Gens de la rivière
La Bougresse
La Régate du St-Philibert
Le Testament Duchien
L'Or du Louvre
Forces noires
Couleurs Canari
Le renard des grèves - T1
Le renard des grèves - T2

Éditions du Palémon & Coop Breizh
ZA de Troyalac'h - N° 10
Rue André Michelin - 29170 St-Évarzec
Dépôt légal 1er trimestre 2004.
ISBN 2-907572-18-5

Achevé d'imprimer
par l'Imprimerie Bussière (062631/1)

Imprimé en France